意林

新科幻 New Sci-Fi

时空逃亡

遗忘三部曲

[美]杰西卡·布罗迪◎著
周　鹰◎译

吉林摄影出版社
·长春·

遗忘三部曲

图书在版编目（CIP）数据

时空逃亡 / (美) 杰西卡·布罗迪著 ; 周鹰译. --
长春 : 吉林摄影出版社, 2017.5
（遗忘三部曲）
ISBN 978-7-5498-3112-8

Ⅰ. ①时… Ⅱ. ①杰… ②周… Ⅲ. ①科学幻想小说
—美国—现代 Ⅳ. ①I712.45

中国版本图书馆CIP数据核字(2017)第081820号

时空逃亡 SHIKONG TAOWANG

出版人	孙洪军	印张	14.5
主编	顾平 杜普洲	版次	2017年5月第1版
责任编辑	李彬	印次	2017年5月第1次印刷
总策划	徐晶	出版	吉林摄影出版社
版权引进	王征彬	发行	吉林摄影出版社
特约策划	袁丽莹	地址	长春市泰来街1825号
设计总监	资源		邮编：130062
封面设计	资源	电话	总编办：0431-86012616
美术编辑	刘海燕		发行科：0431-86012602
发行总监	李振红	网址	www.jlsycbs.net
营销总监	王俊杰	经销	全国各地新华书店
开本	700mm×1000mm 1/16	印刷	河北鹏润印刷有限公司
字数	230千字		

书号 ISBN 978-7-5498-3112-8　　定价 32.00元

致中国读者：

非常感谢“遗忘三部曲”的读者，希望你们喜欢塞拉菲娜的故事。

有一句话希望你们不会遗忘：相信你的心，它永远不会对你撒谎。

目录

楔子

冰冷无情的水拍打着我的脸颊，将我打醒，让我满嘴咸味。

我剧烈咳嗽起来，睁开眼睛，环顾四周。这是我第一次打量这个世界，但我没认出自己身在何处。我眺望绵延数千米的深蓝色海洋，海面上四处都有很大的漂浮物，是金属的，和我躺着的这块差不多。

还有尸体。

我大概数了一下，附近有二十具尸体，其中两具伸手可及，但我不敢去触摸它们。惊惧的表情凝结在那些已经失去生命力的面孔上，一双双眼睛目光空洞，茫然无视。

我用一只手掌按着突突跳动的太阳穴，感觉自己的头像石头做的。每样东西都缺乏生气，沉甸甸的，仿佛从污浊的镜片看出去一般。我决定紧紧闭上眼睛。

那些声音是一个小时后才传来的。那时天已经黑了。我听到黑暗中有声音。好像过了很长时间，他们才找到我。一道光划破浓雾，晃得我什么也看不见。当他们将我从水里拉出去时，没人说话。谁也没必要说话。从他们脸上的表情看，他们根本没指望会找到我。

他们没指望会找到任何人。任何活人。

我被裹进一条厚厚的蓝色毛毯中，放在一张硬邦邦的木板上。然后，提问开始。全是让我头痛的问题。

“你叫什么名字？”

我要是知道就好了。

“你知道你在哪里吗？”

我仰望上方，除了满天星斗，我没找到任何对我有用的东西。

“你记得登上飞机的情景吗？”

我痛苦地开动脑筋，搞得额头又开始跳痛起来。

飞机。飞机。什么是飞机？

接下来的问题唤醒了我内心深处的什么东西，点燃了我心中黑暗角落里一颗遥远的火星。

“你知道现在是哪一年吗？”

我眨眨眼，感到一丝希望的微光从心底升起。

“1609年。”我底气不足地小声说。然后，我昏了过去。

第一部
坠落

我疾步走到梳妆台前，拉开抽屉，抓起吊坠，将它翻过来，看着背面刻的字：S+Z=1609。尽管我好像很能解数学题，却算不出这个等式。不过也许这就是问题所在，也许这个等式与数学毫无关系……

重新开始

今天是我唯一记得的日子。我在那片海上醒来，记忆中的其他地方都是空白，但我不知道那片空白延伸到过去多远——跨越了多少年。虚无就是这样：可能短暂如一眨眼，也可能无限长。想象一下吧，你的整个存在只是一片毫无意义的空白。你一无所有。

没有记忆。

没有姓名。

没有面孔。

嘀嗒过去的每一秒钟都是新的，身体里的每一种感觉都是陌生的，脑子里的每一个想法都是以前没有过的。我唯一的指望是可以看到一丝熟悉的东西，哪怕飞逝而过的一瞥也好。

一丝可以让我成为我——真正的我的东西。不然，我可以是任何人。

忘记自己是谁比简单地忘记自己的名字复杂多了，俨然等于忘记梦想，忘记抱负，忘记快乐，忘记你祈求永远不要失去的东西。仿佛第一次和自己相遇，没有清晰的第一印象。

救生船靠岸后，我被带到这里，带进这个房间。身穿白大褂的男女进进出出，他们把尖锐的东西刺进我的手臂。他们仔细研究图表，不停挠着脑袋。他们戳我，推我，观察我的反应，想在我身上发现问题。但我向他们保证我一切很好，我身上哪里都不疼。

笼罩在四周的雾终于散去，眼前的东西变得清晰起来。我感觉脑袋不再有一百斤那样沉重，实际上，我感觉自己很强壮、很有力，很想爬下这张床，走出这个充满陌生化学气味的房间。但他们不让，他们坚持说我需要再躺一段时间。

从他们脸上迷惑不解的表情看，我确信，需要时间的是他们。

他们不允许我吃任何真正的食物，而是通过我手臂上的一根管子为我输送营养，营养液被直接注入我的血管。我手腕上套着一个很粗的白色塑料环，上面用清晰的黑色字母印着：简·多伊。

我问他们，我显然没受伤，为什么要待在这里。我身上没有明显的伤口，骨头也没断。我还大幅度挥动手臂，转动手腕和脚踝，以证明我的确没受伤。但他们毫无反应，这让我很气愤。

几个小时后，他们确定我十六岁。我不知道我该对这个信息做何反应，我没有十六岁的感觉。不过话又说回来，我怎么知道十六岁是什么感觉呢？我怎么知道任何年龄是什么感觉？

而且，我怎么能确定他们说的就是正确的？我只知道，那个数字可能是他们胡诌出来的。但他们向我保证，他们已经做过准确测试，那些“专家”都这样说。

我十六岁。

但他们测试不出我的名字，也不知道我从哪里来，住在哪里，有没有家人，甚至不知道我最喜欢的颜色。

而且，尽管那些“专家”已经进出这个房间许多次，好像没有一个人解释过，我为什么是这场按理来说无人能够幸存的空难中唯一活下来的人。

他们还谈到了乘客名单之类的东西，我推断那就是一种清单，登记每位登机者的姓名等。

我还推断出我的名字不在那上面。

好像这点让每个人都很不理解。

一个身穿灰色西装的男人自称是社保局的雷诺斯先生，他说他正尽力寻找我的亲人。他带着一个金属设备，样子怪怪的，他称之为“手机”。他把手机举到耳边说话，他还喜欢盯着那东西，用手去戳它表面上的小按钮。我不知道我的“亲人”是什么，但从他脸上的表情看，他很难找到它。

他还小声对其他人说了些什么，我估计是不想让我听到的话，但我还是听到了，都是些很陌生的词语，比如“看护”“媒体”“未成年人”等。他们说话的时候，会时不时停下来，向我这边瞥一眼，摇摇头，继续说悄悄话。

有个叫姬亚娜的女人每个小时都要进来。她有着深色皮肤，说话听上去像唱歌。她穿粉红色衣服。她总笑盈盈地把我的枕头拍松，把两根指头按在我的手腕上，然后在一块记录板上写下些什么。渐渐地，我开始期盼她的到来，她比其他人更友好。她不紧不慢地和我说话，问我一些问题，真正的问题，尽管她清楚我根本不知道任何答案。

“你真漂亮。”她用手指轻轻拍着我的脸颊说，“就像时装杂志上的模特儿，你知道吗？”

我不知道，但我还是虚弱地向她报以微笑。不知什么原因，这好像是恰当的回应方式。

“完美无瑕。”她继续说道，“没有一丝瑕疵。亲爱的，等你恢复记忆后，你可得把你的秘密告诉我。”然后，她又向我眨眨眼。

我喜欢她说的是“等”，而不是“如果”。

尽管我不记得学过这些词语，但我理解它们之间的区别。

“瞧你那双眼睛，”她凑近一点儿，吟唱般地说，“我从没见过这种颜色，简直和薰衣草差不多。”她停下来，想了想，又凑近一点儿，“不对，是紫罗兰。”她笑得好像偶然发现了一个久未揭开的秘密一般，“我敢打赌，这就是你的名字。紫罗兰。这让你想起什么没有？”

我摇摇头。当然没有。

“好啦。”她说着抚平我的床单，“在你想起你真正的名字以前，我就这样叫你吧，比简•多伊好听多了。”

她退后一步，把头偏向一边：“多漂亮的女孩子呀。你还记得你长什么样吗，亲爱的？”

我又摇摇头。

她温柔地笑笑，眼角堆起皱纹：“你等着，我让你看看。”

她走出房间。片刻之后，她带着一面椭圆形的镜子回来了。当她向我的床边走来时，镜子反射出的光在房间里跳动。她举起镜子，一张脸出现在淡粉色镜框里。

柔顺亮泽的蜜褐色长发，光滑的金色皮肤，小巧挺直的鼻子，心形嘴，高颧骨，还有一双杏仁形状的紫色眼睛。

那双眼睛眨了一下。

“对，这就是你。”她说。然后，她又补充道：“你一定是模特儿。太完美了。”

但我的看法和她的不一样。我只看到一个陌生人，一个我不认识的人，一张我不熟悉的脸，还有那双眼睛里十六年的阅历。这阅历恐怕我永远也不可能回忆起来。那是一段被困在锁闭房门后的生活，唯一的钥匙已经掉进大海里。

我从镜子里看到，紫色的眼泪慢慢凝聚起来。

新闻报道

“自由航空公司121次航班神秘事件不断。该航班昨晚从洛杉矶国际机场起飞后，在飞往日本东京的直飞航程中在太平洋上空坠毁。专家们正在抓紧时间确认该航班唯一幸存者的身份。这位十六岁的女孩是在海面上漂浮的飞机残骸中被发现的，伤势相对较轻。目前女孩正在加州大学洛杉矶分校医疗中心接受治疗。医疗中心的医生确认女孩患了严重失忆症，不记得飞机失事前的任何事情。女孩身上没有任何可以确认其身份的东西，洛杉矶警方无法在政府的任何数据库里找到与之匹配的指纹或基因。根据联邦航空局今天上午早些时候发布的声明，她是一个人旅行，没有家人陪同，失踪人员报告中也没有与她匹配的资料，这简直不可思议。今天，医院发布了女孩的第一张照片，希望知情人士能主动提供帮助。当局乐观地认为……”

我的床上方挂着一个薄薄的黑盒子，我盯着黑盒子屏幕上的我的脸。姬亚娜说黑盒子叫“电视”，我却不知道，这让我极为不安，尤其在她告诉我说，这个国家几乎每个家庭都有一台电视之后。

医生说我应该记得那样的事情，即便我的个人记忆好像“暂时”消失了，我也应该熟悉那些日常用品、商标和名人的姓名。但我没有丝毫的熟悉感。

我知道单词、城市和数字。我喜欢数字，我觉得它们很真实，而我四周的其他东西都不真实。数字是具体的，我能依赖它们。我不记得自己的脸是什么样的，但我知道1和10之间的数字和我忘记一切之前是一样的。我知道，在被我遗忘的生活中的，我一定学过它们，这是我拥有的唯一的熟悉感。

我数数儿消磨时间，让自己的大脑有事可做，而不是在缥缈的虚无中漫游。在数数儿的过程中，我可以创造事实，让我知道的事情的清单不断加长。

我知道，每隔五十二分钟，一位叫沙茨尔的医生就会到我的房间来，并且每来第三次都会端着一杯咖啡。我知道护士站离我的房间有二十到二十四步远，具体步数取决于值班人员的身高。我还知道，站在洛杉矶国际机场路边的那位女播音员每分钟眨十五次眼，演播室里的男播音员向她提问时除外，那时她的眨眼次数增加了百分之一百三十三。我还知道日本东京很远，不是一个十六岁的女孩可以只身前往的。

姬亚娜走进我的房间，冲着电视屏幕直皱眉头。“紫罗兰，宝贝，”她说着按下屏幕下方的一个按钮，我的脸慢慢消失在黑色屏幕中，“看24小时新闻报道对你没有任何用处，只会让你更加心神不定，而且时间已经不早了，为什么不试着睡一觉呢？”

我挑衅似的按下我床边那个设备上的按钮，我脸的图像重新出现了。

姬亚娜发出一阵歌唱般的欢笑：“不管你是谁，紫罗兰小姐，我都感觉你是个不甘示弱的孩子。”

我默默看着屏幕下方的文字，这是从空难现场发回的直播报道：一个又大又圆的东西——上面有很小的椭圆形窗户——占据了整个屏幕。漆在那东西一侧的“自由航空公司”的标志从画面中慢慢经过。我俯身向前，仔细查看那个标志，认真研究圆弧形的红蓝字母。我很想让自己相信那些字是有意义的。在我空白大脑中的某个地方，这些字蕴藏着某种意义，但我什么也没想起来。

那些残骸与我的记忆碎片一样，只是另一块碎片而已，它曾经属于某个完整的东西，某个有意义、有目的、有功能的东西。现在，那只是一张我无法拼贴起来的大照片的一角。

我叹息一声，颓然倒在枕头上。

“万一没有人来怎么办？”我小声问自己，仍为自己的声音听上去如此陌生而难过。听上去就像房间里有别的人在说话，我只是在对口型。

姬亚娜转身看着我，困惑不解地眯起眼睛问：“你在说什么，亲爱的？”

“万一……”这两个字从我嘴里吐出时，仿佛是扭曲的，“万一没有人来接我怎么办？万一我什么家人都没有呢？”

姬亚娜从鼻腔里发出一声大笑：“别说这种傻话了，我可不想听。”

我张开嘴想反驳她，但姬亚娜用指尖将我的嘴合上。

“听我说，紫罗兰，”她严肃地说，“我这辈子见过很多女孩子，你是最漂亮的。你很特别，如此特别的人是不会被遗忘的。这还不到一天呢，会有人来接你的，早晚会来。”然后，她满意地点点头，又捏了一下我的嘴唇，才松开手指，去做她自己的事情。

“万一他们来接我时，我不记得他们是谁呢？”

姬亚娜似乎对这个问题不像对上个问题那样关心。她将我脚边的床单抚平：“你会想起来的。”

我不知道她为何如此肯定，我甚至连“电视”是什么都不记得。

“怎样想？”我固执地问，“你听到医生说的了，我的所有个人记忆已经完全消失，我的大脑就是一个巨大的空洞。”

她拍拍我的床，用舌头发出一种奇怪的“咯咯”声，说：“这没关系。每个人都知道，真正重要的记忆都不在头脑中。”

我发现她是想鼓励我，但她的好意对我完全没用。我的想法一定从脸上表露出来了，因为姬亚娜按下一个按钮，将我的床放平，然后说：“别再胡思乱想了。为什么不休息一下？今天可真够漫长的。”

“我不困。”

我看着她将一根很长的针刺进那条与我的胳膊相连的管子里。“好啦，宝贝，”她温柔地说，“这会让你感觉好一些。”

我感觉到药水进入了我的血管，仿佛沉重的冰块在河水中漂流向前。

透过渐渐遮蔽我视线的那层薄雾，我看着姬亚娜走出房间。我的眼睑沉重地耷拉下来。我奋力抵抗这越来越浓的倦意，我讨厌他们能如此轻易地控制我，这让我感觉很无助、很虚弱，仿佛我又回到大海中间，漫无目的地漂浮着。

房间变得模糊起来。

我看到门口有人，是个剪影，正向我这边移动，快速而急迫。然后，我听到一个声音，深沉、迷人。但这个声音被注入我血液中的物质微微扭曲了。

“你能听到我说话吗？请睁开眼睛。”

一个温暖的东西碰触到我的手，热量立刻流入了我的身体，像蔓延的大火，是一种善意的火，一种想治愈我的灼热。

我竭力保持清醒，奋力抵抗眼前越来越浓的雾霭，但我无能为力。

“请醒过来。”那个声音现在听上去距离很远，而且正在迅速消失。

我依稀看到一个年轻人的脸，是个男孩，正俯身在我上方几厘米远的地方，时隐时现。我看出他的黑色头发湿漉漉地贴在额头上，那双淡棕色眼睛里透出温柔的光。他咧嘴一笑。

我不假思索又不由自主地也对他报以微笑。

我张开嘴想说话，但说出的话断断续续，有些清楚，有些模糊："我们认识吗？"

他捏捏我的手说："是的。是我，你记得吗？"

在我回答之前，答案已经说出，它在我脑海里的某个角落回响着。角落里仿佛有摇曳的星火，但已不再闪亮，声音也不是我的。

记得。一直记得。

"这本来不应该发生的，"他柔声说道，仿佛在自言自语，"你不应该在这里。"

我全力开动脑筋，想弄清楚这究竟是怎么回事，想抓住刚才出乎意料地浮现出来的一丝希望。但它像出现时那样转瞬即逝，已经消失在我被删除的记忆——那片黑暗虚无之中。

我轻叹一声。

我感觉他在我四周移动，动作快速而流畅。我鼻孔里的管子被取掉了，血管里的点滴针被轻轻拔了出来。连接到我病号服下面吸盘上的细绳被轻轻一拉，刺耳的嘟嘟声立即在房间里响起。

我听到走廊尽头慌乱的脚步声，是从护士站传出的。不出十五步，就会有人走进房间。

"别担心，"他继续用温暖的手指握着我的手，轻轻捏着，小声说道，"我会把你从这里带出去的。"

我突然颤抖起来，一股寒意传遍全身，慢慢驱散了我皮肤下残留的每一寸热量。

这时我才意识到，他的触摸早已消失。我使出全身力气，伸手去寻找那只手，但抓到的只是冰冷的空气。在黑暗到来之前，我吃力地最后一次睁开眼。

他已经走了。

吊坠项链

第二天早上，我醒来时还是昏昏沉沉的。身体里的药物还在发挥作用。我的双臂双腿都很重，嗓子很干，视线模糊，过了好一会儿，我才能看清楚东西。

姬亚娜走进房间。一看到我，她脸上就绽放出笑容："呵呵，瞧瞧谁醒了？"

我按下身边小盒子上的按钮，床向上升起，直到我能坐好。

姬亚娜回到走廊里，片刻之后端着一个托盘回来了："我给你带了些早餐。你想吃点儿真正的食物吗？"

我看着托盘上的东西，一样也不认识："不想。"

她大笑起来："也不怪你，这些都是病人吃的。"

她把托盘端回走廊上，重新走回来，在她的记录板上写着什么。"重要器官都很好，"她眨眨眼说，"一如既往地好。"她用指尖在我床边那个心率监测器的显示屏上敲了几下，"你这颗心非常健康强壮。"

机器都在。细绳也在。

但我房间里的确来过一个男孩。

我举起手，摸摸自己的脸。鼻子里的管子还在原位。我低头看看胳膊，点滴针已经被重新扎进去。我环顾房间，除了姬亚娜和我之外，没有其他人。

但他来过这里。我听到他的声音了。我看见他了。

他是谁？我认识他吗？他说我认识他。

我感觉心中温暖，希望再次升起。

"姬亚娜？"我喊道。我的声音在颤抖，这真是难以理解。

"什么事，亲爱的？"她用笔轻轻戳了一下连接到我的静脉注射器上的那袋清凉液体。

我紧张地吞了一下口水。"有没有人……"我的嘴唇颤抖起来，我急忙咬了一下嘴唇，重新开口说，“昨晚有人来过这里吗？比如访客之类的。”

她皱起眉头，轻轻弹了一下记录板上的一张纸。然后，她缓慢地摇摇头：“没有，亲爱的，只有夜班护士来过，你在睡梦中把点滴针弄掉了。”

“什么？”我喉头发紧，但我没去理会，“我把点滴针弄掉了？”

她点点头：“我觉得你的耐药性不强。”

我感觉自己的脸拉了下来：“噢。”

但男孩的影像现在已经清晰地留在我的记忆中。我能看到他的眼睛，看到他俯身在我上方时，他的黑色头发散落在眼睛上。

“但你听着。”姬亚娜直截了当地说。她谨慎地先瞟了一眼打开的房门，又看着我，一丝狡黠的笑容浮现在她脸上。她俯下身，悄声说道：“今天早上，我倒是真的听到了好消息。”

我抬眼看着她。

“他们已经开始和一些声称是你家人的人见面了。”

“真的吗？”我坐得更直了。

“是的，”她还安慰地拍了拍我盖着毛毯的腿，“昨天的新闻播出之后，成百上千的人已经打来电话。警方通宵达旦地接待他们，”她又往门口看了一眼，“但我本来不该告诉你这件事的。所以，不要让我陷入任何麻烦中哦。”

“成百上千？”我问道，突然迷惑起来，“但怎么可能有成百上千呢？”

她耳语般地说：“警方发现，至今为止来过的人都是骗子，渴望在媒体上露面的冒牌货。”

“你的意思是说，人们在编造认识我的谎言？”

男孩的脸立即幻化不见，他的手抚摸我皮肤时的温暖感觉消失殆尽。

姬亚娜摇摇头，满脸不赞同的表情：“嗯，我想告诉你的是，这得怪那个新闻报道。你一夜之间成了名人，有些人迫不及待地想吸引别人的注意力。”

“为什么？”

“亲爱的，这个问题用一大堆理由也解释不清，我也不知道该不该向你解释，但我相信，总有一个电话会是真的。”

我感觉自己的肩膀耷拉下去，身体塌下来，仿佛脊柱突然断了。

骗子，说谎者，冒牌货。

那个男孩真的是这样的人吗？有人想认识121次航班空难的唯一幸存者？这个想法让我思绪万千。想到他曾让我感觉到一线希望——虚幻的希望——我觉得自己好傻，而且怒不可遏。

不过话说回来，也许他根本就没来过这里。药物可能让我产生了幻觉，幻想出一些东西，幻想出人。

我颓然靠到枕头上，伸手拿过遥控器，打开电视。我的照片还在屏幕上，尽管尺寸已经发生了改变，被放在了屏幕的右上角。一位新的女播音员正站在同样的洛杉矶国际机场标志前面。

“再次通知，”她正在说，“任何知晓这位女孩身份的人请拨打屏幕上的电话。”一长串数字出现在女人的胸部下方，和昨天的一样。

我又想到一个问题。

“姬亚娜？”

姬亚娜正在往记录板上写着什么。她停下来，抬头看着我：“有什么事吗，亲爱的？”

“他们怎么知道那些人是骗子呢？”

她重新低头看着记录板，一边潦草地做着记录，一边心不在焉地回答我的问题：“因为没有任何人知道那条吊坠项链是怎么回事。”

我立即把目光转到她身上：“什么吊坠项链？”

她仍然没有把头抬起来，没注意到我惊愕的语气。“就是他们找到你时你戴在身上的那条吊坠项链。”说到最后几个字时，她的声音慢下来，因为她注意到了我脸上可怕的表情。她显然没料到会这样。

她用手捂着嘴，仿佛想把不经意间说出来的话收回去。

但为时已晚。它们已经被深深铭刻在我空白的大脑中。

我感觉我的牙关咬紧，眼睛眯了起来。我怒视着她，说：“从来没人根我说过项链的事情。”

标记 6

沙茨尔医生挥舞双手，一边做出类似道歉的手势，一边说："我们没有告诉你的唯一原因，是我们不想惊扰你。"

但这本身就是对我最大的惊扰。我听到心率监测器有节奏的微弱嘟嘟声开始加速。"你们无权将它从我身上拿走，那是我的。"

医生用一只手按着我的手臂，我估计这是一个让我镇定下来的动作。"别急，"他安慰我说，"警方正在分析它，希望能查出它的制作地或者购买地。他们觉得也许它能帮助我们找到你的家人。别忘了，在这件事上，我们的立场相同。我们的目的是一致的，那就是查清你是谁。"

我能感觉到怒火正在胸中蓄积。"我不相信你！"我大声叫道，"如果我们的立场相同，你们就不会偷我的东西，还不告诉我。你们就不会让我在这张床上躺两天，而我的身体绝对没有任何问题。"我掀开盖在腿上的东西，坐起来。

"紫罗兰，"他继续劝说我，"你真的需要镇定下来，这样激动对你不好。等你的状况稳定一些之后，我们立即把项链给你拿来。你刚刚经历了非常可怕的事情，你的身体……"

"我的身体……"我气冲冲地打断他的话，"很好！我已经稳定了。事实上，从我到这里的那一刻起，我一直很稳定。"我蹬出双脚。"看吧！"我喊道，用手指着纤薄的淡蓝色衣物下功能健全的身体，"绝对健康。你和你那群护士和专家才是让我不稳定的唯一因素，但你们还坚持让我留在这里。你们打算什么时候才开始相信？我——没——有——任——何——问——题！"

我猛地扯掉胸口上的吸盘，床边的机器抗议般地尖叫起来。姬亚娜焦急地看着沙茨尔医生，他看了看墙上的应急按钮。

我指着手臂上的静脉注射器。"这个？"我将那根细管子拔掉，让它掉到地上，"完全没必要。"然后，我拉扯着脸上的氧气管，"这个更荒唐，我能自如地呼吸。现在呼吸更顺畅了，因为鼻孔里的管子没有了。”

“戴这个的目的是什么？”我用手指拍拍套在我手腕上的白色塑料环。

“医院的身份手环，这是接收所有病人的标准程序之一。”沙茨尔医生回答说。

“那好，”我疯狂地撕扯着手环上薄薄的环扣，“我不再需要。”

塑料环扣和手环从我手腕上落下，露出下面的一小块粉色皮肤，有点儿痛，是我刚才拉扯的结果，但我关心的不是这个。

“这是什么？”我问道。我的声音不再狂怒，听上去很虚弱，仿佛喉咙就要破了。

姬亚娜俯身向前，查看我手腕内侧。我以为她会像我一样反应激烈，但她脸上的表情依旧如常。“看上去像个文身。”她随口说道。

“一个什么？”

“别激动，”沙茨尔医生安慰我说，“是文身。没必要歇斯底里。”

我再次低头看去，又将指尖从手腕内侧划过，从与我的掌纹平行的那条奇怪黑线上划过。那条线大约四厘米长，和剃须刀刀口一样细，好像是被蚀刻到我皮肤里的。

“文身是什么？”我问道，期待地望着他们两个。

“是一种永久性的记号。”医生急忙解释说，俨然又是一位见多识广的专家了，“有些人选择用文身装饰自己的身体。通常人们会选择喜欢的动物或者有特殊含义的字，或者对他们很重要的人的名字。但有些时候，人们会选择……”他模棱两可地冲我手腕的方向扬了扬下巴，“……隐晦的设计图案。”

我看着那个神秘的记号。“这么说来，这就是一个装饰物了，”我肯定地回应道，“是我在生命中的某个时候选择的东西。”

沙茨尔医生似笑非笑地说：“极有可能。”

但我能看出他根本不相信。从他躲闪的目光和紧张地变换站立的姿势，我可以看出，他已经考虑过这种可能性……并把它排除了。

理由是，即使他并不像表面看上去那样富有智慧，他也可能得出和我此刻得到的相同的结论。我看着这个像标签一样印在皮肤上的奇怪黑色标记：它就像一个商标。它看上去根本没有多少装饰性。

空吊坠

一个多小时过去了，快到中午时，吊坠项链终于被送到了我的房间。沙茨尔医生把它放在我床边的托盘上，转动摇臂，让吊坠的正面对着我。

“遗憾的是，警方没能查出这是在哪里买的，所以恐怕这也是一条死胡同。”他解释道，并向后退了一步，好像为我和我在地球上唯一已知的所有物留下了独处的时间。

我小心地伸出手，拉起项链的链子。然后，我伸直手指，让那个光亮的黑色心形护身符像钟摆一样在我眼前晃动起来。

我仔细看着它。在护身符一侧的表面上，有一个刻在哑银上的奇怪符号，它是一串互相交织着的方形图案，互相环绕，没有起点和终点。

我将吊坠倒转过来，但图案看上去是一样的。

“这是什么记号？”我问医生。

“这是一个古梵语符号，叫永恒结。”

“它代表着什么吗？”我问。我的声音听上去有些急切，我可不喜欢这样。

他挤出一个笑容：“佛教徒相信，这个符号象征着灵性道路、行为和时间的流逝是互相交织的。”

我皱皱眉头，感觉很失望。我本以为他给出的答案对我会更有用。

“但别小看这个符号，”他补充道，声音里充满同情，“它代表着永恒。”

姬亚娜斜眼看着这条项链。“看上去有点儿像两颗心，”她又肯定地点点头，“一颗在另一颗上面。”她脸上绽放出笑容，“很漂亮。”

我凝视着那个符号，想看出姬亚娜说的图案。如果打开，它的确看上去有点儿像两颗心，一颗是倒着的，另一颗是正向的，在中心处相交。“很漂亮。”我赞同道。

“是的，”沙茨尔医生也表示同意，但他的声音听上去又严肃起来，“刚开始时，警方以为这可能是个古董。但我又听说任何数据库里都查不到有关它的登记资料，所以这点也没法确认。”

和我的身份一样，我心里想，于是立刻和这条项链产生了一种特殊的亲近感。

我把手伸向左侧那个很小的搭扣，设法用指甲尖将它弹开。当我看到里面空空如也时，我的希望再次落空。

我责怪地看了一眼沙茨尔医生，问：“原来这里面有什么东西吗？”

他摇摇头：“他们把你带进来时，里面就是空的。我估计，即使里面有什么东西，飞机坠毁时也肯定掉出来了。”

我的另一部分，丢失了。

我合上吊坠，轻轻弹了它一下，让那颗空空的心旋转起来。银项链自己缠绕起来，越缠越紧，仿佛要把我的手指缠断。

当项链的缠绕速度终于慢下来，开始反转时，我才注意到吊坠另一面的东西，是刻上去的。

我一把抓住护身符，将它拿到离眼睛更近的地方，以便看清雕刻在它背后的那些小字：S+Z=1609。

姬亚娜和沙茨尔医生都在认真观察我，等着我做出某种反应。

“这是什么意思？”我问。

医生满脸失望的表情：“我们还以为你能告诉我们呢。”

我可以感觉到绝望又开始在心中滋长。“为什么每个人都这样说？”我喊道，“这里就没人知道任何事情的答案吗？”

他遗憾地摇摇头：“抱歉。这不是我们熟悉的算式或者公式。”

“S+Z=1609。”我一字一顿地念着字母和数字，希望它能触动我记忆中的一些事，在大脑黑暗虚空中的一些事。

经过了漫长又安静的五秒钟之后，这个方法终于奏效。

“1——6——0——9。”我慢慢重复着。熟悉的影像开始进入我的大脑，一张张脸飞快地晃过。

我感觉内心慢慢激动起来。

我有记忆了吗？记忆就是这种感觉吗？

是的！我想起来了。我想起了水。我想起了漂浮的残骸，尸体，一道透亮的白光，声音。

“你叫什么名字？你知道你在哪里吗？你知道现在是哪一年吗？”

然后，突然间，仿佛一股空气“嗖”的一声从房间里泻出，刚才的兴奋激动没有了，被这令人沮丧的回忆赶跑了。

我正在回忆飞机坠毁之后发生的事。

在飞机残骸中醒来之后，我不记得曾经登机。

“亲爱的，那个数字，1609——它对你有什么意义吗？”姬亚娜问。她显然看到了我脸上奇怪的表情变化，想打破僵局。

“是的，”我心烦意乱地叹息一声，“我想那是某一年。”

触动

飞机坠毁后第五天，他们终于同意我出院。不可避免地，他们得出了我早已得出的结论：我安然无恙。尽管从三千多米的高空落下，我却活了下来，而且毫发无损，这的确令人费解。他们安慰我说，我的记忆终将恢复。他们希望我届时立即给医院或者警长打电话。

我笑着同意，尽管我并不像他们那样有信心。只要能记起自己的真实姓名，我就很开心了。

紫罗兰好像既成事实，现在几乎人人都这样叫我。我不介意，我觉得这名字不错。

社保局的一位女士来了，给我带来一些出院穿的衣物。一条他们叫牛仔裤的蓝裤子，一件简单朴素的白T恤，一个文胸，姬亚娜还不得不教我怎样扣背后的挂钩。还有内衣裤，上面有红色和橙色条纹，以及袜子和两边有粉色闪光铆扣的白色系带鞋。但除了袜子外，这些东西好像都不合身。那位女士嘟哝着道歉："对不起，尺寸我都是猜的。"

但我不介意。只要能脱掉那件很薄的无纺布衣服，我就很开心。

雷诺斯先生，也就是那位没能成功找到我的任何亲人的先生（不过他向我保证说他们还没放弃）告诉我说，我将被转送到一个州里指定的"寄养家庭"中接受照料。

我不知道这是什么意思。那天下午晚些时候，当一男一女走进我的房间，自我介绍说是希瑟•卡尔逊和斯科特•卡尔逊时，"寄养"的含义不言而喻。他们给我看了一座房子的一些照片，房子在离这里两百八十公里的地方，房子前面有个院子，树下有一架秋千。照片上还有一个少年，蓝色大眼睛，乱糟糟的金色卷发，他们介绍说那是他们十三岁的儿子科迪。

这些将是我的临时家庭和临时生活的组成部分。大家都期待我在这里找到家的感觉，直到我真正的家被找到。

我感受着他们善意的微笑和温暖迷人的身体语言，认定这是一个我能去的较好的地方。再说，好像也没人让我在这件事上做出选择，而我又只是急于走出这间病房。

“我们之所以选择卡尔逊一家，是因为他们家离这里很远，”雷诺斯先生解释说，“他们住在一个叫韦尔溪的小镇上，位于加州中海岸。这个房间以外的任何人都不会知道你的具体去处。可能你看新闻的时候已经猜到，这件事好像已经在某种程度上变成媒体的马戏表演。我们想尽可能给你最好的机会，让你不受这些影响。希瑟和斯科特可以确保你不引人注目。同时，我们也会竭尽全力寻找你的家人。”

他签署了一份夹在记录板上的文件，将它递回沙茨尔医生手中。沙茨尔医生看上去满脸不悦。我感觉如果让他做主，我哪里也不能去，直到谜底揭开。

我很高兴，这事显然不是他说了算。

“你有什么东西需要我们帮你收拾吗？”自称希瑟•卡尔逊的女人问我。她走到我床边，又冲我笑笑。

我摇摇头，示意我一直捧在手里的那条心形黑色吊坠项链：“这就是我的全部家当。”

希瑟抿着嘴唇，回到丈夫身边，看上去在为她的提问感到抱歉。

姬亚娜走进房间，手里拿着一个棕色纸袋：“这些是他们找到你时你穿的衣服。”

我往纸袋里瞅瞅，看到一卷深灰色布料，整齐地叠成方形。我在心里告诉自己，回头得清理一下这包东西。

“不过，”她继续说，“如果换成我，我会买些新的。”她冲着我臂弯里的纸袋点了下头，“这些可不是我见过的最漂亮的东西。”

“我们会带你去买新衣服的。”希瑟急忙承诺说。

我挤出一个微笑：“谢谢。”

“我们会想你的。”姬亚娜走过来，伸出双臂紧紧抱着我，用力挤压我。我僵在那里。这是她第一次同时用如此多的身体部位接触我。事实上，从没人这样做过。她通常只会轻轻摸摸我的手，或者用指尖碰碰我的脸蛋。但现在，她无处不在，她的手臂箍得我喘不过气来，她的头发戳着我的脸颊，她的气味扑面而来。我无法动弹，突然很想挣脱她，将她推到地上去。

然后，一种愉悦的感觉开始顺着双腿向上蔓延，麻酥酥的，让我立即放松下来。我的眼睑开始沉重起来，仿佛我无法让眼睛一直睁着，或者说我不想那样做——眼皮耷拉下来，身体松弛下去。就在我的眼睛要闭上的那一刻，姬亚娜松开我，退到一边。

“这是怎么回事？”我有点儿晕乎地问。

她笑着摸摸我的头发。“别紧张，亲爱的。”为了不让旁人听到，她又压低声音说，“一个拥抱而已。”

直到我们走出医院大门时，我才完全明白了媒体马戏表演的含义。

奇怪的闪光灯让我不停地眨眼。有好几次，我被晃得什么也看不见。过了一会儿，我的眼睛才适应过来。我的大脑用了更长时间才反应过来我看到的是什么。

人，成千上万的人。

比我以前任何一次同时看到过的人都多。

我感觉胸口堵得慌。我开始数他们，指望数数儿能帮我镇定下来。如果我能数清这里有多少人，或许我就能思考、呼吸、活动。但我太紧张了，数到一百四十二后就数不下去了。雷诺斯先生正拉着我的胳膊，领着我从人群中穿过，这让我更加紧张。

我听见到处都是声音，非常多的声音。我不知道这是真的，还是我想象出来的。他们都在向我索要东西——我无法给予的东西。

“你还记得什么吗？”

“你登上那架飞机是打算离家出走吗？”

“你对你的真实身份有何记忆吗？”

我把手里的吊坠项链攥得更紧了，将它完全隐藏在拳头里。

我们吃力地往前挤时，雷诺斯先生一次又一次地重复道：“她无可奉告。”如果他以为这话能驱散那些人，我希望有人能告诉他这招没用。

最后，他紧紧抓住我，又说了一句显然毫无用处的话。“各位，”他恳求道，“她已经经历了太多，请允许她安静地恢复吧。”

一时间，我还以为这个请求奏效了，但那个时刻转瞬即逝，因为语言侵犯继续上演着。

“你能告诉我们此刻你脑子里在想些什么吗？”

“你对航空公司的调查有什么看法吗？”

“你相信他们没骗你吗？”

我停下脚步，第一次收回看向地面的目光。尽管雷诺斯先生一直紧紧拉着我的胳膊，希望我继续走，一直走到人行道尽头那辆交通工具那里，但我没动。有人将一根长长的黑色棍子伸到我面前。

“你说的什么？”我问。

“你相信他们没有骗你吗？”一个满头浓密金发的女人重复道。她看上去很自豪，因为最终引起我注意的是她的问题。

人群安静下来，都在等着我的回应。

他们为什么要骗我呢？我心里想。

但这个问题我也无法回答。

四周的一张张面孔开始旋转起来，越转越快，看上去模糊一片。我感觉自己正在倒下，失去平衡，失去方向感。天空不再在上方，人行道不再在脚下。我什么都不知道。

有人轻轻拉了一下我的胳膊，世界停止旋转，一张张面孔再次清晰起来。我稳住脚步。

“你还好吧？”雷诺斯先生问。

我缓了一口气：“还好，刚才有点儿晕。”

“走吧，”他说，“我们上车去。”

我顺从地跟着他往前走，眼睛一直看着地面，地面正在我脚下快速移动。我感觉双腿酥麻起来。它们在向我的大脑发送信号，让我跑。但我与引领我的人始终保持步伐一致。

我们走到人行道尽头一辆很长的黑色交通工具旁。我进去时，有人提醒我注意头部。我一屁股坐在座位上，车门“砰”的一声关上，把我吓了一跳。

希瑟和斯科特已经在里面了。面前的玻璃窗让我有了被保护的感觉后，我才大着胆子去看外面那堵我们刚刚穿过的人墙。那些人还在喊着我的名字，吸引我的注意力。不过，他们的声音现在已经与一种很大的嗡嗡声混合起来，我再也听不出任何一个单独的问题。

我看着雷诺斯先生正吃力地走回医院。我扫视人群，仔细观察那些面孔、五官、眼睛。有与我的眼睛相似的吗？姬亚娜说她从没看到过我这样的眼睛。

紫罗兰色。这个特色肯定是我从父亲或者母亲那里继承下来的。因此，当我的亲人来接我时，我也许可以借此认出他们。如果他们会来接我的话。

我慢慢松开紧紧攥着的拳头，低头看着手里的吊坠项链。

这是谁给我的？是对我很重要的人吗？如果我登机时戴着它，那它可能很重要。他们可能都很在乎它。

我们开始移动，人们从窗外消失，旧面孔被新面孔取代。但它们有一个共同点，每张面孔都在看着我。

我们转过一个拐角。就在这时，我看到了他的脸。

*是那个到我房间里来过的男孩！*同样的浓密黑发，同样专注的淡棕色眼睛。我们的目光相遇时，同样温柔的、弯弯的笑容。

我又产生幻觉了吗？或者他是真实的吗？

我双眼之间开始有了一种奇怪的灼烧感，而且越来越热，仿佛鼻梁上方有一盏闪亮的聚光灯。我皱皱眉头，用手摸摸我的皮肤。感觉正常，甚至有点儿冷。

但我注视他的时间越长，我的额头变得越烫。仿佛火在烤，宛若在发烧，但又不是很剧烈。*那是……*

而且我很镇定。

几乎称得上平静。

突然间，十六年被遗忘的生活不再重要。一切都不再重要。

我看着门把手，轻轻将手指放在闪亮的银色碰锁上。但我听到姬亚娜的声音在我脑海里回荡——*媒体渴望……冒牌货……迫不及待地想吸引别人的注意力*——那种灼热感继续攫住我。

他什么都不是，我告诉自己。

他的微笑没有意义。

我把手放回大腿上。我迫使自己把目光从他身上转开。刚刚转开，我额头的温度即恢复正常。

我紧紧攥着吊坠项链，用力握着，把金属环扣都压进了手掌皮肤中。

我们继续前行，眼前的人继续变化。我们加速之后，人越来越少，直到完全消失。

家

卡尔逊夫妇告诉我，他们住在一座建于二十世纪初的旧牧屋中。根据他们的介绍，韦尔溪小镇过去一直由农民负责管理，但在过去五十年里，小镇已经被渴望更多空间和宁静生活的城里人接管。

他们还告诉我，我们需要三个小时才能到那里。卡尔逊先生和卡尔逊太太与我一起坐在后排，一个叫兰斯的人在操纵那个交通工具。希瑟称它为“汽车”。

我喜欢汽车移动的方式，很平稳，偶尔颠簸一下。斯科特说是因为加州经费紧张。我点点头，仿佛能听懂的样子，其实我根本不懂那是什么意思。

汽车内部非常舒适。黑色的皮革，用指尖摸上去软软的、滑滑的。还有能让东西动起来的按钮，像我病床旁边的一样。我问希瑟和斯科特这辆汽车是否属于他们。他们好像觉得我的问题很有趣。

“我们想都不敢想！”斯科特回答说，“这是航空公司送的。我猜这是他们最起码应该做的。”

“为什么？”我问。

他用双手揉着长裤的膝部：“嗯……有些人说飞机失事是他们的疏忽造成的，比如你的姓名就不在旅客名单上，不过说实话，那可能只是计算机出了小故障，一直这样。”

“斯科特从事计算机工作。”希瑟拍着丈夫的腿解释说。

“什么是计算机？”

斯科特笑了：“嗯……简单地说，它是一种设备或者机器，可以处理数据和执行操作。但在现在这个时代，你基本上可以用计算机编程做任何你想做的事情。”

“真的吗？”

“是的，绝大部分事情都可以，”他自豪地说，“计算机正在快速超越人类智力。”

我觉得这句话很奇怪："你怎样给一台计算机编程，让它比你更聪明呢？"

"你让它自己思考，然后它就能进化，变得比你更聪明。计算机可以比人类更快、更高效地吸收信息。"

"如果它们比你更聪明，"我担心地问，"你不怕它们最终毁灭你吗？"

他们俩都笑起来。"你真应该到好莱坞去找工作，"斯科特说，"不，不完全是那样的，只有在电影里才是。计算机可以比人类更聪明，但它们不会像人类一样做出反应。它们感受不到贪婪、嫉妒和仇恨这样的情绪，而这些情绪恰恰是人类想去毁灭什么的原因。"

我点点头，转身向车窗外看去，正好从眼角的余光里看到希瑟和斯科特交换了一下眼神。

我们到达那座房子时，我立即明白他们说的"安静"是什么意思了。他们古色古香的房子坐落在山边，四面围绕着数百棵参天大树，几乎将房子完全遮住了。我注意到，他们给我看过的那张照片上的秋千，是从一棵大树的树枝上吊下来的。斯科特告诉我说，在他儿子科迪小的时候，他给儿子做了这架秋千，不过科迪现在几乎不再荡秋千了。

我看到一条盖满树叶的小径，一直延伸到一座小山包那边。希瑟指着小径告诉我说，顺着那条小路走，就可以走到小溪边。"韦尔溪镇因此得名，"她说，"小溪流经小镇的大部分地方。科迪和他的朋友们过去常常在小溪里举行自制帆船比赛。"

我的卧室在二楼，被装饰成白色和浅蓝色。中间有张床，角落里有张小桌子、一个梳妆台和一把椅子。人坐在上面时，椅子会摇动。还有一道通往浴室的门，从浴室可以走到另一个卧室。

希瑟指着浴室另一头半掩的门说："科迪去夏令营了，科学夏令营。"

我探身向前，往门里看了看，看到一张书桌上放着几块电路板，不知道是什么东西上的。

"他喜欢拆东西，"她顺着我的目光看去，补充说，"我只希望他也喜欢把它们重新装回去。"

我笑了。从她说话时满眼的笑意，我感觉到她是在说笑话。我喜欢笑话，姬亚娜在医院里就爱说笑话。但我觉得笑话好像很复杂，似乎你必须有某种特别的技能，才能说笑话。我不知道自己是否能说笑话。

“也许你也参加过夏令营。”希瑟打趣地说。

“也许吧。”我默认道，同时在心里将这几个字的意思联系起来，想弄明白它们可能表示的意思。*夏天的营地。在帐篷里过夏天吗？*

“他明天回来，”她继续说道，“我会让他用我们的浴室，让这里成为你的私人空间。你可以将这道门一直锁着，如果这样能让你感觉舒服一些的话。”她关上通往科迪卧室的门，将门把手下方那个小球形锁的锁芯按下，演示它是怎样锁上的。

我耸耸肩，以示回应，不知道自己是否是个有隐私的人。

我用大拇指来回抚摸着手腕上的黑色文身，仿佛答案就在皮肤下面。

“你饿了吗？”她问，“我去做午餐。”

“是的。”我说。我把吊坠项链放到梳妆台上，跟着她下楼到厨房。

二十分钟后，我和斯科特一起坐在餐桌边，希瑟将一个盘子放在我面前，说：“如果我知道你最爱吃什么，我就做它了。”

我警惕地看着他们期望我吃掉的那个陌生东西。

“如果我知道我最爱吃什么，我早就告诉你了。”我回答说。希瑟和斯科特都被我逗得咯咯笑起来。他们的笑声让我很惊讶。

希瑟坐进一把椅子里，将一张餐巾铺在大腿上。斯科特做了相同的动作。我猜这才是正确的行为习惯，于是照着做了。“这是科迪最爱吃的，所以我做了这个，烤奶酪三明治，非常家常。”

我看着我的盘子，注意到黏糊糊的橙汁奶酪从面包边上滴落下来，好像是粘在面包上的。我小心翼翼地用手指夹着拿起一片。这是飞机坠毁后我吃的第一餐真正的食物。

我咬第一口时，希瑟和斯科特专注地看着我。

那种味道顿时在我嘴里爆炸开来，势不可当，让我全身充满一种我还不能完全理解的兴高采烈的感觉。三明治的质地既松脆又细腻，我每嚼一次，它就释放出更多美妙的香味到我的舌头上。

我知道我什么也不记得了，但我相信这是我吃过的最美妙的食物。还有其他东西尝起来如此美味可口吗？

我不由自主地发出一声轻叹。希瑟和斯科特都笑起来。

味道终于开始蒸发，我嘴里的三明治被唾液浸透。我将它吞下，立即又咬了第二口。这口和第一口一样美味，我满足地感叹一声。

“我猜这意味着你喜欢它。”希瑟确认说。

我没说话，生怕一张嘴香味就会跑出去。我只是笑着点了下头。希瑟和斯科特又咯咯笑了起来。

“我真高兴。”希瑟说。

我吞下第二口。“这是我吃过的最美妙的东西。”我由衷地说。

希瑟笑容满面地拿起她自己的三明治。我情不自禁地感受到了她的快乐，发现自己也很开心。也许这就是食物的意义所在。

那天晚上，我回到自己的房间后，将姬亚娜在医院给我的那个棕色纸袋里的东西倒在床上。

我木然地盯着那些陌生的深灰色衣物。

他们找到我时我穿在身上的衣物。

我真希望能从它们中看出一些意义，真希望我能记起当初是怎样挑选它们，将它们穿在身上的。我当时也把它们放在梳妆台里吗，和这个房间里的一样？

我不假思索地将白色T恤从头上脱下来，又脱掉牛仔裤。我将手臂伸进那件灰领衬衫的短袖里，布料摸上去很软，感觉这件衣服已经穿过很长时间了。

这意味着这是我最喜欢的衣服吗？

衣服前面有白色扣子。我飞快地扣好每颗扣子。然后，我穿上相配的灰布长裤，将裤腰提到臀部以上，用一根纤维细绳将长裤固定在腰上。

我从通往浴室的门上挂着的穿衣镜里看着自己。总体效果不错，但一点儿也不招摇。事实上，看着镜子里自己的影像，我觉得自己非常缺乏生气，几乎可以称得上忧郁。

我曾是一个忧郁的人吗？

或者，这是人们乘坐飞往亚洲的长途客机时穿的衣服？

显然，这就是我穿的衣服。但不知为什么，我现在感觉一切都不对劲。虽然这些衣服我穿着都很合体，但穿着它们的时间越长，我就变得越不安。

突然，我非常渴望尽快将它们脱下来。我一把将衬衫从头上脱下，用力扯下长裤，将它们从脚边踢开，顿时感觉好受了一些。

我站在那里，粗重地喘了一会儿气，才穿上希瑟借给我的粉色棉睡衣。

直到我弯腰收拾散落在地板上的灰色衣物时，我才注意到，长裤内侧有个白色的小东西。

我拿起长裤，仔细查看那个东西。

是个口袋。

我用手指夹着小口袋摩擦了几下之后，确信里面有东西。

我小心地将手指伸进去，捻出一张皱巴巴的黄色纸片。纸张的腐旧告诉我，它一定和我一起在海水里泡了很长时间。

我将那张纸放到梳妆台上，仔细将它在木头台面上展开抚平。

我俯身向前，眯着眼睛去看那些歪歪斜斜的褪色字迹。那些字是用深黑色墨水写的。海水显然已经对字迹造成了严重破坏，但我仍然吃力地认出了三个字：相信他。

我喉咙里好像顿时被什么东西堵住了，但我急忙将它咽了下去。我将那张字条看了一次又一次，但每看一次，都更加泄气。

相信他？

相信谁？

这是谁写的？

我用力闭上眼睛，试图将涌上心头的沮丧挤出去，但没用。那种感觉越来越强烈，在皮肤下刮擦着我，从内部灼烧着我。

为什么一切都这么神秘？为什么每件事都这样蹊跷？

我将字条揉成一团，紧紧握在手中，然后一把抓过放在梳妆台上的吊坠项链，在摇椅里摇啊摇，直到心底的愤怒渐渐平息。

我打开那个心形护身符，凝视着空空的内部，想着里面可能有过什么东西。无论那是什么，都可能已经随着我最喜欢的食物、乘车的经历，以及夏令营的记忆一起消失在了海上。

今天午餐后我帮希瑟洗碗时她说过的话在我的脑海中回荡。

“我们并不是来取代你真正的家人的，”她对我解释说，“我希望你清楚这一点。”

我告诉她我已经知道了。

“我们只是在你的家人被找到之前暂时帮助你。我百分之百相信他们一定会被找到的。但只要你还需要我们，我们就会帮助你。”

我向她表示感谢，并像她几分钟前教过我的那样，将手里的盘子放进洗碗机。每个盘子都有专门为它设计的地方——一个大小刚好的槽。我很喜欢这点。

我把吊坠项链握在手中，再次读着刻在上面的内容：S+Z=1609。我发现我很想知道是否有个地方也在为我而存在。也许有，但也许它已经永远遗失了。

我周围的人都非常确信我有一天能回忆起过去，确信我的家人能被找到，确信我的记忆会恢复，而我将回归我的生活。

但不幸的是，我不像他们那样有信心，我不相信那些他们非常确信的事情，因为不知为什么，我感觉我的记忆好像不是暂时被放错了地方，而是消失了。

如果真的如此，那么，我唯一的机会就是重新创造生活。只有这样，我才可能真正拥有只属于自己的生活。

我把那张皱巴巴的黄纸放到吊坠里，“啪”的一声合上，然后站起来，走回梳妆台边，打开最上面的抽屉，将项链放进去。我在心里默默发誓，我要把它，连同过去的一切事情一起忘掉。

我发誓要往前走，找到属于我的完美新生活。

渴求

我又回到人群中，正试图离开医院，却挤不过去。拥挤的人流太过稠密。他们向我提问，拉扯我的衣服，抓取我的四肢和头发，把我往不同的方向推来推去。

引领我的人已经被人潮卷走。我孤立无助。

我想把周围的人推开，但他们太强大，因为他们数量众多。

我祈求他们让我走，但他们不答应。我想吸引某个人的注意，但他们一个接一个从我眼前慢慢消失，直到全部融会成一个巨大的、模糊的陌生人。那双蓝眼睛冰冷无情，那张脸上有一个大大的、不祥的笑容。尽管他的五官都隐藏在阴影中，但我知道，他正在看着我。

一直在看着我。

他不说话，他从不说话，他只观察。

他浑身透出饥渴和贪婪，他想找到我，他能感知我，他对我的欲望与日俱增。

在他的注视下，我不安地蠕动着，急于逃开。但我无处可逃，我被困住了，成为他的囚徒。

他的声音从黑暗中传出，像蛇一样咝咝作响。

“她什么时候能准备好？”他问。

我尖叫着，醒来。

这是我的第一个梦。

扫描事件

今天，希瑟必须去一个叫“超市”的地方买些吃的，因为科迪要回来了。斯科特在上班，她不想把我一个人留在家里，因此，她把我也带去了，还向我保证说没有人会认出我。

不过，当她主动借给我一顶前面有个白色徽标的海蓝色帽子时，我才感觉好了些。“这是斯科特最喜欢的棒球队。”她说着将帽檐一直拉到我的眉毛上方，让我的大部分脸被阴影遮住，然后，她把她称为“太阳镜”的东西架在我鼻梁上，我眼前的世界顿时变得昏暗了几分。

“现在我能想象那些名人是什么感觉了。”我从车里出来时，她笑着说。

希瑟还借了几件衣服给我穿，让我有机会给自己买衣服时再还给她。裤子太大，我不得不用腰带束着，绿领衬衫又太长，不过正好可以遮住腰带。

我们走进商店，我立即停下脚步，不知所措地看着眼前的一切。

市场：买卖商品的地方。超级：非常大。

希瑟将一只手轻轻放在我的手肘上：“别紧张，跟在我身边就好。”

我按照她说的去做，同时满怀着强烈好奇心看着她把一件又一件物品放进购物车。她不停地说着科迪最喜欢吃哪几种食物，又对哪些东西过敏。她还参照她听说的或在电视里看到过的十几岁女孩子喜欢吃的东西，猜测我可能喜欢吃什么。

尽管超市大得令人畏惧，可我很快就发觉我喜欢这里，这里到处都有可以读的字句和可以数的东西。我很感谢有人不辞辛苦地在每件东西上都贴了标签，每条通道、每件包装、每种成分都有说明，对于我这样的人来说，这非常有用。我如饥似渴地读着那些词。有些标签我能看懂，比如鸡蛋、牛奶和橙汁，但有些标签上的内容让我困惑不已，比如苹果肉桂粒、根汁汽水和千岛沙拉酱。

“我去给你买些化妆品吧。”当我们走在一条写着“美容产品”的通道上时，希瑟说，“但我相信你不需要化妆，你的五官毫无瑕疵。”

然后，她又笑着自言自语：“有意思，我十几岁时，我妈妈也常这样对我说，我还很不高兴。”她从一个货架上拿起几个小盒子，扔进购物车。

我们走到一个装满各种红色厚肉的大玻璃盒前时，她问：“你吃肉吗？”

我隔着玻璃看去，读着各种产品的名字。“看上去不熟悉。”我承认道，突然感觉有点儿恶心。

“嗯，你吃的时候，它们看上去就不是这样的了，”希瑟介绍说，“要先把它们煮熟，颜色会变成褐色。”

我点点头：“那好吧。”

“嗯，你可以试试，”她热情地说，“如果你不喜欢，可以不吃。这里有很多人都不吃肉，选择做一个素食主义者。也许你过去也是个素食者。”

我耸耸肩：“可能吧。”

我们的购物车装满之后，希瑟将它推到靠近门口的地方，停在另一个人身后。我看到前面那个女人把自己购物车里的东西倒在一条移动的传送带上，一名年轻的女收银员把每件物品拿到一个金属平面前刷一下，发出“哔”的声音。我注意到，她每刷一次，一个小显示屏上就会显示出一个名称和一个数字。

哔。葡萄果冻：2.99美元。

哔。原糖：4.79美元。

哔。燕麦片：5.15美元。

几分钟后，那辆购物车空了。那个女孩问道：“就这些吗？”

女人点点头说：“今天就买这些。一共多少钱？”

收银员按了按她面前一台机器上的几个按钮。我听到一个很轻柔的声音耳语般地说：“178.22美元。”

直到这个数字出现在显示屏上，那个女孩重复说了一遍后，我才意识到，我刚才听到的是自己的声音。这让我非常吃惊，但我不确定是什么原因，我猜是我没意识到自己一直在算。

希瑟赞赏地看了我一眼：“厉害。”

她将我们的购物车推上去，开始把里面的东西往外拿。“斯科特也可以心算很大的数字，”她说，“数学从来就不是我的强项。看来我们已经发现你最喜欢的科目了。”她转过头，冲我眨眨眼。

收银员开始扫描我们的物品。

哔。罐装西红柿：1.29美元。

哔。立体脆：2.79美元。

哔。果酱馅饼：3.85美元。

另一条传送带把那些物品输送到那台金属扫描仪的另一边，一位身穿红色围裙的年轻人将物品逐个放进一个口袋中，看上去像姬亚娜用来装我那些灰暗衣服的口袋。

哔。青椒：0.99美元。

收银员将那罐青椒放在另一条传送带上，但它被卡在了金属边沿和传送带之间，我出神地看着小小的罐头无助地转着圈，想要挣脱束缚。

“你能帮我拿一下那个吗？”

我抬起头，看到那个穿红色围裙的年轻人正指着那个转动的罐头。

“好的。对不起。”我说。但是，当我伸手去抓住它时，一种刺耳的叫声让我的手停在了空中。

哔哔哔哔哔哔哔哔！

那声音让希瑟、那个年轻人、收银员和我都大吃一惊。我急忙将那罐青椒扔下，缩回手。

扫描仪继续响着。收银员疑惑地按下键盘上的好多按钮，但都无济于事。屏幕上显示“错误，无法识别”。

“这就怪了，”她说，“一定是出故障了。我也不知道这是怎么回事，等我叫经理来。”

她拿起旁边的一部电话。我偷偷低头打量我的左臂，就是因为它伸到扫描仪上，那个声音才响了起来。

我把手翻过来，仔细看着手腕内侧，文身四周的皮肤在跳动。我用拇指抚摸着那个浅黑色印记，感觉很烫，奇怪地烫。我急忙缩回拇指，低叹一声。

“怎么啦？”希瑟皱着眉头问。

我摇摇手腕，那种微妙的刺痛感开始消退：“没什么。”

扫描仪的叫声终于停止，收银员挂断电话。“很抱歉。”她拿起下一件物品，开始扫描。

哔。冰冻比萨：4.82美元。

比萨顺着传送带落入棕色袋子里。

一切好像已经恢复正常。

“一共102.49美元。”收银员大声说。

穿红色围裙的人将袋子放进我们的购物车里。希瑟拿出一张小塑料卡片，在柜台上的一台机器上刷了一下，又在键盘上按下一串数字，交易好像就此结束。她谢过收银员，将购物车推在身前，招呼我往前走。

我们默默向停车场走去，新鲜空气令人感觉舒畅。希瑟按下她钥匙链上的一个按钮，汽车的后备厢打开了，她开始将购物车里的袋子往车上搬。

“哎呀！”突然，她惊叫一声，举起双手，“我忘记买做洋葱酱的酸奶油了，我跑回去买，你能帮我把剩下的东西装好吗？”

我耸耸肩：“没问题。”

“我很快就回来。”她承诺道，然后迅速转身向商场里走去。

我从购物车里拿起一个袋子，小心地把它放进汽车里，像几秒钟前我看到希瑟做的那样。为了尽可能利用空间，我将它放到后备厢靠车内的那一边。当我转身去拿下一件时，我注意到，有人正站在我身后。

我惊得一跳，倒吸一口凉气。

我立即认出了他。是那个男孩，昨天在人群中的是他，在我病房里的也是他。

我一直以为那个男孩是自己幻想出来的。

但我知道他在这里，离我很近，如果我愿意，伸手就能碰到他，而且出于某种无法理解的原因，我的确想那样做。我感觉手指在期待地颤抖着，但我强迫自己让双手停留在原来的位置上。

“对不起，”他说，“我不是故意要吓你。”

他正看着我，眼里闪着光。他向我走近一步，我突然感觉不安起来。

我退后一步，提醒自己他说过谎。他是他们中的一员，是渴望在媒体上露面的冒牌货，一个说谎者。

“你是谁？”我厉声问道。

我看到笑容从他脸上消失了。他沮丧地皱起眉头，两道深棕色眉毛皱到一起，在额头上形成一道很深的皱纹。“那这是真的了，对吗？”

我不知道他在说什么，因此没说话。

他用手指梳理着头发。“我不相信这已经发生。”他的声音有些嘶哑。他低头看着地面，当他再次开口时，声音小得像耳语：“你真的忘记了一切。”

“对不起。”我说，尽力让自己的声音听上去很生硬。我将帽檐拉得更低一些，调整了一下太阳镜：“我不认识你。”

这是事实，我在心里对自己说。

“不，你认识，”他坚持说，“你只需更努力地尝试一下。”尽管隔着深色眼镜，他仍然捕捉到了我的目光，这让我感觉怪怪的，有点儿眩晕。

“你记得我吗？”他问。他说得很慢，语气果断，一字一顿，仿佛这话是开启一扇暗门的钥匙。

然后，我听到另一个声音，遥远、微弱、模糊。

记得。一直记得。

我摇摇头，躲开他的目光。“不。”我嘟哝道，转身去拿另一个袋子。我将袋子放进车里，并调整其他袋子，让它们都冲着一个方向。

我听到身后一声叹息。然后，过了一会儿，我又听到很轻的笑声。“你总是这么固执。我猜你天生就不相信别人。”

我竭力不去理会他。

“但是，即使我不得不从头开始，我也会去做。”

我把全部注意力集中到购物车、袋子、后备厢上。

他又说话了。现在，他的声音听上去有些绝望，直刺我心扉，让我不知所措。“求求你，塞拉。试试吧。”

我慢慢转过身：“你叫我什么？”

“塞拉，”他低语道，“这是你的名字，塞拉菲娜的简称。”

我等着反应。如果他说的是事实，这真是我的真实姓名，我一定会感觉到什么的。

但我没感觉。

“你一点儿都不记得了吗？”他问，“我们发现过什么？我们为什么逃？你是怎样到这里来的？”

“我是空难幸存者。”我毫无表情地说。

他从喉咙里发出低沉的声音：“你根本没上过那架飞机，你知道的。”

我吞着口水，感觉胸口有什么东西涌上来。我们沉默良久。他用挑战的目光看着我，希望我反驳，或是移开目光。

可我什么都做不了。我只是说：“我想让你离开。”

他说的是事实，我再次告诉自己。但这次，这话听上去没那么有说服力了。

我不认识他。我不记得他。我不能相信他。

我清清嗓子：“我想，你只是想吸引媒体的注意。”

“如果是那样，”他说，“我会直接去找媒体，而不是来找你。”

我转身背对着他，将手伸到购物车底部。

“而且，”他继续道，“我也就不会知道吊坠项链的事。”

我一下子僵在那里，不停地眨巴着眼睛，四周的汽车渐渐变得模糊起来。

他向我背后靠过来。我能感觉到他呼出的气吹在我后颈上，但我拼命说服自己，那只是微风吹过，宜人的夏日清风。

“可我真的知道，”他自顾自地继续说道，“因为那是我给你的。”

我转过身，张开嘴，想要回答他，尽管我一点儿也不清楚该说什么。我感觉两眼之间又开始温暖起来。很快，那里变得很热。

这是怎么回事？

我厌恶地一把摘下太阳镜，把帽子推上去，将一根手指顶在前额上。

他注意到了，嘴角浮现出一个奇怪的、会心的笑容。他眼里再次闪现出火花。“这么说，你其实记得，”他说，“至少你身上的某个部分还记得。”

他的手向我的脸伸过来，我吓得直往后退。我的呼吸加快了，尽管我竭力控制自己，但好像马上就要失控。

正在这时，我看到超市的门开了。希瑟从门里出来，一只手里提着一个小塑料桶——我猜是她说的酸奶油——另一只手里拿着一张收据。

这时，我真的想让他马上离开。而且我知道，希瑟一定会把他赶走。

他随着我的目光向停车场那边看去。我看到他脸上的表情变了，明显的镇定突然变成惊慌，这让我更加相信自己的怀疑是对的。

他是个骗子。

“好吧，”他急忙说道，“我以为能有更多时间，但显然没有了，所以请听我说。”

他重新把注意力集中到我身上，非常专注地锁定我的目光，让我几乎无法呼吸：“塞拉，你正处于危险中。你不是你自己以为的那个人。有人在找你，请你相信我，你一定不想让他们找到你。”

我茫然地摇着头。究竟发生了什么？他为什么要说这些？我为什么会感觉如此眩晕？

我不认识他。我不记得他。我不能相信他。

我在心里反复念着这三句话，像念咒语一般。

“而且，”他又强调说，“你一定不能吸引任何注意，尤其不能吸引任何媒体或者摄影师的注意。这非常重要。还是把帽子戴上吧，你得想方设法掩藏自己。”

什么事情耽误希瑟这么久？她早就应该过来了！

我抬起头，看到她已走到停车场中间，正站在那里和一位抱着婴儿的女人说话。从她们的身体语言看，我估计她们互相认识。希瑟还伸手胳肢那孩子，小宝宝发出咯咯的欢笑声。

“我知道，你不相信我说的任何事情，”男孩继续说道，把我的注意力重新拉回到他身上，“至少在你自己想明白以前，你不会相信我。我知道，你将说服自己摆脱此刻的感觉。你就是这样的人。但我还知道，记忆就在你心中的某个地方，我也在那里。”

我把目光垂向地面。但他侧过头，再次捕捉到我的目光。

“你必须找到它！”他催促道。

他的语气很沉重，带着恳求的意味，这让我的手颤抖起来。

希瑟已经聊完天，正向我们走过来。她仔细观察着我们，仿佛刚刚注意到那个男孩。她加快了步伐。

男孩向她的方向看看，又看着我：“塞拉，你有必要试着去回忆！”

我无法再忍受了。皮肤刺麻，额头发烫，还有眼睛……这太过分了。我转过身，从购物车里抓起最后一个袋子。我把袋子放进后备厢，想将他的声音屏蔽，但它继续渗透我的所有精神屏障。

“别相信任何人，”他告诫我说，“努力回忆真正发生过的事情。努力想起我。”

我把注意力集中到从顶上一个袋子里冒出来的那盒冰冻比萨上。

两百九十个单词。

一千四百三十二个字母。

数数儿好像起作用了。我不再听见他的声音。我的额头开始凉下来。

字母A出现了一百零八次。

出现八十七次的字母是——

“那是谁？”我听到希瑟的声音在我身后响起，急忙转过身。

“谁？”

“刚刚在这里和你说话的男孩子。”

我想告诉她实情，将男孩说过的每句话都重复给她听，但他的声音还在我耳朵里回响。

“别相信任何人。”

我抬头望着希瑟善良、温和的脸。我可能对任何事情都记不住多少，但我很难相信她可能会是危险的人。

不过，不知为什么，我发现自己说的竟是：“他认出我是新闻节目中的女孩。我让他别烦我，他就走了。”

也许是因为我自己也渴望相信真的是这样。

她好像对我的答复很满意，然后顺手关上了后备厢。我偷偷环顾停车场，想看看是否还能看到那个男孩，但没见到他的影子。如果希瑟没问起他，我可能真的会说服自己相信他根本不存在。

但他存在。

而且更重要的是，他知道吊坠项链。

希瑟为我打开车门，我几乎是把自己扔进车里的，庆幸终于可以坐到坚固结实的东西上了。

“嘿，紫罗兰。”希瑟轻笑一声坐到驾驶座上，系好安全带，“你已经进过超市，而且安然无恙。现在你完全可以应付一切了。”

我礼貌地笑笑，把目光转向窗外。紫罗兰，我默默地在心里重复道。我突然觉得这个暂用名很不合适，就像我借的衣服很不合身一样。

同样的字

我们从超市回去时，希瑟和斯科特的儿子已经到家。他的个头比我想象的更小。在照片上，他看上去个头更大一些，但实际上他站起来也才到我肩膀处。他的手臂瘦得皮包骨头，脸色稚嫩，有点儿孩子气。尽管我并不知道十三岁的孩子看上去应该什么样，但我觉得科迪不像只比我小三岁。也许人在十三岁到十六岁之间会长很多。他的头发是黄褐色的，向各个方向支棱着，鼻梁上架着一副金属边眼镜，脸上有棕色和橙色雀斑。

“妈妈，”他一边按着头上乱糟糟的卷发，一边说，听上去有点儿不高兴，“你没告诉我她很辣。” 他说这话时压低声音，还把脸转开，由此判断，他不想让我听到他的话。但我还是听到了。

希瑟大声笑起来，揉乱科迪刚刚按下去的头发：“她长什么样有什么关系吗？”

科迪的眼睛向我瞟来，紧接着又将目光移开了。“当然有关系。”他说。他的牙齿咬得紧紧的。

“紫罗兰，”希瑟笑着说，“这是我的儿子科迪。他显然认为你很火辣。”

“妈妈！”科迪瞪大眼睛，脸一下子变得绯红。

“我感觉体温正常。”我回答说，有点儿不明白他们在说什么。

希瑟又笑起来。“紫罗兰的记忆还没恢复，”她耐心地解释道，“她对很多俚语都不熟悉。”她用胳膊搂着科迪的肩膀，“也许你可以教她一些你们青少年喜欢说的嘻哈语，帮她变酷。”

科迪往上转了一下眼珠。我以前从没看到过这种表情，但我在心里记下了，准备稍后对着镜子试试。

“妈妈，”他抱怨道，“首先，除了你之外，没有人用‘嘻哈语’这个词；其次，我是这个世界上最不应该去教别人怎样变酷的人。”

“不是吧，”希瑟辩解道，“我就觉得你很酷。”

科迪又转了一下眼珠。“噢，天哪，”他说，他的声音突然变得嘶哑和虚假起来，“我的妈妈认为我很酷。那我相信，一年级的新生肯定不知道什么是酷了。”

希瑟转向我：“科迪过几周就要上高一了，他有点儿紧张。”

“妈妈！”科迪将她的手臂从肩上推开，“别说了！”

我看着他将一个很大的双肩包的背带挎到手臂上，走上楼梯。他的脚步声比这房子里任何人的脚步声都大，这让我很迷惑，尤其想到他的个头并不高。

“你不得不原谅他，”希瑟说着将最后一袋日用品倒出来，“他的青春期刚开始。”

青春期。我琢磨着这个词，想把它和我刚刚看到的事情联系起来。她是指他的小个子吗？或者是他如此频繁的情绪变化？我正要请她详细解释一下，她已经自己说开了。

“十三岁是个很微妙的阶段。你还不知道自己究竟是什么样的人，哪些是你真正的朋友，可以相信哪些人，你能做什么。”

我认真听完这个定义，仔细思考着说：“这么说，我想我也应该还处在青春期。”

她笑了。我喜欢笑容从她眼角绽开的样子，皮肤先皱到一起，然后舒展开来。她关上一道橱柜门，看着我说：“谢谢你。”

“为什么谢我？”

“你有一颗善良的心。”

我的思绪回到医院，想起姬亚娜说过我生命力旺盛，以为希瑟说的也是这个。不过，我不明白这与刚才的对话有什么关系。

“不过不管怎么说，”她在水龙头下冲着双手说，“我都觉得科迪只对数学和自然科学感兴趣是不妥的。尽管我的青少年时代已经过去很久，但我知道这种爱好对孩子在学校的社交生活没有好处。再者，他的个头也偏小。不过，他爸爸也是十五岁以后才开始猛长的。”

我认真听着希瑟说的每句话。尽管我一点儿也没听懂，但我感觉她也不需要我懂。

“你是个幸运的女孩子，这么年轻漂亮，”她又对我说，“我相信，无论你以前在哪里，你交友和约会一定没有半点儿问题。”

我不知道那是否可能是真的。

她在一条毛巾上擦擦手：“如果科迪行为古怪，那是因为他在漂亮女孩身边时总会紧张。给他一些时间吧，让他习惯你在这里的事实。他其实是个很可爱的男孩子。”

我点头微笑，但不知道该说什么好。

希瑟建议我上楼去休息，答应准备好晚餐后叫我。

我照办。我也很想独自待一会儿。我默默爬上楼梯，回到我的房间，随手关上房门。

我坐在摇椅里，前后摇着。这个动作让我慢慢安静下来。但动作的幅度受到限制，像在盒子里的感觉。

我喜欢盒子的感觉，尤其是有标签的盒子。

但那种奇形怪状、没有任何标记，也不知里面装着什么的集装箱，会让我很不安。

尽管我不断告诫自己不要去想，我还是情不自禁地想到了那个男孩。他既让我着迷，也令我迷惑。

这意味着什么呢？

也许什么都没有。也许什么都有。

他不像科迪。他很高，比我更高。他的脸长长的，呈椭圆形。他的胳膊也不瘦骨嶙峋，有松散的肌肉。我猜想这意味着他已经开始“猛长”，就像希瑟说的那样。这也意味着他不止十三岁。我发现自己很希望能有更多的参照标准。一切事情的参照标准。

他有可能真的知道我的事情吗？我从哪里来？我是个什么样的人？我是谁？

“塞拉。这是你的名字。塞拉菲娜的简称。”

塞拉菲娜。我走到镜子前面，盯着镜子里的自己，大声重复着这个名字，并在心里分析它。

“塞拉。塞拉菲娜的简称。”

塞拉菲娜（Seraphina）……塞拉（Sera）……塞（S）。

我疾步走到梳妆台前，拉开抽屉，抓起吊坠，将它翻过来，看着背面刻的字：S+Z=1609。

尽管我好像很会解数学题，却算不出这个等式。

不过也许这就是问题所在，也许这个等式与数学毫无关系。

“你不是你自己以为的那个人。”

我谁也不是！我真想大声喊叫。我甚至连自己是谁都不知道。我怎么可能成为一个不是我的人？

我的头开始阵痛起来。我坐回椅子里，前后摇着，等着那种感觉让我再次安静下来，但这次它不起作用了。我闭上眼睛，让注意力集中到那个男孩身上，集中到他脸上。

我看着他迅速变化的表情。一看到希瑟向我们走来，他的脸色就变得阴郁、严肃起来。

“努力回忆真正发生过的事情……”

我在心里把我知道的每件真实事情罗列出来：

我喜欢数字。

我有个文身。

我喜欢烤奶酪三明治。

还有超市。

我有长长的蜜褐色头发和紫色眼睛。

我是一次空难的幸存者。

一次我没有任何记忆的空难。

一次计算机的小故障将我从乘客名单上删除了。

“你根本没上过那架飞机……”

我的眼睛突然睁开。我从椅子里站起来，在房间里来回走着。我讨厌所有这些没有答案的问题，讨厌那个男孩根植到我心里的这种怀疑，讨厌他让我对我知道的每件事将信将疑。

我最讨厌的是，他好像让我无法忘怀。

不知何故，我脑子里的每个记忆好像都失去了，但他那张脸总是挥之不去。

我一边踱步，一边重复念着我的咒语。

我不认识他。我不记得他。我不能相信他。

最后一句让我骤然停下脚步。我若有所悟地低头看着手里的吊坠，然后深深地吸了一口气，啪地打开那扇黑色的心形小门，将那张皱巴巴的字条取出来，在梳妆台上展开。

我在房间里四处搜寻，最后才在床头柜上找到我要找的东西。

一支笔和一张空白的纸。

我把那张纸放在黄色字条旁边，慢慢地、一笔一画地画出那三个字。

相信他。

我来回看着两张纸和上面的字——一张纸是黄色的，因为放得时间过长和海水的浸泡，已经褪色，皱皱巴巴；另一张纸是白色的，颜色鲜亮，是我刚刚找到的——我看到了我害怕看到的结果。

两张纸上的字一模一样。

都是我的手写下的。

哥德巴赫猜想 8

吃晚饭的时候，希瑟和斯科特都想和我说话，但我心不在焉。我在想别的事情。

更准确地说，我在想那张字条。

我写的字条。

但为什么呢？这是最让我烦恼的问题。

我是故意写给自己的，还是写给别人的？

一定是写给别人的。

不然的话，那不是意味着我早就知道自己会失去记忆吗？否则我为何需要提醒自己相信什么人呢？但我知道那是不可能的。没有人可以预料到飞机会失事。没人可以预测失忆症。我是在飞机即将坠毁时设法写下这个信息的吗？是为了以防万一？

他又是谁呢？

相信他。

我只能想到一个人，但他是我最不想相信的人。如果相信他，就意味着相信他告诉我的一切。

有人在找我。

我正处于危险中。

我从没上过那架飞机。

不。我不能相信他。

这个世界上有数百万个“他”。把那个男孩假设成字条里提到的他，是不是太牵强、太荒谬了？

但我想我的确是写字条的女孩，那我至少要为了自己——为了她——去弄清真相。

晚餐以后，我进了我的浴室，用希瑟今天在超市给我买的洗面奶洗脸。我在医院里时，姬亚娜教过我怎样清理自己：牙齿要刷，脸要洗，指甲要保持干净。这些人人都会做的事情，我也必须由旁人提醒，这让我很烦躁。

我已经从头开始学习被我忘掉的许多事情。我有种感觉，我不是那种很容易遗忘的人。

我注意到，通往科迪卧室那道门的门下有灯光。我还听到了说话声，一共三个人，好像在争论。

吃晚饭的时候，科迪告诉过他的父母，有学校的朋友会过来。

我打开门锁，推开门，看到科迪和两个与他年纪相仿的男孩正围着一块巨大的薄板。薄板表面是白色的，有光泽，布满红色涂鸦。科迪手里拿着一支红色记号笔。

说话声立即停止了，三个男孩都转头看着我。

“你没听说过要敲门吗？”科迪问。我从他的语气判断出他生我的气了，但我不知道为什么。

“听说过。”

他鼻子里发出一种可笑的声音：“那你为什么不敲？”

“我不知道我该敲门。”

另一个男孩大笑一声，又急忙用手掩住嘴巴。

“你应该敲。”科迪回答说。他的语气仍然很犀利。我不喜欢这种语气带给我的感觉。

“你生我的气了吗？”我向他走近一步，望着他的脸。

但他就是不看我的眼睛。“没有。”他说，声音小得几乎听不见。

“你好像生气了。”

“我没有。你有什么事？”

我看着另外两个男孩，不知道我是否应该相信他们，是否应该提出我的请求。我甚至不知道我是否该相信科迪。但现在，他是我唯一的选择。我可以去找希瑟和斯科特，但不知出于什么原因，我觉得他们不会满足我的请求。而且他们会让我解释原因，我还没想好如何解释。

最后，我终于说了出来：“我想去洛杉矶，尤其想去机场。”

科迪笑起来，但他笑得并不真实：“那就让我父母带你去吧。”

“我不能和他们一起去。”

“那就祝你好运了。”

我知道这话的意思，但我确信他不是真的在祝我好运。他的语气和身体语言都透露出相反的意思。我发现这种矛盾令人沮丧。

“我父母永远不会让你单独离开这座房子的。”他指出。

“是的，我知道。所以我想让你带我去。”

他的眼睛一下子瞪得老大：“什么？现在？”

“不是，”我回答说，“明天早上，在希瑟和斯科特醒来之前。”

“这女孩失去理智了。”他对他的朋友们说。

“是的，”我说，“正因如此，我才需要去那里，看看能否把它找回来。”

他们齐声大笑起来，但我不明白为什么。我说了一句笑话吗？我可不喜欢在不经意间说出什么笑话，那是多大的浪费！

他们的笑声停下之后，我又问道：“那，你能带我去吗？”

“不能。”科迪转身背对着我，面向那块白板，继续用那支红色记号笔写起来。

“为什么不能？”

“因为我很忙。”他没好气地说。

我看向那块白板，看着那些涂鸦。走近之后，我才注意到，白板上到处都是数字、字母和数学符号。

“你在忙这个吗？”我询问道。

他没看我：“是的。如果我们能解出这道题，我们的高一生活就会辉煌地开始，更不用说进入数学名人殿堂了。还有不到两周就开学了，我的确没时间偷偷跑去洛杉矶。”

“这么说，如果你解出了这道题，就有时间了？”我得出结论。

他哧哧笑起来：“当然。如果我解出了这道题，就有时间带你去。”

“嗯……我帮你把题解出来如何？”我满怀希望地建议道。

这让他再次大笑起来。那两个男孩也跟着笑了。“好啊，像你这样的人可能连哥德巴赫猜想都能解出来。过去两百五十年来，一直没有人能证明或者反驳这个猜想，全世界的获奖数学家都解不出来，但你这个失忆超模也许可以。”

“如果我能解出来，你就带我去洛杉矶？”

他终于转过身来，看着我，“咔嗒”盖上红色记号笔的笔帽。“是的。”他在笑，但不是今天早些时候我在希瑟脸上看到过的那种笑容，他眼角的皮肤不会皱到一起。“如果你能证明或者反驳任一大于2的偶数都可写成两个素数之和，我将亲自带你去洛杉矶。”

我把注意力集中到那块白板上，扩展我的视野，直到能同时看见整个白板。然后，我走到白板前面，检查上面的每一个部分，注意到男孩子们是从原始的公式开始的，而且从那里就开始偏离轨道了。我从白板下方的架子上拿起刷子，擦掉他们写的第二部分。我听到身后传来一阵惊呼声。

“你不……不……不能……”我听到一个男孩结结巴巴地说，“她刚刚擦掉了我们两个小时的心血！”

我没理会他们的抗议，从科迪手中抽出红色记号笔，接着还剩下的证明继续写。我的手移动得很快，快得几乎连我自己都跟不上。我不记得曾做过这样的事情，但出现在我面前的白板上的数字和符号都很熟悉，熟悉得让我无法解释。它们不是从我记忆里来的，而是来自其他地方，我知道怎样组织它们，就像我知道怎样走路、说话、数购物车里的物品一样。

不出一分钟，我已证明完毕。我退后一步，检查自己的作品。整个白板现在已被写满。我在最后的结论上画上一个圈。“证明完毕。”我说。

科迪没说什么。他的嘴唇张着，形成了一个可笑的形状。另外两个男孩脸上的表情大同小异，我理解为惊讶。我自己也很惊讶，不是惊讶自己能证明这个问题，而是惊讶科迪说这几乎不可能。这显然没有什么不可能的。

但我也想到了其他事情，我的不可能清单中位居前列的事情。

我把记号笔还给科迪。他还在默默地盯着白板，目光飞速从我写的一行行数字符号上扫过。他的嘴唇嚅动着，正在默念我写的证明。如果他是在检查错误，那他找不出一个。

这点我非常肯定。

实际上，我感觉很好，因为我第一次能对一件事情如此肯定。

我向浴室走去。“我们明天应该早点儿动身，”我对他说，“五点就走。”

科迪轻轻点点头，我随手关上了浴室门。

语言问题 6

我们离开房子时，天还没亮。我自作主张再次借用斯科特的棒球帽。我用帽子遮住脸，还穿上了昨天穿过的衣服。希瑟本来计划我们今天再去购物，我想她只好等到我回来后再去了。

“我觉得很有趣。”我告诉科迪。我们沿着通往镇上的小路往前走去，不时回头看看还在沉睡中的房子。

“这叫内疚。”他说，“我只想让你知道，如果我因此惹上麻烦——我确信一定会的——我就说是你绑架了我。”

“绑架，”我重复道，“用武力劫持。”

他鼻子里又发出那种奇怪的声音，我觉得那叫嗤之以鼻。“原来你还是活字典哪。”

“我没有强迫你。”

“没错，”他勉强让步，“你只是谋骗我。”

“谋骗，”我说，“进攻性行为，尤其在商业事务中。”

“它还有一个意思是把某人的钱骗取出来，就像赌球游戏一样。”

我皱皱眉头：“但我没从你那里拿钱。”

“别说了，”他急忙回答说，又将背包往肩上推高一点儿，“你还是快告诉我你是怎样证明哥德巴赫猜想的吧。”

我耸耸肩：“我不知道。”

“我不相信，我觉得你是在网上或者其他地方找到的。”

“网？”我好奇地重复道，“像蜘蛛网那样的东西吗？”

科迪奇怪地看了我一眼：“不，是万维网，也就是互联网，你不会连这个都不记得了吧？”

“我什么都忘了。”

“但你会说话，会走路，还能证明无法证明的猜想。”

我深吸一口气：“我想是这样的。”

街道上静悄悄的，光线也很暗，没有我昨天在城里时看到过的街灯，但我能清楚地看到科迪的脸。他的眉头紧皱，嘴唇歪向一侧。

“那你怎么可能不知道互联网呢？”

这正是让我沮丧的事情。“我不知道，也无法解释这一切。我知道一些词语，对另一些却不懂，这好像没有什么规律，即使有，我也还没找出来。”

科迪用眼角的余光看着我。“那一定糟透了。”然后，看到我不解的神色，他又急忙补充说，“我是说那一定很麻烦。”他看向我的左手腕，“我猜，你也不记得为什么会选择这样一个奇怪的文身了吧？”

我尴尬地用右手遮住那个很淡的黑色标记。“是的，不记得。”

科迪把我的手推开，俯身仔细看着那个标记，然后，他的眼睛亮了起来：“哇哦，我觉得这有点儿像帮派标志之类的。”

“什么？”

他摇摇头：“没什么。”

“究竟是什么？”我问。

“什么是什么？”

“互联网。”

“嗯，好吧。它是……”他顿了顿，用手画了一个圆圈，“嗯，它是一个你可以找到一切东西的地方。”

这个定义顿时激起了我的兴趣：“我们可以去那里吗？”

他大笑起来，但今天的笑声听上去比昨晚在卧室里的友善一些：“不行，你不能去那里。它在电脑上，或者手机上，或者移动设备上。”他伸手从口袋里掏出一个东西，我现在知道那是手机。他按下一个按钮，手机亮了起来，他开始在上面轻轻敲击。

“你看，”他把手机递给我，“这是汽车时刻表，是发布在互联网上的。”他指着一行文字，我的目光随着他的手指移动。“这是我们去洛杉矶要搭乘的客车，再过二十分钟从这里出发，九点四十二分到达洛杉矶。”

他还向我演示了怎样看那一页的剩余部分，我急切地吸取着这个信息。当我们浏览到那一页的最后时，我问：“它还能告诉你什么？”

他耸耸肩：“一切事情。”

我的头脑顿时热起来。所有的数据——所有的信息——都能通过一个简单的设备获得，这简直不可思议。我想搜索更多信息，但科迪把手机拿了回去，放回口袋里："如果有Wi-Fi（无线局域技术）的话，速度更快。"

五分钟后，我们来到汽车站。科迪带我到售票柜台，他向一位坐在透明玻璃后的男士说："请给我们两张到洛杉矶的双程票。"

那位男士在他面前的屏幕上轻轻点了三下："一共一百三十八美元。"

科迪转向我："我猜，你把银行账户信息也忘记了吧？"

"我……"我尴尬地嗫嚅着。

"不出所料，"他说着把手伸进口袋，掏出一堆绿色钞票，"这是我差不多两个星期的零花钱，你这人情欠大了。"

柜台上放着一个我昨天在超市里看到过的那种读卡设备。我指着它问："你为什么不用那个？"希望能帮上些忙。

看来我又说错话了。科迪嘟哝一声，把两张钞票递给那个人："因为我父母不给我信用卡，我请求了无数次也不管用，但还是谢谢你的提醒。"

"信用卡。"我重复道，开始分解这个词，"信用：能够履行跟人约定的事情而取得的信任。卡：一种长方形的硬塑料片。"

玻璃后面的男士把票递给科迪时，奇怪地看了我一眼。科迪急忙向他微笑了一下。"她是外地人。"他嘟哝着，一把拉起我的手臂，将我从柜台边带离。"你就像个小孩子，"他没好气地对我说，"你真的什么都不懂。"

这句话让我如鲠在喉，不得不咽了咽口水，才说："我想，我曾经也懂。"

科迪摇摇头："信用卡是一张塑料卡片，你可以用它代替现金。它能记录下你的消费情况，每到月末的时候，你需要一次性支付。我发誓，我感觉自己就像在演蹩脚的科幻片。你确定自己不是从外太空来的吗？"

"我觉得不是。"

他笑着说："不过这当然能说明很多问题，不是吗？"

"什么问题？"

科迪用手指揉着他浓密的黄眉毛："回头再说吧。嗯，我想去洗手间。你在这里等我，哪里也别去，好吗？"

我点点头："好的。"

他指着我身后的一张橙色塑料椅子说："坐在那里。"

我照做了。

“不要动。”

我看着他消失在一道标示着“男性”的门后面。我环顾房间，数清房间里一共有十一个人，有四十八把和我坐着的相同的椅子。

一位棕色头发、身穿蓝色连衣裙的女人走过来，问我去旧金山的汽车几点在这里停站。

“五点四十五。”我告诉她。

我的回答好像让她很吃惊：“你也要去那里吗？”

“不，我去洛杉矶，但我看过汽车时刻表。”

“你住在那里吗？”她问。

“也许吧。”我说。我看到她表情疑惑，想到不应引起任何不必要的注意，急忙补充说：“我的家人住在那里。”

这是我第二次说谎，第一次是告诉希瑟超市停车场上的男孩是从新闻里认识我的。我渐渐明白说谎的目的了，这是一种保护机制。

“太好了。”那个女人说，“你是从葡萄牙或者巴西来的吗？”

这个问题让我很困惑，不知道她为什么只假定了这两种选择。我看上去像葡萄牙人或者巴西人吗？如果是，为什么以前没人说过这点？

“我也不太清楚。”我开口道。我很想问她为什么做出这个看似模棱两可的假设，希望这能提供一些有关我身份的线索，但我没能得到这个机会。我感觉一只手正急切地拉着我。

科迪把我从椅子上拉起来，将我带到车站的另一边。

“好啦。”他严肃地说，“首先，在汽车站不要随便与人搭话，这很冒失，尤其因为你还是……嗯，名人。”

“她问我去旧金山的汽车几点在这里停站。”

“其次，”他没理我，继续说道，“也许更为重要的是，嗯，你会说葡萄牙语？”

“不知道。”

“你怎么可能不知道？我刚刚听到了。”

“听到什么？”

“听到你和那个女人说葡萄牙语。”他解释说，听上去很愤怒。

我越过他的肩膀望向那个穿蓝色连衣裙的年轻女人，她坐到了我刚刚让出来的椅子上。我回忆我们的对话，突然在记忆中听到了它的不同版本——葡萄牙语版本。

“我会说葡萄牙语？”我重复着科迪的问题。

“好像是。”

我思忖着这意味着什么。我可能在哪儿学过葡萄牙语呢？也许我曾在那里生活过，也可能我是葡萄牙人或者巴西人，正如那个女人推测的那样。这就是没人来认领我的原因吗？因为他们生活在别的国家？

“我小时候的保姆就是葡萄牙人。”科迪说，“她老是看葡萄牙肥皂剧。”

“你觉得我可能也是从那里来的？”我问。

科迪耸耸肩：“我猜有可能。但你讲英语时没有口音，所以我没听出来。”

我也不知道。我把这件事存放到头脑中，收集到的线索清单正在慢慢变长，唯一的问题是，到目前为止，这些线索不能以任何合理的方式联结起来。

葡萄牙语与吊坠项链有什么关系？与我手腕上的文身有什么关系？与那个声称认识我的男孩有什么关系？

“我正在了解各种与你有关的有趣事情。”科迪说。他语气中那种特殊的偏见意味又回来了。

突然，一个洪亮的声音从头顶上的喇叭中传出，宣布开往洛杉矶的312号汽车已经到达。“我们要坐的车来了。”科迪说，“我们要去找你丢失的记忆吗？”

我看向窗外。一辆银色和蓝色相间的巨大交通工具正轰隆隆地向路边开来，车身一侧画着一条狗，狗正在跑。跑向哪里呢？我不知道。

我很想知道那条狗自己是否知道。

汽车前面有个标记，上面写着：洛杉矶。

这是一个开始。我想，此时此刻，我也不能要求太多。

“是的，”我深深地吸了一口气，对科迪说，“走吧。”

芥蒂

这汽车行驶起来没有我们从医院回来坐的车平稳。车不仅颠簸，而且车里有股奇怪的气味，也没有按钮可以让车窗降下去。我们刚刚坐下来，科迪就从口袋里拿出他的手机。我兴奋起来，以为他要向我展示更多有关互联网的信息。但相反，他把手机举到自己面前，以飞快的速度全神贯注地在屏幕上移动着手指尖，许多小动物的图像开始在屏幕上移动起来。

我面向前方，慢慢合上眼睛。

但眼睛刚刚闭上，他就出现了——那个男孩。他的嘴咧开，露出自然的微笑。他的眼睛凝视着我，眼神中流露出不可否认的渴望。

“这么说，你其实记得……至少你身上的某个部分还记得。”

我的眼睛重新睁开。我盯着前面的座位：蓝布、一张折叠起来的小桌子、一个细绳编结的小袋子。我开始数蓝布上的线，试图分散注意力，但这招不管用。

我的思绪仍旧飘忽不定地飘向他。他那平缓、安宁的声音一直说着令人不安的话语。

我希望能像证明哥德巴赫猜想一样证明或者反驳他所说的事。在白板上写几行公式，进行几次演算，就完成了。循环、反驳、继续。

但这事没那么简单。

因此我才会在这里，在这辆汽车上，旅行两百八十千米，去反驳一些我自己无法反驳的事情。

也许从此以后，我脑海中每次浮现出他的脸时就会有的感觉将消失。但此刻，这种感觉就在我内心深处，正在迅速扩散，每时每刻都在加剧。如果我盯住他的眼睛，那种感觉会变得让我无法忍受。它就像一种疾病，皮肤下的刺痛，肌肉的痉挛。

最糟糕的是，我不知道这代表着什么，我无法定义它。仅仅是因为我是女孩而他是男孩吗？是某种我无法控制的异性间的荷尔蒙反应吗？

但如果是这样，我和科迪在一起时也应该有同样的感觉。但是，当我转过头去看着他，他的部分脸庞被手机显示屏照亮，那种感觉却消失了。我努力地、长久地看着他，等着那种感觉回来，但它没回来。

他不高兴地抬头看着我："有什么事吗？"

我摇摇头："我想，没有。"

"那你是怎么回事？被我不可抗拒的英俊相貌迷住了吗？"

他嘲讽的语气再次让我迷惑不解："那是什么？"

他低头看着他的手机屏幕，"游戏。"

"不，我是说你声音里的。你为什么那样说话？"

"怎样说话？"

"你说的话并不是你真正想说的。"

他哧哧笑起来："这叫'讽刺'。你的头脑小词典里也没有这个吧？"

"不，我有。"我承认说。

"那好吧。"他又把注意力转回手机上去。

"你不喜欢我。"

他笑了，但我立即看出那不是发自内心的。我已经开始意识到这其中的区别，这非常重要。

"不，我非常喜欢你。"

又来了。

"那你为什么那样尖刻？"我问。

"尖刻？"

"讽刺：尖酸刻薄，用于传递轻蔑或侮辱。你为什么要尖刻？"

他叹息一声，将手机放到大腿上。"我没有尖刻。"

"那你为什么要向我传递轻蔑或侮辱？"

他在座位上动了动。"好吧，我不是故意要对你尖刻。更准确一点儿说，我其实是……我也说不好……对像你这样的女孩都尖刻。"

我吃力地理解着这句话。"像我一样的女孩？"

他脸上那种独特的红晕又开始出现。"我的意思是，"他向窗外看，"长得像你的女孩。"

"我长什么样？"

他嘟哝一声，转过头看着我："你真的要让我说出来吗？"

我没回答。

"漂亮！"他终于说道，脸上的红晕加深了，他把脸又转向车窗，"好吧，你非常漂亮，你应该去当模特儿。如果你还没当过的话，那就去吧。"

我想了想，说："但你不喜欢那样。"

我能从车窗玻璃中看到他的反应。他摇摇头，闭上眼睛。"不，我喜欢。不过漂亮女孩一般不和我这样的男孩说话，即使她们和我说话……嗯，这样说吧，她们的话都不好听。"

"所以你就尖刻，"我确认道，"对漂亮女孩尖刻。"

"对，"他踢着他前面的座椅说，"但我必须承认，你和其他人不一样。"

这句话让我既开心又难过。"为什么不一样？"

"嗯……首先，我认识的漂亮女孩没有一个能证明哥德巴赫猜想。其次……嗯……你是真的在和我说话。"

"因此，也许你不应该对所有漂亮女孩都尖刻。"我说。

他大笑起来："你现在听上去有点儿像我妈了。"

"这样好吗？"

"这……"他嗫嚅道，"……有点儿复杂。"

我心里纳闷儿这世界上是否还有不复杂的事情。

"那你呢？"他终于把脸转过来，看着我问。他脸上的红晕已经消失了。

"我怎么了？"

他从背包里掏出一瓶水，拧开瓶盖。"你觉得你以前在家的时候有男朋友吗？在你的记忆全部失去以前。"他喝了一小口水。

我思考着这个问题，试图去理解"男朋友"这个词。"你的意思是指男性爱人吗？"

水从他嘴里喷出来，有几滴落到我身上，过道那边的一位女士鄙夷地瞥了我们一眼。

"当然。"他终于止住笑，回答说，"男性爱人，你有过吗？"

我想起被我塞进梳妆台顶层抽屉里的吊坠项链。

"那是我给你的。"

我摇摇头："我不记得了。"

"我相信你一定有过几个。"他还确认地点了点头，又喝了一小口水。这次，水没有喷出来。

"我也说不好。"我说着闭上眼睛，把头靠在了椅背上。

"嗯，如果这样，那你可能现在更快活。"

我惊讶地睁开眼睛问："为什么？"

他耸耸肩。"倒不是我对这件事有什么经验。但据我所知，爱情就是十足的窘事。"

"是什么？"

"累赘。"他换了一个词。看到我仍旧迷惑不解的表情，他再次尝试给我解释："一件真正的麻烦事。左右摇摆，反反复复。'我爱他，不，我恨他，不，我又爱上他，但觉得他真正喜欢的是克莱尔。求求你，求求你帮我问问他。'我不懂，但我觉得这听上去纯粹是在浪费时间。"

"对。"我真心表示同意，尽量不去理会额头正中已经开始出现的温热刺痛感，"绝对不适合我。"

确认 8

我们从洛杉矶市区的客车站直接乘公交车去机场。科迪已经用手机计划好了整个行程，这进一步增强了我想要拥有自己的手机的渴望。

我们到达后，他问："现在怎么办？你有什么计划吗？"

我其实没有。我环顾四周，希望能找到哪怕一点点感到熟悉的东西，但什么也没找到。虽然至今为止，我什么都没发现，但我一直认为最终会有一些东西能触动某种反应——一种记忆——我不知道这是为什么。"我猜，我只是想和什么人谈谈，也许那人曾经看到过我登上那架飞机。"

科迪的眉头皱了起来："你是什么意思？"

"嗯……我照理应该在自由航空公司飞往东京的121次航班上。我想证明这一点。"

"不是吧？不是吧？"他无奈地把双手举向空中，"你不会是说，你一路把我拽到这里，就是为了确认新闻里早已确认过上千次的事情吧？"

人行道上很拥挤，人们拖着大大的行李来来往往。我将借来的帽子的帽檐压得更低一些。

"可我怎么知道他们说的是不是事实呢？"我问科迪。

"什么让你认为他们说的不是事实呢？"

我想给科迪说说人群中的那名记者，还有超市停车场的那个男孩，以及他说过的话，"你根本没上过那架飞机，你知道的。"但我又决定暂时不说这些，至少在我找到更多证据之前先不说。

"只是一种感觉。"我对他说，"还有一些事情不吻合。为什么我的名字没在乘客名单上？"

科迪对此好像并不在意："我爸爸说那是计算机出了小故障。"

"如果不是呢？"我不服气地说，"如果他们在说谎呢？"

科迪想了想，才说："他们为什么要对这件事情说谎呢？如果说他们有什么目的，想不露马脚，他们也会谎称你在乘客名单上。"

我不知这话是什么意思，但我并没多想。“我只想弄清楚。”

他把背包挎到肩膀上，沉重地叹息一声：“好吧，我们去看看能不能找到可以谈谈的人。”

我们穿过一道道自动门，站在自由航空公司国际服务台排队等候的行列中。我认出了墙上的一个标志，与新闻中展示过的那片飞机残骸上的相同。我原以为这么近距离地看到这个标志我会颤抖，但我没有。

我们移动到柜台前面时，一个女人招呼我们上前去。我跟在科迪身后向她走去，目光一直低垂着。

科迪清了清嗓子说：“早上好！”他的声音听上去很不同，这让我感到很好笑，他仿佛在尽力让自己的声音变得低沉一些。

我很庆幸请了科迪来帮忙，他今天已经证明了自己是很有用的人物，尽管他的确也抱怨过是被我拉来的。

“早上好！”那个女人满面笑容地回应道，“你们要办理登机手续吗？”

我没抬头，只是轻轻推了一下科迪。他说：“不。其实，我们希望能和什么人说说关于121次航班的事。嗯，就是那架坠毁的飞机。”

她脸上的笑容立即消失了：“对不起，我们无权谈论此事。”

科迪转身看着我，耸耸肩：“你听到了吧，他们不能谈论这件事，我们走吧。”

他准备离开，但我用手指拉着他的衬衫衣袖，把他拽了回来。他嘟哝一声，再次开口说：“我们只是想和那天乘客登机时的乘务员，或者当时在这个柜台上班的人谈谈。”

那女人的脸绷得更紧了：“我已经说过了，我无权和任何人谈论那个航班的事。如果你们不办理登机手续，也不买票，我不得不请你们离开。”

科迪叹息一声，伸手将我的帽檐往上推推，露出我的脸。

他没必要说什么，那声惊叹告诉我，那个女人显然认出了我。

“原来是……你。”她压低声音，结结巴巴地说。

我点点头。

“你在这里做什么？”她急切地问。

“我真的需要和什么人谈谈那个航班的事。”

她坚决地摇摇头：“不行，你必须离开，马上离开。”

我没理会她的警告，继续追问道：“当时你在那里吗？你有没有碰巧看到我上了那架飞机？你能确认我在那个航班上吗？”

“我已经说过，我不能谈论这件事，你甚至不该来这里。”

“求求你。”我的声音颤抖起来，“我只是想给脑子里数不清的问题找到一个答案而已。我……迷惑不解、沮丧不堪，我不知道该相信什么，我必须和谁谈谈。”

那女人抓起手边的一部电话，按下按钮说：“我叫保安了。”

“这意味着我们该走了。”科迪说着抓住我的胳膊，将我从柜台前拉开。

“不。”我挣脱他的手，抗议道。我转身面向柜台后面的女人。“有人可以和我谈谈吗？可以吗？”

她没理我，急促地对着话筒说着：“12号柜台有紧急状况，请求立即援助。”

科迪表情沉重地看了我一眼：“我们或者自己离开，或者被扔出去，相信我，第二种选择导致的麻烦比第一种大得多，因此，除非你想让自己的脸再次遍布各大新闻，不然我们就得马上离开这该死的地方。”

我的确不想再次应对媒体的“马戏表演”，只好让步。我叹了一口气，将帽檐向下拉到遮住眉毛，跟着科迪走出大门，回到繁忙的街边。

我一屁股坐在一条金属长凳上，用手紧紧抱着脑袋。

科迪慢慢在我身旁坐下，笨拙地在我背上轻轻拍了三下，之后才将双手放到大腿上。“对不起。”

我抬起头：“我们现在怎么办？”

“我觉得我们没有其他选择，只能打道回府。”

“但我必须搞清楚。”

“紫罗兰，”他轻声说道，“我觉得没有什么需要知道的。你确定自己不只是想简单地否认什么吗？”

我倒希望是这样，我倒希望我能否认那个男孩对我说过的一切，否认我心中的每一个怀疑，但我不能。

“打扰一下。”我听到一个纤细的声音说道。科迪和我都抬起头，一位身材娇小的金发女郎正站在我们旁边，她身上穿的深蓝色制服和自由航空公司柜台后面那个女人穿的一模一样。

看到我半掩着的脸，她深深地吸了一口气："哇，真的是你。"

"你有什么事吗？"科迪没好气地问。

她偷偷朝我们身后望了望，"我刚才听到你们说的话了，在登机柜台那里。"

"是吗？那又怎样？"科迪追问道。

她好像没注意到他暴躁的语气。"我是布列塔妮。"她说，语气有些紧张。她抚了抚头发，摸摸耳朵，又摸摸嘴巴，然后咬着手指甲。最后，她回头望了一眼，小声说："我是121次航班的登机口检票员，负责扫描每位旅客的登机牌。"

我顿时睁大了眼睛，"呼"地站起身。"那你看到我上飞机了吗？你能确认飞机坠毁时我在飞机上吗？"

科迪也站起身，抱歉地看了布列塔妮一眼，解释说："她有点儿偏执，我估计这是失忆症患者的特点。她的记忆完全丧失了，但不知怎么回事，她突然冒出了这个奇怪的念头，觉得也许出于某些原因，她从没上过那架飞机。当然，我一直说这很荒唐，但她就是想从别人那里证明这点。因此，如果你能让她安下心来，告诉她……"

"可问题就在这里，"布列塔妮闭了一会儿眼睛，"我不能。"

"我知道，我知道。"科迪摆摆手，继续说道，"你们的上司已经明令规定你们要对这件事保持沉默，不能谈起……"

"不，我的意思是说，"她再次打断科迪，声音小得几乎听不见，"我不能确认你在那架飞机上。"

"什么？"科迪脱口问道。

"嘘，小声点儿。"她紧张地看着匆匆走过的乘客，"我……我和你们说话可能会给自己惹上很大的麻烦。我没跟任何人说过这件事，我也知道这没有任何意义，因此，我一直在尽力忘记这件事。但今天我在售票柜台那里看到你们，我听到你们在问……"

我的喉咙好像被什么东西堵住了。

"我对你没有任何印象。"她语气沉重地说，"我一直试图记起你，我发誓。每天晚上我都在想，在脑子里回放那一天的情景，一遍又一遍，但你不在我的记忆里。"她顿了顿，颤抖着吸了一口气，"对不起，但我——我不记得看到过你登上那架飞机。”

“哦，好吧。”科迪说，显然他并没有被她说服，“那架飞机上可能有两百个人，更别说你每天负责检票的其他航班了，谁也不能期望你能记住每个人。”

布列塔妮变换了一下身体重心，又伸手摸摸头发。这个时候我才注意到她的手在颤抖。“是的。但他们在新闻中播出你的照片时，你是那样……漂亮……我的意思是说，你简直美得令人惊叹。而且你的眼睛……我……我……”她的声音越来越小，紧张闪烁的目光慢慢转向我。她沉默的时间越长，我越担心她可能永远说不完她的话。

终于，她咬着嘴唇，向我俯过身。她两眼含泪地小声对我说：“我知道我会记住这样一张脸的。”

第二部

回归

我盯着镜子里的女孩，打量着她光洁的蜜褐色皮肤、颀长的双腿、光亮的浅棕色头发和紫罗兰色眼睛。尽管发生了那么多事情，尽管我已经付出了许多努力，但她仍然是另一个我不熟悉的，希望能在某一天认识的人……

推理

自从我们离开机场，科迪就一直说个不停。我猜那位登机口检票员，更确切地说，应该是她说的话，让他心烦意乱。他说话的方式变了，变得语速更快、声音更高，使用手势的频率也比平时高了很多，瞳孔也扩大了。

我们乘公交车返回客车站时，他说："那个女人没能记住你的理由可能有五百条。而且我可以肯定，所有这些理由，都比你不在那架飞机上这个完全不可思议的想法可信一千倍。"

我和科迪一样焦急和迷惑，但我把自己的反应控制在心里，与我的其他想法放在一起，这样，我可以对它们进行分类，进而弄清楚这个信息的含义。

"比如，"科迪继续急切地说，"那架飞机的乘客登机的时候，她可能被叫走了一会儿，另一位检票员过来顶班，而你正好在那时登机。你可能戴着另外一顶帽子，"他轻轻弹了一下我的帽子，"就像这样的。你登机的时候可能正好低着头。我的意思是说，有谁登机的时候会直视检票员的眼睛呢？我肯定不看。另外，过去的一个星期里，她经历了太多。她检过票的一架航班坠毁在太平洋里，乘客全部遇难！"他飞快地瞥了我一眼，"对不起，我是说几乎全部遇难，这当然会对一个人的记忆产生一点儿影响。总而言之，我想说的是，她根本不是最可靠的目击证人。"

科迪说得没错。只是因为那位检票员从没看到过我登上那架飞机，并不意味着我就不在飞机上，并不意味着停车场那个男孩说的就是真的。虽然那可以解释很多问题。

为什么除我之外没有任何人幸存下来？为什么我的名字不在乘客名单上？如果我真的不在那架飞机上，就意味着计算机根本没有出过什么小故障。

科迪无视我的沉默，继续说道："还有一个解释也说得通。你其实是个恐怖分子，你藏在行李舱里，预谋炸毁飞机。她之所以没看到你登上那架飞机，是因为你根本没有正式检票登机。你是偷乘者。为了掩盖整件事情，航空公司谎称是电脑出了小故障。”

行李舱？

我是在那里吗？我是偷偷溜上飞机的吗？我是恐怖分子吗？

我脑子里本来已经有一大堆没有找到答案的问题，现在又加上这一连串新问题，让我应接不暇。

超市停车场的那个男孩知道登机口检票员不记得我吗？他是航空公司的职员吗？他说有人在找我是什么意思呢？

“她究竟在暗示什么呢？”科迪问，“你只是碰巧在飞机坠毁的那片海域漂浮吗？或者飞机刚好坠毁在你碰巧搭乘的一艘小船，或者橡皮艇上面吗？”

我能从他的语气中听出他又开始进行讽刺了。

“啊哈！我明白了！”科迪拍着双手说。汽车上的其他几名乘客抬起头来。我紧张地向身后看去，看到一个瘦高个头的中年男人，他满头火红色的头发，胡须也是相配的火红色，他正偏着头，专注地凝视着我。这让我很紧张。我把帽子拉得更低一点儿，低下头，转向前方。

“就在飞机坠毁的那一刻，你奇迹般地……从天上落了下来！”科迪大喊大叫道，“你是坠落天使，对，就是这样。我以前怎么就没想到呢？”他猛拍一下自己的额头，“这就解释了你为什么有这么漂亮的脸。”

我甚至不确信他是否还在和我说话。他没看我，更像在自言自语。尽管科迪的话可能杂乱无章，却触及了非常重要的一点。

如果我不在那架飞机上，我为什么会在飞机坠毁现场附近被发现？

我碰巧在同样的时间出现在同样的地点，这种可能性太小了。这意味着还有另一个解释。我一定要去查清楚的解释。

“糟糕。”我听到科迪说。他的声音听上去已经恢复了正常。我转过头去，看到他正皱着眉头看着他的手机。

“怎么啦？”我问。这是我们离开机场后我首次说出声的三个字。

“父母追查。他们打电话来了。”他把电话给我看。我盯着显示屏。

家里来电。

“而且看上去他们已经打了六次。”他愁眉苦脸地说，“他们显然已经发现我们离开了。我要接吗？”

“当然。”

他愁眉苦脸。“你疯了吗？刚才我只是象征性问问。我才不接呢。”

“他们会担心的。”

“当然会，还会暴跳如雷。”他咬着牙说，“如果我将被严厉斥责，我希望只是被臭骂一顿。”

“什么意思？”

他叹息一声：“如果我接电话，他们一定会冲我大喊大叫，责备我带你出来。然后，我们回到家时，他们还会向我咆哮。因此，如果我不接电话，直接把你带回家，就只会被骂一次。懂了吗？”

电话不响了。

那种奇怪的感觉再次从我心底升起，就是科迪之前称为“内疚”的感觉。

“也许你应该告诉他们我们很好，”我建议道，“这样他们就不会担心了。”

科迪靠到椅背上，看着窗外。“不用。我们很快就到汽车站了，再过几个小时就能到家，他们只需担心到那个时候。”

承诺 6

四个小时后，科迪和我刚刚走上家里的车道，就听到希瑟咆哮的声音从阳台上传来："你疯了吗？你不打招呼就消失，还不接电话，就这样把这个可怜无助、失去记忆的女孩子带走？你就看不出来这有什么不对吗，科迪？"

当希瑟匆匆走下台阶，踏着重重的脚步向我们走来时，科迪瞥了我一眼。

"你爸爸都要报警了！你想过没有，如果当局发现一个寄养在我们家的孩子刚来三天就被弄丢了，会怎么样？"

她一把抓住科迪的手臂。科迪好像很痛，呻吟起来。我知道我必须说点儿什么才行，我要对科迪负责，转移希瑟的怒火。

"希瑟，不是科迪的错。"我急忙说，"是我的错，我强迫他带我去的。他不想去，但我强迫他去。"

我注意到，希瑟抓着科迪胳膊的手松了。"带你去哪里？"她问。她对我说话时，声音柔和下来。我立即后悔让科迪卷进了这件事，尤其因为他本来就不想去。我可能应该自己想办法。

"去洛杉矶。"我对她说。

"你带她去了洛杉矶？"希瑟又咆哮起来，她的手重新紧紧抓住了科迪的肱二头肌。

"求求你，"我恳求道，"请你不要生他的气。他竭力阻止过我，但我执意要去。"

"你回洛杉矶去做什么？"

科迪把闪烁的目光转向我，我立刻知道他在想什么。他在想我是否会向希瑟说实话，告诉她我们做过什么，和谁说过话，那人告诉过我们什么。

"我……"我迟疑地开口说。

说谎能保护人。

“我想去机场。”我终于说，“我以为那儿可以触动我的记忆，会有所帮助。”

希瑟沉重地叹了口气，松开科迪的胳膊。我听到自己也叹了口气。

“紫罗兰。”希瑟说。她的声音又变得温柔、耐心起来。这才是昨天和前天的希瑟，是那个把我从医院接回来，给我做烤奶酪三明治的女人。“你不能这样偷偷溜出这座房子。我们现在要对你负责，确保你的安全是我们的工作，如果我们都不知道你人在哪里，我们就无法完成这项工作。”

“对不起，”我说，“我不应该离开。”

“是的，不应该。”她说。然后，她又把注意力转回科迪身上。“还有你，”她的声音尖厉起来，“你不该带她走。你被禁足了，直到开学。”

“妈妈！这不公平！你也听到她说的了，我是被她绑去的！”

“我不管，”希瑟说，“你还是被禁足了。”

科迪踢着车道上的一块鹅卵石：“倒霉！”

我想问“禁足”是什么意思，但我怀疑现在很不是时候。尽管我不懂“禁足”的含义，但科迪的身体语言已经明白无误地告诉我，这个词的含义是消极的。我伸出手，轻轻摸着科迪的头发。在医院里，当我心烦意乱的时候，姬亚娜总是这样做，这能让我感觉好受一些。“对不起，科迪。”

他红着脸，低头躲开我的手。然后，他步伐缓慢地向房子走去，边走边嘟哝着：“无所谓。”

希瑟又看着我说：“紫罗兰，宝贝，如果你想去什么地方，你可以来找我们。”

“我觉得你们不会带我去。”

这是我的第一句真心话。

希瑟伸过手，轻轻抚摸我的手臂。“我们当然会带你去，你想去哪里都行。答应我，以后如果你想去哪里，一定来找我们。”

第一句真话也是最后一句真话，因为我甚至没张开嘴，就已经知道我的回答将是又一个谎言：“我答应。”

“好。”她笑了。这是我们回到家后她第一次笑。“嗯，成功了吗？”

“什么成功了？”我问。

“去机场呀。触动你的任何记忆了吗？”

突然间，我看到了一切：布列塔妮、那位登机口检票员、海洋、吊坠项链、刻在上面的内容、那个男孩。

“努力回忆真正发生过的事情，努力想起我。”

“没有。”我说。

她用一只胳膊搂着我的肩膀，用力挤了挤。“别担心，终究会恢复的。”

我点点头，好像同意她的说法，但脸上没能挤出笑容。

“明天第一件事，”她欢快地说，“我要带你去一个地方，保证能让你暂时什么都不想。”

我非常好奇地看着她：“哪里？”

她冲我咧嘴一笑，又眨眨眼：“购物中心。”

暴露 6

购物中心真是个令人疯狂的地方，人头攒动，熙熙攘攘。

希瑟买了很多东西。当我们穿过一个叫百货公司的地方时，她一边从货架上抽出一些物品，一边说着这样的感叹语：“啊，真讨人喜欢！”“你穿上一定可爱极了！”“如果我有你的身材，我会穿这个！”

一位叫伊琳娜的女士友好地把我们带到后面的一个小房间，在这里我可以穿上这些衣物，看看是否合身。

“你想让我陪你吗？”希瑟问，“或者我在外面等你。你试好之后，出来告诉我喜欢哪一件。”

我耸耸肩，不知该做何选择。“都可以。”

她选择陪我试穿衣服。“万一你需要人帮你扣什么呢。”她解释说，“有些拉链很难拉。”

希瑟坐在一条长凳上，看我一件件试穿那些衣服。我试了她帮我选的所有衣服。因为我对一切都没有任何概念，最后还是由她决定哪些合身哪些不合身。

我将一条紫色连衣裙套到头上，希瑟帮着把裙子拉到及膝处，问：“这是不是很有趣？”

为了让她高兴，我点点头：“是的，很有趣。”尽管实际上我发觉这个过程很乏味无聊。

她欣赏地看着连衣裙，两眼发亮，惊叹道：“哇，你穿上太惊艳了！”她站起来，匆匆向门口走去。“我们到大镜子那里去照照。”

她带我走进门厅，走向一个由三面镜子围着的半圆形平台。“去吧，站到那上面去，可以看看背后的效果。”

我照办，左右转动身子，从每一个角度打量那条连衣裙。我承认，裙子很好看，布料很轻很软，颜色和我的眼睛相配，而且我穿上很合身，除此之外，我真的不知道希瑟为何如此兴奋。

然后，我听到我们身后传来一阵杂乱的脚步声。四个女孩有说有笑、蹦蹦跳跳地进入了更衣室。

“我的天哪，蕾希！”一个女孩惊呼道，“那条裙子你穿上一定很好看。今天晚上当你走进那个派对，特雷弗一定会疯狂地爱上你。”

我看着那个女孩，我猜她就是蕾希。她正拿着一个衣架，衣架上搭着一条裙子。我们的目光短暂相遇，她抿着嘴冲我笑笑，就和她的朋友们钻进一个试衣间，关上了门。

“你必须买下它，”另一个女孩附和道，“和你上周买的白色腰带简直是绝配。”

我继续听着她们的对话。希瑟领着我回到我们的试衣间，帮我脱下那条连衣裙。

“她们听上去好像和你年纪相仿。”她说着又递给我一件衣服试穿，“你想去和她们说说话吗？也许可以征询一下她们对我们挑选的这些衣服的意见。”

我把手臂伸进衣袖，摇摇头。我想不出来可以和那些女孩说些什么，我们好像没有任何共同之处。我是失忆者，喜欢数东西，而她们最关心的，好像是一条腰带能否让一个叫特雷弗的男孩更快爱上她们。

看到她们兴奋不已，我开始觉得，我对试穿衣服这件事兴味索然是不正常的。我不知道我以前是不是也和她们一样对购物充满热情——在我的生活变成一个巨大的黑洞，仅剩下一个空空的吊坠、一张含义隐晦的字条，还有一大堆无法回答的问题之前。

不知为什么，我对这一切表示怀疑。

我渐渐有了一种感觉：我的生活一直非同寻常。

“这件也不错，”希瑟评论说，“我们把它放到这一堆上。”

我把衣服脱下来，递给她。

有人敲门。“试好了吗？”伊琳娜问。

希瑟清点了一下她放到一起的物品。“马上就好。”她把那条紫色连衣裙递给我，“我觉得你应该穿这件出去，你穿上它非常漂亮。”

“你把标签递给我，我就可以把价格记入收款机了。”伊琳娜在门的另一边说。

“好极了。”希瑟将那条连衣裙的标签扯下，把衣架放在挂钩上。然后，她弯腰抱起选中的衣物。“我去挑一些配饰，在收银台那里等你。”

“好的。”

她抱着衣物走出试衣间。我被独自留在那里，与自己的影像为伴。

没过多久，蕾希和她咯咯的笑声渐渐消失，更衣室安静下来。我盯着镜子里的女孩，打量着她光洁的蜜褐色皮肤、颀长的双腿、光亮的浅棕色头发和紫罗兰色眼睛。尽管发生了那么多事情，尽管我已经付出了许多努力，但她仍然是另一个我不熟悉的，希望能在某一天认识的人。

希瑟说过我很漂亮，医院的护士也说我漂亮，甚至伊琳娜带我们到这个试衣间来时，也说我漂亮，但我看不出来。

我不知道什么叫“漂亮”。

突然，我发现自己很想知道超市停车场的那个男孩是否也认为我漂亮。我前额正中那个点又开始热起来，像在停车场他站在我面前时一样。我试图把这个想法从脑子里赶走。即使只是想到这事，我也觉得尴尬。

就在这时，我听到伊琳娜的声音从门外传来。她的声音很小，但我听到了每一个字。

“不，就是她，我发誓。”她说，“那双紫色眼睛一模一样。她就是新闻里那个女孩，空难幸存者。她在这里买衣服。”

我顿时浑身冰凉。我一把拉开门，看到她正对着手机说话。“请不要，”我恳求道，“别告诉任何人我在这里，我无法应对更多的媒体‘马戏表演’了，我不能再经历那一切。”

伊琳娜目瞪口呆，手机从她手中滑了下去。她急忙抓起手机，重新把它举到耳边。“我回头打给你。”匆忙说完后，她将手机放回衣袋中。

“非……非……常抱歉。”她睁大眼睛，结结巴巴地说，“是我妹妹，她不会告诉任何人。我看到你太激动了，我们这家商店从没来过名人。”

“我不是名人，”我坚持说道，“我只是一个普通女孩，我想知道自己是谁，从哪里来。”

我说的是实话。

这感觉不错。

她点点头，飞快地指指她，又指指我，说：“嗯，这一定是某种线索，对吧？”

“什么？”

“当然是你会说俄语这件事。你说得无可挑剔！甚至不带任何口音！”

我眨眨眼睛。“你在说什……”话还没说完，我就听到了，那些单词，那种陌生的、尖厉的声音。它们不是葡萄牙语，当然也不是英语。

“新闻里没提到过这点。”她说。我现在从她的声音里也听到了同样的语言。

俄语。我讲俄语。

奇怪的事情又增加一件。

“一定是出了什么问题。”我用英语说着，走回试衣间。我锁上门，一屁股坐到那只小凳子上，将头埋在两手中。

自从姬亚娜在医院让我看到自己的脸以后，我从没哭过，但此刻我情不自禁。眼泪从我脸上滑落，无法控制。我抽泣着，试图将它们擦掉，但总也擦不完。眼泪不停地涌出来。

“你没事吧，亲爱的？”伊琳娜在门外面喊道。幸好这次她讲的是英语。

“我没事。”我撒谎说。不过我自己也觉得这话没有多少说服力。

“我……去帮你……母——嗯……和你一起来的那位女士。”我听到伊琳娜的脚步声渐渐远去，又开始呜咽起来。

母亲。她想说的就是这两个字。

我的母亲。

连她都知道希瑟不是我的母亲，连她都知道我没有家人，至少没有一个足够关心我、愿意前来认领我的家人。我的母亲是谁？她讲俄语吗？或者葡萄牙语？或者两种都讲？她也和我一样擅长数学吗？她也讨厌购物吗？

她是忙得没时间看新闻，不知道自己的女儿失踪、孤独无助、迫切需要得到一些能说得通的答案吗？

我听到试衣间外面传来的轻微敲门声。伊琳娜一定告诉希瑟我生气了，于是希瑟这个善良、体贴的替身母亲立即跑来了。

我抽抽鼻子，擦擦脸颊上的泪水，从小凳子上站起来。

但是当我打开门时，却惊愕地看到，站在我面前的，是那个男孩。他微微卷曲的黑色头发梳向脑后，那双巧克力色的眼睛看着我，关切地皱起眉头。然后，他把头偏向一侧，仔细打量着正处于窘境中的我：眼泪，鼻涕，只穿着轻薄的贴身衣服。

这时我才意识到自己还没换好衣服。根据逻辑推断，我应该很在意这点。可是，我并没有想象中的任何反应。

唯一让我对此情景感到不安的是，我好像没有觉得不安，一点儿也没有。

我的非同寻常之处又增加了一条。

但我还是急忙从衣架上取下那条紫色连衣裙，用它遮住我暴露的身体。

他笑着看着我，然后他的笑容很快淡去，取而代之的是满脸真诚。

我不知道该说什么。我甚至不知道自己是否想和他说话。此时此刻，我真不知道该如何应付这个场面。

我必须从这里出去。

我将连衣裙从头上套下，将褶边拉至膝盖处。

他看着裙裾从我腿上垂落下来，那讨人喜欢的笑容又出现在他脸上。"真高兴看到你穿上别的东西，而不总是过去那身令人乏味的灰衣服。"

他说的是他们找到我时我穿的衣服，也就是姬亚娜帮我装到棕色纸袋里的那些衣服。

他也知道这些！

但我不关心这些。尽管字条上说"相信他"，尽管登机口检票员说不记得我登上过那架飞机，尽管他的眼睛好像能灼热我的皮肤、融化我的内心，我却不想这样做。我不想相信他。我不想相信他说的任何话。我只想买些普通的衣服，回到一个普通的、充满爱的家庭里，努力过上正常的生活。

我从他身边挤过，他并没试图制止我，只是说："你去过机场了。"仿佛这是众所周知的事实。

"那又怎样？"

"所以你现在知道我说的是实话了。你不在那架飞机上。"

"不，我不知道。"我顺着那排空的试衣间往前走，决心走出更衣室，但一个念头让我停下了脚步。我转过身。"等一下，你怎么知道我去过机场？"我惊恐地瞪大眼睛，"你一直在跟踪我？"

他耸耸肩，仿佛这并不重要。"我必须确保你的安全。保护你是我的工作。"

“你的工作？”

“是的。”他说，“不是正式工作，只是我曾经发誓要做的事。即使你不记得，我仍然要信守承诺。”

我咬了下嘴唇，试图控制自己的脾气。尽管这个男孩能深入我的心灵，并且驻扎在那里，他却真的让我紧张。我叹息一声：“你保护我不受谁的伤害？是那些可能在找我，但我还没见过的人吗？”

“是的。”他的脸色又严肃起来，仿佛乌云掠过。他指着我的左手腕说：“就是给你这个东西的人。”

我倒吸一口凉气，低头看着那条刀口宽的黑线，试图用另一只手将它遮住。“你知道我的文身并不意味着……”

“那不是文身。”

我确信自己早就知道这点。

“那是跟踪器。”他继续说道。

我摇摇头。我知道我应该转过身，继续往前走，永远不再直面他，甚至忘记他的存在。但不知为什么，一种力量在驱使着我去问：“你是谁？”

“我叫莱泽德尔。”

不出所料，这个名字对我毫无意义。

“我不记得这个名字。”我毫无表情地说。

我期待他的脸拉下去，期待从他眼睛里看到失望。

但我没能如愿。

他看上去一如既往地坚定。他向我走过来，拉起我的手，轻轻捏着。尽管我心里很想逃走，却没把手抽回来。他的触摸很温暖，令人安慰，几乎……让我感到了熟悉。

“你当然不记得这个名字。”他说，“你一直叫我泽恩（Zen）。你说因为我能给你带来平和。”

一阵战栗顺着我的双腿向上蔓延，击垮了我的身体。我开始瘫软下来，但我拼命站直。

Lyzender（莱泽德尔）。Zen（泽恩）。Z。

Seraphina（塞拉菲娜）。Sera（塞拉）。S。

S+Z=1609。

我的呼吸加快了。我想说话，但词汇好像就是无法构成。我的嘴又干又涩。我用舌头舔着上腭，直到感觉唾液重新开始形成。

我想到了与科迪的对话——在去洛杉矶的汽车上的对话。我字斟句酌地问：“你……嗯……以前是我的男朋友吗？”

他笑了，那双杏仁状的眼睛眯了起来。他又捏捏我的手。“我觉得不仅如此。”

“你这是什么意思？”

我看到他脸上的颜色变了，但没有变成我在科迪脸上看到过许多次的那种红晕，他的脸颊上有一抹很明显的猩红。他垂下目光说：“你曾说过我是你的心灵伴侣。”

他说“心灵伴侣”这几个字的方式使我意识到它有某种特殊的含义，而且意义重大。

心灵：人类感情、思想和行为的源头；被看成脱离身体的独立存在。

伴侣：一对情侣中的一个成员。

我焦急地低头看着他那只握着我的手。“我不知道那是什么意思。”

他轻声地咯咯笑起来：“第一次时，我还不得不教你。”

第一次？以前发生过这样的事吗？

我的思绪一闪回到那张字条上，被我塞进梳妆台顶层抽屉的那张。

相信他。

“你不得不教我一个词？”我问。

“我不得不教你很多事。”

“为什么？”

“塞拉，”他轻轻拉住我的手，急切地说，“跟我走吧，马上。我保证能回答你的所有问题。但这里不安全。”

“为什么？”我没理会他的请求，固执地重复道，“你为什么不得不教我一些事情？”

他揉揉下巴，回头看了看。终于，他深深叹了口气说：“他们精选了一些需要你掌握的词汇，我认为他们企图用这种方式控制你。”

“谁？”我用力把手从他手中抽出来，追问道。我竭力控制的怒火终于爆发：“你说的是谁？”

他的情绪好像也失去了控制，当他回答时，声音比之前尖厉了许多，而且很威严。“我说的是那些让你成为现在这样子的人！”他指指我的全身上下说。

“什么样？”

“别告诉我你还没注意到。因为我知道你已经注意到了。你与任何人都不一样，你与众不同，塞拉，你很特别。你拥有别人没有的独特能力。这听上去是否有点儿熟悉？”

是的，这听上去太熟悉了。

但此时此刻，这是我最不愿去想的事。

我的大脑像着了火一般。我闭上眼睛，用指尖在两侧的太阳穴上画着小圆圈。“我不想与众不同。”我低声说道，“我只想做个普通人。我只想找到我的家人。”

“但你不普通。”他继续说道。他的声音又柔和下来，听上去令人安慰，“我想，你现在已经知道这是怎么回事了。而且据我所知，你没有家人。”

我睁开眼睛，倒退两大步。“你在说什么呀？”我谨慎小心地问。

“塞拉。”他说着走近我，把双手放在我的肩膀上，他的触摸热切又沉重，“我第一次见到你时，你在实验室里生活。”

实验室：一座用于科学实验、测试和研究的建筑。

他继续说道：“在一个叫迪奥科技（Diotech）的地方，那是一家巨大的高科技联合企业。你参与了他们的一个科研项目。他们什么都做，从航空科学到农业科学，从人类科学……”他顿了顿，含义不明地冲我的方向点了点头。然后，他好像改变了主意，没再继续刚刚的话题。他说：“听着，我暂时住在布拉德伯里车道1952号302室，到那里去找我，我会向你解释一切。”

我摇摇头，用手捂住耳朵，但这无法阻隔他的声音。我想找些东西来数，比如地板上的瓷砖。但它们数量不多。

“不，”我竭力反驳道，“你在说谎，这些都是谎话。”

他又想来拉我的手，但我一把将他的手打开——动作快得极不自然，只见那只手在我眼前一闪而过。

“塞拉，求你了。”他恳求道。

“别那样叫我！”我怒吼道，“那不是我的名字！你也不是我的……我的……心灵伴侣。你什么都不是！我不认识你！我也不知道你为什么总给我说这些虚假可怕的事情， 但我不想再听了。请你别再打扰我！”

说罢，我一个急转身，跺着脚向门口走去，决意去找希瑟，尽快离开购物中心。我以为会听到身后的脚步声，但什么都没有。我很想转身去看他的反应，但我尽力克制着自己。

然后，他的声音从寂静中传出，热情而迫切：“‘我绝不承认两颗真心的结合会有任何障碍。’”

我还没来得及理解他说的话——甚至没反应过来发生了什么事——就感到自己的嘴唇开始嚅动起来。我听到自己的声音在说话，仿佛是从别处传来的、不同于身体的独立存在。

“‘爱不是真爱，如果对方转弯自己立刻转向，如果对方变心自己立刻收场。’”

我突然停住，在心中反复玩味这些词汇。它们是什么意思？从哪里来的？我怎么会知道？

我是在根据记忆背诵吗？

我转过身，再次看向那个男孩，那个自称“泽恩”的男孩，那个自称是我的心灵伴侣的男孩。

他的眼睛亮起来，嘴唇张开：“欢迎归来，塞拉菲娜。”

十四行诗 8

这次我的本能占了上风，我做出了脑子里想到的第一件事。

跑。

我冲到门外，在一架架衣物之间疯狂地穿来穿去，直到找到希瑟。她正站在收银台前。

“我要走，马上。”

她担心地看着我：“为什么？出什么事了？你还好吧？”

不，我一点儿都不好。

我点点头：“我没事。我只是想走了。”

伊琳娜把三个大袋子和一张收据递给希瑟。希瑟谢过她，然后转向我：“好的。我们走。”

我紧紧跟在希瑟身后向出口走去。我看到那个男孩从更衣室门口看着我。他的目光追随着我的每一步、每一个动作。

我感觉自己气得咬牙切齿，脸在发烧。

我恨他向我说谎，恨他显然想利用我的失忆、我的纯真，我也恨自己相信过他，哪怕只有一瞬间。

“我想，我们买到了一些相当漂亮的东西。”希瑟说着发动汽车，从停车场倒出来。

“是的。”我茫然看着窗外，想把他告诉我的事情全部回想一遍，一件一件地衡量。

*你根本没上过那架飞机。*谎话。

*你的名字是塞拉菲娜。*谎话。

*那条吊坠项链是我给你的。*谎话。

*你是一个叫迪奥科技的公司的人类科学试验品。*就连我这个有功能障碍的失忆者也知道这听上去有多荒唐。

希瑟侧眼看着我。我一定又在咬牙了，因为她温柔地把一只手放在我胳膊上，问：“我离开之后，试衣间里发生过什么事吗？”

我在记忆面前畏缩了：“没有。”

“是因为那些女孩吗？”她猜测道，“她们说了什么让你不开心的话吗？”

如果真那么简单就好了。如果我只是一个普通人，不会在不知不觉中说出外语，不会解别人无法解出的数学题，那该多好啊！如果没有男孩子一直跟踪我，明目张胆地向我说些令人厌恶的谎话，那该多好啊！那么，可能我唯一需要面临的问题就是试衣间里的那些女孩子了。

但我的生活不像希瑟希望的那样简单，我很快就知道了这点。现在我只希望她不要再问我任何问题了。

我想忘掉那个男孩，忘掉所有发生在我身上的无法解释的事情。

“没有。”我再次声明，“我很好，什么事也没发生。”

我能感觉到希瑟很矛盾。她想追问下去，做进一步了解，但又感觉到我不愿意说。幸好，她没再打扰我，一路保持沉默。

我内心孤独，茫然无助。没有身份，没有家，什么也没有。

我不知道我是谁，也不知道我是做什么的。

我显然和试衣间里那些女孩子不同。

我也不像卡尔逊家族的人。甚至科迪也承认我不像他认识的其他女孩子。

那我究竟像什么？我属于哪里？

还有一个已经真真切切地开始折磨我的问题：如果那个男孩——那个自称泽恩的人——真的在说谎，为什么他给出的答案都讲得通呢？

我们一回到家，我就直奔科迪的房间。我打开门时，他正坐在床上看杂志。

“看来我必须在门的这边装一把锁了。”他嘟哝道。他显然对我很不满，我觉得我能理解这个意思。

“我……”我笨拙地道歉。但从我生硬的声音中明显可以听出我并不擅长道歉，尽管我天生擅长数学和外语。“我……我想……道歉……”

“行啦，行啦。”他咆哮道，“省省吧。你这次又想要做什么？”

“我需要你的帮助。”

他嗤之以鼻：“免谈。”

“求求你，科迪。”

“以防你没听到，”他开口说道，语气比我之前听到过的更恶毒，“以防你已经完全忘记了昨天发生在这座房子外面的那场对话。我被禁足了，这都是你的功劳。因此，如果你认为我还会帮你……”

“我只是想用一下互联网。”我解释说。

他怀疑地眯起眼睛。“互联网？”

“是的。”

“就这么简单？”

“是的。”

“你不会让我带你去关岛什么的吧？”

“不会，”我顿了顿，思考片刻，补充道，“除非那里的互联网比这里的更好。”

科迪沉默片刻，然后放声大笑起来：“这是个笑话吗？大名鼎鼎的失忆超模刚刚是不是说了个笑话？”

那不是笑话。但我觉得最好还是承认，因为不管我刚才说的是什么，那句话显然已经让他阴郁的心情轻松起来。因此，我笑着耸了耸肩。

科迪合上杂志，从床上滑下来。我现在才看到，杂志的名称是《大众科学》。他重重地叹了一声，说道：“好吧，我可以把我的笔记本电脑借给你。”他从屋角的书桌上拿起一个薄薄的长方形金属设备，把它夹在胳膊下，示意我跟着他走。“来吧。我把它放进你房间里，教你怎样使用。但不要用这台电脑看任何色情电影。我父母安装了那种叫网络保姆的跟踪设备，我看的所有内容他们都能看到。”他皱皱眉头，“我是付出了惨重代价才知道的。”

他从浴室走进我的房间，我紧跟在他身后。“什么是色情电影？”我问。

他哧哧笑着把电脑放到我床上。“它是……你真不知道吗？那就算了。”

他坐下，我站在他身边，看着他打开那个设备，一个黑色屏幕和一个黑色和银色相间的键盘出现了。

“这就是电脑吗？”我问。我入神地看着他按下一个小圆按钮，整个机器都亮了。

科迪滑稽地瞥了我一眼：“对。”

我等着。屏幕上出现一系列图像和文字。科迪有点儿紧张地看看我，又飞快地扫了一眼我的新连衣裙，说：“你看上去……很漂亮。”

我笑着说“谢谢你”，因为这好像是最得体的回应方式。

他又偷偷看了我一眼，“这裙子……”他开口说，但他又急忙把头转开，因为他的脸红了，“嗯……很合身。是不错的改变，很好。”

我用手抚摸着柔软的紫色面料。“是的。”我赞同道，“非常合身。”

科迪清清嗓子：“你把你想搜索的任何内容输入这个小方框里。”他指着屏幕，匆匆解释说，“Google（谷歌）就会向你展现出所有你需要了解的有关这个主题的信息。”

他把电脑向他身边拉近一点儿。“比如这样。”

他输入：自由航空公司121次航班幸存者。

他按下一个标志着“Enter（确定）”的键，屏幕上立即演变出一系列结果。页面中部有一排照片，我的照片。我认出其中一张是新闻里放过的，剩下的都是我出院那天从医院走向汽车时被拍下的。也就是我在人群中看到那个男孩那天。

“变一下。”我急忙告诉科迪，“输入其他的，好吗？”

他好奇地盯着我的脸看了一会儿之后，终于放弃。“好吧。”他说，“你想查什么？”

我垂下目光：“查查我可能记得，但不确定的事情。”

他饶有兴致地挑起眉毛：“你没开玩笑吧？什么事情？”

我深深吸了一口气，让思绪飞回到试衣间。尽管我不想重复这件事，但我必须知道这究竟是怎么回事。

“‘我绝不承认两颗真心的结合有任何障碍。’”我背诵道，满心以为科迪脸上会出现困惑的表情，就像我刚刚听到这些词汇时一样。然后，我就可以确认我从那时起就一直相信的事情：这些词汇没有任何含义。

但他没有困惑。相反，他大笑起来。

“怎么啦？”我不高兴地问。

“这就是你恢复的第一个记忆？”他笑得更大声了。

我不明白这有什么好笑的，我也不喜欢他打趣我的样子。“是的。你在笑什么？”

他擦擦眼睛：“对不起，我只是觉得这太有意思了，你记不住互联网是什么，却知道莎士比亚的第一百一十六首十四行诗。”

我惊讶地睁大眼睛："莎士比亚的什么？"

"这是一首很著名的诗。"

我感到有点儿失望。一首诗。我为什么会记住一首诗，而不是其他什么呢？

"那，这是什么意思？"我不耐烦地问。

科迪转了转眼珠。"是关于永恒爱情之类的废话。"他把手指放进嘴里，从喉咙里发出呕吐的声音。

永恒爱情？

我想到梳妆台上层抽屉里的吊坠项链。两颗心，在中心相交。

"你怎么会知道？"我问。

"我们去年学过莎士比亚的作品。"

"那可能我也是在什么地方学会的，对吗？"我心中的希望立即升起，"是在学校里吗？"

不是在某间险恶的实验室里，而是一所正规的学校。

他耸耸肩："可能吧。女孩子都喜欢这些伤感的东西。因此，你能记住这句诗，我并不感到吃惊。"他想了想，"也可能你是个酷爱历史的家伙。"

这引起了我的兴趣："历史？"

"没错。"科迪说，仿佛这显而易见，"那首诗是四百年前写的。"

我的血液加快流动，我的大脑自动做起数学来。"四百年前。"我重复道，"在哪一年？"

他又耸耸肩："我不知道，好像是一六多少。"

"一六多少？"我追问道，语气里的迫切让我自己都很吃惊。

科迪不屑地瞪了我一眼："别激动。我不知道。"

我气急败坏地指着电脑："那你能查查吗？"

他无奈地把双手举向空中："好，好，别激动。"

他开始输入时，我的一条腿紧张地晃动着，科迪向我投来了奇怪的眼光。

屏幕演化成一个页面。一张男人的画像出现在屏幕上，他留着蓬松的黑发，穿着有衣领的奇怪外衣。画像下写着：威廉·莎士比亚。

"好了，我们来看看。"科迪俯下身，"第一百一十六首十四行诗。这里说，它首次出版的时间是，"他飞快地扫了一下页面，"1609年。"

希瑟说，斯科特想让我们去镇上和他共进晚餐。我们将去一个叫“餐厅”的地方。科迪在后座上对我解释说，当人们不想在家做饭时，就去餐厅吃饭。或者当他们想吃一些比他妈妈做的更好吃的美食时，他们就去一家餐厅。

希瑟从后视镜里恨恨地看了他一眼：“科迪，我们能带你去，你就应该感恩。”

他把双臂抱到胸前，用嘴唇发出一种奇怪的声音。

“我和你爸爸对你仍然很失望。”

“随你怎么说。”科迪回答道。

到餐厅后，希瑟教我如何从菜单上点菜，还推荐了几种她认为我会喜欢的菜品。我最后选了一种叫烘焙通心粉的东西，因为希瑟说它的一种原料与她几天前做的那种美味三明治一样。

不过，尽管这道菜味道非常好——好得令人难以置信——我却无法全心全意地享用。我心不在焉地吃着，白天发生的事情无休止地在我脑子里回放。

“今天购物愉快吗？”斯科特把一根长面条吸进嘴里后问。

“愉快。”我撒谎说。

我最近好像经常撒谎。不知道这是否说明我过去也这样。

“我们买到了一些令人非常喜欢的东西。”希瑟补充说，“能给女孩子买东西，真是太开心了。正好换个花样。”

我看到科迪在桌子那边翻了个白眼，他正全神贯注于手机里的什么东西。

他们看到我不太爱说话，很快便把话题转移到斯科特的工作上去了。我正好有时间想自己的事情。

我为什么会背诵1609年的诗？

我为什么有个背后刻着那一年的心形吊坠？

为什么那个男孩——泽恩——好像是唯一知道这些事的人？

我不知道该相信什么。我不知道该相信谁。我甚至无法相信我自己的心灵。我想爬到这张桌子下面去，再也不要出来。我想游到海里去，再也不回头。

我只想逃。

晚餐之后，我们走进温暖的夏夜。温热的空气从皮肤上流过，令人感觉清新，充满活力。太阳已经落山，我能闻到几千米外海洋的微弱气息。斯科特让科迪坐他的车，说是要在药店停留片刻，买些东西。我则跟希瑟走。

她驾车行驶在昏暗弯曲的归家公路上，车灯只能照亮前方几米远的地方。我们快要开上车道时，我注意到，一个男人正从另一个方向往小山上走。足足过了五秒钟后，希瑟才看到他，进而减慢车速。

我觉得很奇怪，晚上怎么会有人独行？但希瑟好像觉得没什么。她只是笑笑，又挥了挥手。有行人从车旁经过时，她总是这样。那天去超市的路上，她解释说，小镇上的人都这样互相挥手致意。

但那人没有挥手。

汽车开近之后，他的眼睛死死盯住我。我的心跳到嗓子眼里。

我认出他是谁了。

他个子很高，头发是鲜亮的火红色，胡须也是相同的颜色。

我昨天看到过他。

我和科迪坐车从机场回到汽车站时，他也在那辆车上。

在洛杉矶。

差不多三百千米外。

他在这里做什么？

他也住在这个镇里？住在这条街上？

希瑟对我的反应和奇怪的情形好像一无所知。但我挖空心思地想找到一个解释。我昨天在汽车上看到他盯着我时，我就猜测，他已经认出我是新闻里的女孩。因此，我才压低棒球帽，转过头去。

但我现在不能那样做。

我不能简单地转过头，不理会他。

我仔细打量着他，直到我们的车从他身边开过。然后，我又转过头，从后车窗中看他。他已经停下脚步，正站在公路中间，看着希瑟的车开上车道。

我琢磨着这可能产生的后果。无论这个男人是谁，他现在已经知道了卡尔逊家的住址，知道了我的住址。

一种可能，他也是那些渴望在媒体上露面的人之一。姬亚娜在医院里向我警告过这样的人。

另一种可能，他只想见识一下我这个从天而降还能活着讲述自己故事的女孩，要一张我的照片。

但让我心情紧张的不是这些假设。

而是其他假设。我不知道的可能性。我的想象力创造出来的种种可能。

“有人在找你，请你相信我，你一定不想让他们找到你。”

一种奇怪的感觉从我全身掠过，肌肉刺痛，好像正在为什么事情预热。是期待。我的双臂和双腿颤动着，脑袋轻飘飘的，几乎让我眩晕。我的手指也在抽动。

我看着汽车门，突然有种冲动，想把它推开，从移动的汽车上跳下，跑走，一直跑到远离这里的地方。

我坐立不安，紧张躁动。我的腿滚烫，仿佛里面有火在烧。我不明白自己为何会有这样的感觉。我无法思考。我只知道，我必须从这里出去，我必须从这辆车里出去，马上！

我的呼吸变得紊乱急促起来，但希瑟好像没有注意到。她继续将汽车沿着长长的车道往房子开去。再过几秒我们就要到房前了，我浑身都在颤抖。我将颤抖的手放在了车门上。

汽车终于停下，我一把拉起把手，将车门踢开，准备撒腿就跑。但一个令人惊讶的声音让我停下了，那是一种可怕刺耳的嘎吱声，像金属撕裂和玻璃破碎的声音。

希瑟惊得倒抽一口气，失手打翻了从餐厅打包回来的剩菜，红色的意大利面酱洒得到处都是。

我低头看去。

整个车门已经躺在沥青车道上。

离开 6

夜幕早已降临，但这座房子仍旧醒着。

科迪在他的房间里。我听到他指尖发出的轻微敲击声，相信他正在手机上玩着另一个游戏。希瑟和斯科特正在一层楼下他们自己的卧室里激烈讨论。

我躺在床上……听着。

他们的声音压得很低，由此可以判断他们不想让任何人听到他们的争论。但对我来说好像没有问题，我能清楚地听到他们的对话，仿佛他们就站在我床尾一般。

车门事件让希瑟非常生气。尽管她没和我多说什么，但我能看出这一点。现在她在我身旁时的行为方式完全变了，几乎有点儿担惊受怕的样子。斯科特刚从药店回到家，她就匆匆和他进了卧室，还把门关上了。我从那时起还没见到过他们。

即使我现在听不到他们说话，也不难推测他们正在说我。

但有幸（或者不幸）的是，我能听到。

“斯科特，你要是看到就好了。”希瑟说，“刚刚车门还好好的，转眼就躺在地上了。她把整个车门都踢掉了，好像那是锡箔做的。你不觉得这有点儿奇怪吗？”

“我觉得你把这件事夸大了。”斯科特说，“这肯定事出有因。你有没有想过也许那门本来就是松的？也许铰链出了问题，碰巧在她开门的时候门就掉了下去？”

我不相信这个解释，也不指望希瑟会信。

我闭上眼睛，想象希瑟正在摇头。“不可能。斯科特，那门没有任何问题。车门不会无缘无故地掉落的。我开始觉得那女孩有些奇怪了。”

“是的，”斯科特小声说，“她在一次空难中失去了全部记忆，她的行为肯定与你我不同。”

“空难的神秘幸存者！”希瑟的声音抬高了。斯科特急忙让她小声点儿。当她再次说话时，声音变回紧张的低语。“别人都没活下来。我不清楚到底哪里不对劲，但肯定有问题。”

科迪的电脑还放在我床上。我迟疑地盯着它看了一会儿，然后坐起来，将它打开。等它完全启动，我按照科迪教的方法一步步操作，最后，我发现自己正盯着一个小小的白色搜索框发愣。

一条垂直的黑色短线正期待地冲我眨眼，它正等着我为它指示方向。

我叹了一声，开始用食指戳那些按键，一次戳一个，直到构成一个词：迪奥科技。

这是泽恩对我说过的那家公司。他说那些人正在找我。

我低头凝视着手腕上那个刀口粗细的黑色文身，试图想象这个微小的印记是怎样用来跟踪我的。

我点击“搜索”。

页面重新载入，但结果令我大失所望，好像没有任何与泽恩描述的公司有关的信息。

显然，Google也对这个搜索结果不满，因为它问我是否真的想搜索“Diotech”而不是“Biotech（生物科技）”。它显然认为我在输入时出现了错误，因为能找到的信息如此之少。

如果这是一家实力雄厚的庞大公司，为什么互联网都没有提及呢？科迪说互联网上可以找到任何信息，但我没有搜到一条与“迪奥科技”这样的高科技联合大企业相关的信息。

这进一步证明那个男孩在说谎。

我嘟哝着靠在床头板上，怒视着毫无用处的电脑显示屏。我回想起在更衣室里和那个自称泽恩的男孩的对话。

“我第一次见到你时，你在实验室里生活……在一个叫迪奥科技的地方。那是一家巨大的高科技联合大企业。你参与了他们的一个科研项目……”

我把嘴歪向一边，然后慢慢重新坐直，把电脑拉到身边，输入新的搜索内容。这次，我输入了我能想到的每一个可能与之有关的词汇：迪奥科技+高科技联合大企业+科研项目。

然后，我又飞快加上下面的内容，作为最后的赌注：塞拉菲娜+泽恩。

我非常怀疑能否搜到任何结果，但我还是点击了“搜索”，然后等待。

显示屏上的内容更新后，显示出一个结果。

我急忙点击它，进入一个叫“高度机密：阴谋理论家的共同阵地”的网站。

这个搜索好像把我带到了一个叫“信息板”的地方。页面中间是个灰色方框，框里的内容是白色的。上面写着：

迪奥科技的崛起预示着人类的崩溃。这个巨型企业将让一些人着迷，另一些人激愤。公民会自愿沦为它诱饵下的猎物。政府将在它的统治重压下瓦解。只需短短几年，迪奥科技就将改变世界的面貌。我们将从此不同。

我皱眉看着显示屏，心中的希望顿时破灭。这究竟是什么意思？

我继续往下浏览，发现这条信息是一个自称“麦克希尔”的人发布的。他的姓名旁边有一张照片。照片上的男人脸形狭长，丝绸般的雪白头发垂到肩膀上。他的一只眼睛是深棕色的，另一只好像是用蓝玻璃做的。

这照片让我紧张。

那条信息下面有条线上写着：关键词。当我看到它的内容时，不禁畏缩起来：迪奥科技，高科技联合大企业，科研项目，塞拉菲娜，泽恩。

这些正是我输入的搜索内容，一字不差，与我输入搜索框里的顺序都是一样的，好像写下这个标签的人非常清楚我想搜索什么。

好像无论这是谁写的……都是为我写的。

想到这点，我打了个寒战。

我急忙合上电脑屏幕，将它推到一边。我仰面躺下，闭上眼睛。一层楼下的地方，斯科特和希瑟还在压低声音争论着。

“当我们签下协议的时候就知道这不会是一件简单的事，”斯科特重重叹了口气，“但我们应该支持她。现在这个时候，我们就是她的全部。”

“我在努力。”希瑟坚持说道，“我真的在。有时她很可爱，我能在她身上看到普通人的影子。但有些时候，她张嘴说话时，她好像是……是个……”她的声音变得很低，“……是个机器人。”

我睁开眼睛，盯着天花板。

我不生气。我不怪希瑟有这样的感觉，不怪她怕我。此刻，我自己也怕。

发生过所有这些令人惊异的事情，有了所有这些奇怪的发现之后，没人知道接下来还会发生什么，包括我自己。

我想到那扇躺在地上的车门，想到它是怎样掉到地上去的。尽管斯科特做出了更为现实的解释，但我知道事实。车门是因为我才落到地上去的，因为我踢过它。我踢得太用力，直接将它从铰链上踢掉了。

但我根本没想过用力踢门。

我还知道，能把门从铰链上踢掉，也是不平常的，与我身上发生的许多其他事情一样。

这让我得出唯一可靠的结论：无论我是什么人，我都是危险的。

我的情绪变化无常，难以预料。看到那个红头发男人时，我身上发生了一些事情，一些我无法解释也无法控制的事情。那是……本能的，是一种冲动反应。

再者，如果真有人在找我，我不能把他们引到这里来。我必须离开，我不能冒险让希瑟或者斯科特或者科迪遇到任何不测。

我站起来，走到梳妆台前，打开上面的抽屉，取出我仅有的两样东西：我的吊坠项链和上面有我手迹的那张黄色字条。

相信他。

我走回电脑前，打开盖子，输入新的搜索内容：布拉德伯里车道1952号。

“到那里去找我，我会向你解释一切。”

我按下Enter键。然后，我咬着指甲，像那位登机口检票员布列塔妮一样。我现在知道她为什么这样做了，这有某种镇定效果。

搜索结果开始形成。在页面完全显现出来之前，我又“啪”的一声将电脑合上。

我最好不要知道，反正我也不可能去那里。

想想吧，也许在网上张贴迪奥科技信息的就是那个男孩，只不过用了假照片和化名。因为他知道我会去搜索。他这样做的目的，也许是证明他无聊的谎言，赢得我的信任。

但这招不管用。

我将字条揉皱，扔进浴室里的垃圾筐。紧接着，我就感到胸口一阵疼痛，额头又开始热起来。我打开水龙头，把冷水泼在脸上，直到那种感觉消失。

我换下紫色连衣裙，从希瑟和我从购物中心拎回家的其中一个袋子里拿出一件背心和一条长裤。背心是白色的，有蓝色条纹。长裤有点儿像浅棕色，裤腿上有好多口袋，非常实用。我喜欢它们。

我将吊坠项链戴到脖子上，然后坐在床边等着。

随着时间的流逝，这座房子终于入睡。希瑟和斯科特的争论已经结束，很快，我就听到了他们平稳均匀的呼吸声。科迪指尖发出的敲击声也停止了，浴室门下方的灯光已经熄灭，我一直在等他轻微的鼾声响起。

然后，我踮着脚尖走下楼梯，小心翼翼地打开大门，走进夜色里。

再入困境

我不知道该往何处去，只好沿着科迪昨天早上带我去汽车站的那条路走，也是希瑟开车去超市和购物中心的路。据我所知，这是到镇上去的唯一道路。此刻，韦尔溪镇的其他店铺已经关闭，除了主街尽头的一家小餐馆。我晚餐吃得不多，但到现在我才感觉到饿，因此，我走进小餐馆。

餐馆里大部分位子空着，只有柜台前有几位顾客在小口喝着咖啡。一个穿蓝围裙的女人看到我进去后，拖着脚步走过来。

“哇，你真漂亮。”她说。她的声音显然够大，所有顾客都听到了，因为他们都抬起头来，想确认一下她的判断是否正确。

我慌忙冲她笑笑，低下头，在心里责怪自己离开的时候没把斯科特的帽子戴上。

“就你一位？”她说着往我身后看去。

我点点头：“是的。”

“柜台还是餐桌？”

我又偷偷看了一眼柜台前的那些人，他们都在看着我。离我和蓝围裙女人最近的男人看得比其他人都更认真。

“餐桌。”我答复说。

她点点头，抓过一本点餐单，示意我跟着她。我照办。但直到我们走到餐馆后部我选定的餐桌旁时，我才注意到坐在柜台另一端的男人。

高个子。

红头发。

相同颜色的胡须。

正是昨天我在洛杉矶的汽车上见过、今晚从餐厅回希瑟和斯科特家的路上再次看到过的男人。他正埋头看报。但他立即抬起头，冲我微微一笑。我顿时僵在那里，再次想到逃跑。也许我应该尽快离开这个小镇，稍后再停下来吃饭。

但他继续看报去了，好像并不关心我。我提醒自己不要过分猜疑，他可能只是一位没有任何恶意的当地人，昨天碰巧也在洛杉矶。

这并没有任何特殊含义。也可能我只是把他与其他人搞混了。

我在餐桌一侧的位置坐下，从那里能最清楚地看到柜台，这样我就能密切注意他——以防万一。

那女人把点餐单放在我面前。我只看了一眼，在她正要走开时，我说：“请来一份烤奶酪三明治。”

她笑着点点头，收回点餐单：“很快就来。”

于是，我等着，用手掌托着下巴，凝视着窗外。除了昏暗的停车场外，没有多少可以看的。我想着该去哪里。我没有任何计划，唯一的打算是弄清楚自己是谁，却不知道从何下手。我觉得我应该回到洛杉矶，也许可以再和布列塔妮谈谈，或者看看能否找到能告诉我更多有关吊坠项链线索的人。

我感觉到它压在我锁骨上的重量，便抬手抚摸着它，指尖从那个突出的奇怪标志上滑过。那个永恒结。

“那是我给你的……”

我眨眨眼睛，将目光从窗上移开，把注意力集中到桌面上。如果说我有任何机会弄清楚自己是谁，那我必须从头开始。

我必须排除那个男孩给我的所有线索和信息。

我必须自己把这件事情查清楚。

“我认识你。”一个深沉的男声传来，打断我的思绪。我抬起头来，以为是那个红头发男人，但他仍在低头看报。和我说话的，是坐在柜台前的另一个男人——我刚刚进来时好像对我最感兴趣的那个人。

他已经离开座位，向我走过来。

我不知道怎么办，也不知道应该往哪儿看，因此只好假装没有听到他的话。但他越走越近，我已经没有办法装作看不见。

“是的。”他几乎有些阴险地说，“我认识你。你的这双紫色眼睛令人难忘，我从没见过这种颜色。一定是隐形眼镜，对吗？”

我微微摇头。我不知道“隐形眼镜”是什么，但我也不想让他知道这一点。

“别告诉我它们是真的！”他嗤之以鼻地大声说，“上帝不会造出那种颜色，这是不自然的。”

他滑进我对面的椅子里坐下。我感觉浑身再次僵住。我注意到那个红头发男人已经从报纸上抬起头来，正好奇地看着我们。

“你是他们从海上救起来的女孩。”那个男人继续说道。他体形粗壮，浅棕色头发只盖住了半个脑袋。

“那次空难的幸存者。”他继续说着，“大名人。这里名人不多。你真的什么都不记得了吗？”

我用手紧紧抓住椅子边，再次摇摇头。

“真遗憾。”他用舌头发出一种啧啧的声音，并用手指敲着桌面。他的手又大又粗，布满难看的老茧。

“天下这么多地方，你为什么偏偏出现在韦尔溪镇？”他问我。

我继续保持沉默。我根本不可能告诉他我为什么会在这里。我最不希望的就是让卡尔逊一家引起注意。

“怎么回事？”他问，“你也忘记怎样说话了吗？”他大笑起来。那种可怕的咯咯声让我四肢战栗。

“别烦她。”另一个声音响起。这次说话的是那个红头发男人。他已经把报纸折好，放在柜台上，正从座位上站起来。他向我们走过来，耸立在餐桌边。“她显然不想被打扰。”

秃顶男人把双手举向空中。“哇哦！”他用沙哑的声音喊道，“我还不知道她老爹在这里陪她呢。”那种咯咯的声音再次响起。我腿上的肌肉绷紧，像被拧紧的弹簧一样。我感觉到我的整个身体正准备跳起来，但这好像不是我自己的选择，这种反应是本能的。

与汽车里发生的事一模一样——我突然感觉到不可抑制的想跑的冲动。我看了看左边的窗户，想直接破窗而出，不顾一切地离开这把椅子，逃出这个地方，摆脱这个男人。

红头发男人急忙看了我一眼。我只能把他的眼神解释为“别担心，你是安全的”。但直到看见秃顶男人从座位上站起来，我腿上的肌肉才开始放松。

“抱歉，打扰了，小姐。”他用科迪惯用的讽刺语气说。然后，他慢慢走回餐馆另一边，在他自己的圆凳上坐下。我看到他坐下，从口袋里掏出手机。

“贮木场的男孩子们听到这个消息，一定会很兴奋。”红头发男人疾步走回柜台边自己的座位，没再向我的方向看一眼。

我现在才意识到，进这家餐馆是错误的。我应该离开。

我刚刚站起来，蓝围裙女人就端着一个黄色塑料盘走了过来。盘子里装着我点的烤奶酪三明治。她把盘子放在桌子上，食物的香味让我的味蕾激动起来。

我重新坐下，几口吞下了三明治。它与希瑟做的一样美味，也许更好吃一些。我确定，无论我失忆之前是什么人，我肯定喜欢烤奶酪三明治。

我不知道这个线索是否有用。

我从餐桌上的一个金属盒子里取出一张餐巾纸，飞快擦擦嘴，将纸揉成一团，扔到空盘子上，向出口冲去。

“等一下！”那女人高喊着拉住我，“你也许是我见过的到这里用餐的最漂亮的女孩，但这并不意味着你不用像其他人一样付钱。”

付钱？记忆飞快从我脑子闪过。科迪把两张钞票递给汽车站那个男人，换得我们的汽车票。希瑟在超市和购物中心刷信用卡。斯科特在餐厅餐桌上扔下几张钞票。

我惊慌失措地盯着蓝围裙女人。

她叹息一声，松开我的胳膊：“我来猜猜，你没有钱？”

“我……”我开口道，但我的思绪已经游离，如果我无钱支付任何东西，我怎么可能到任何地方去？

她嘟哝起来。

“别担心，她的账我来结。”一个男人的声音响起。

我和那女人都抬起头，看到那个红头发男人正站在我们旁边。他把手伸进口袋，掏出几张科迪和他爸爸都有的那种绿色钞票。

她在收银机上按下几个按钮，餐馆里响起一声清脆的“丁零”声，接着是抽屉“砰”的关闭声。

我迷惑不解地看看男人，又看看女人，无法完全理解刚刚发生的事情。我只知道，那个女人已经走回去，正往杯子里倒咖啡。

我直视着红头发男人的眼睛，说：“谢谢。”

他迎上我的目光。我注意到，他的粗硬短须下方的双唇弯曲起来，露出一个大大的笑容。他的笑容让我想起了希瑟的微笑，是那种从眼睛里流露出的笑容。我发现自己也情不自禁地笑了。

一阵突如其来的熟悉感掠过我全身，是他眼中的某种神色，它们看上去那么……疲惫。

“你应该睡一觉。”我听到自己说。不过，我不知道这句话是从哪里来的。我的嘴唇只是同时张开了一下，那些话就出来了。

我笑着掩饰自己的尴尬：“对不起，我不是故意……”

但他脸上的笑容一直没变，而是越来越灿烂。“没关系，塞拉。你说得对，我的确需要睡一觉。”

我对这短暂的交流感到很不自在，于是说：“嗯，再次感谢。”说完，我转身向出口走去，想马上离开这里。

直到我走出餐馆大门，走到停车场中间时，才对他的话回过神来。

“没关系，塞拉。”

塞拉。这是那个男孩叫我的名字。

“是塞拉菲娜的简称。”

我立即转身，向餐馆走去。但一道明亮的光从我左肩上闪过，让我停下了脚步。紧接着是下一道，再下一道。

“紫罗兰！紫罗兰！”有人喊道，“看这里！”

我慢慢转身，在心里衡量着会造成多大的伤害。停车场上只有几位记者，但更多的正蜂拥而来。一辆一侧写着“新闻9频道”的白色厢式车呼啸着停下来，一个肩膀上扛着摄像机的男人跳下车，向我跑过来。

“你的记忆已经恢复了吗？”一名记者问。

“你对航空公司的事故调查满意吗？”

“你准备起诉吗？”

一盏安装在大柱子上的巨型灯闪烁起来，照亮了整个停车场，晃得我什么都看不见。

我用手遮住脸，眨着眼睛，直到那些微小的白色星星渐渐从我的视野中消失。我立刻开始寻找退路。

我面前的记者队伍在不断壮大，我的左侧是茂密的树林。我最佳的选择是往右走，回到主街上。我转过身，正准备跑，又突然停下了脚步，因为我感觉到左手腕内侧有一种奇怪的刺痛感。那里的皮肤正在有规律地跳动，摸上去很烫，与我在超市偶然把文身从扫描仪前刷过时的感觉一样。

“那不是文身，”我仿佛听到那个男孩的声音说，“那是跟踪器。”

我抬起头，看到一个身形硕大、肌肉发达的男人正站在我面前的人行道上。他的面容看上去饱经风霜，就像我扔在垃圾箱底的黄色字条。他全身上下一片黑——黑色低领套衫、黑色宽松长裤，裤脚塞进黑色高帮系带靴子里，这身打扮让他几乎完全融入黑夜中。他的头发剪得非常短，看上去就是一层黑色绒毛。他左边脸上有一道竖向的怪异疤痕，从额头到眼睛，一直延伸到脸颊下部。他的样貌让我脊背发凉。

他那双深色眼睛打量着我，从头到脚。他在衡量、估算。

我的手腕又开始刺痛起来。他手中一个小小的奇妙装置“哔”地响了一声，他低头瞥了那装置一眼，又把目光转回到我身上。我看到，他的嘴唇弯曲起来，露出得意的微笑，那道疤痕上的深粉色组织随之扭曲。

被捕

我听到一个声音，它在叫我跑。准确地说，它在尖声叫我“快跑”。我没工夫去弄清楚这是谁的声音。我只能照办。

左边是黑压压的人群，那个男人在我前方。我急转一百八十度，向树林冲去。我从没感觉过我的腿能动这么快，它们好像十分享受，仿佛它们的存在就是为了奔跑，仿佛有人刚刚把它们从此生的羁绊中解救出来。

我低着头，在树林里自由地穿梭。我的大脑还没发出指令，身体已经知道该做什么。

我听到身后有脚步声。无须回头，我也知道谁在追我。我能感觉到他的存在。但每过一秒，他的脚步声好像就微弱一分，仿佛他已经很难跟上我的步伐。

我丝毫不觉得累，但我知道，我不能永远这样跑下去，我还有事情要做。

我看到前面有片空地，大约在两千米开外。有公路从森林里穿过。我还听到了过往汽车的引擎声。我把头埋得更低一些，想加快速度。

风像鞭子一样抽打着我的脸。树枝从我手臂上划过。干枯的树叶在我脚底粉碎。

不出两分钟，我已经跑到了一条公路边，这条路比我步行去小餐馆的那条更宽。我想，这就是希瑟所说的高速公路了。我的身体催促我继续走，但我的大脑让我停下来，先观察交通状况。最后，身体占了上风。我向前走去。我的脚刚刚踏上混凝土路面，一辆巨型十八轮卡车就出现在我右边的小山顶上。我向它冲去，满心希望自己能跑得更快些。卡车头从我身边掠过，与我的身体只隔几厘米。紧接着，车身从我身边掠过，我感觉到背后有空气嗖嗖流动。

司机对我模糊的身影做出了反应，猛踩刹车。随着一声可怕的吱吱声，车轮滑向一侧。我停下脚步，转过身，正好看到卡车的整个货厢摆动起来。由于转力太大，卡车失去控制，倾向一侧，继续顺着公路往前滑行。路面上火花四溅。最后，卡车终于停下来，横在两车道的高速公路上。

另一辆车从反方向驶来，没能及时停下，直接撞到了卡车上。两位司机抢在车子变成火球之前滚到车外。很快，又有三辆汽车突然转向，从事故现场驶过。

我跌跌撞撞地爬上那座小山，目瞪口呆地站在那里，看着事故现场。看上去实在可怕。

噢，不。但愿这是另一场梦。

请让我醒来。

但我不能。因为我已经醒了，这一切都是真的。

内疚感开始从心底升起。这次比上次强烈得多，上次只不过是因为我凌晨五点偷偷从房子里溜出来。痛苦的感觉渐渐上升，堵在喉头，直到我无法将它压制下去。我弯腰呕吐起来，一种酸臭的液体从我嘴里喷到草地上。

是烤奶酪三明治的味道。

吐完之后，我急忙抬起头，环顾四周。我看到，追我的人已经从高速公路另一边的树林里出来。看到车祸现场，他突然停下脚步，飞快地看了看。

我手腕上的文身又开始刺痛起来，还有一种微弱的跳动感。

我低头看看文身，又继续看着他。他的目光慢慢从汽车残骸上抬起来，往小山上移动，一直落到我身上。尽管隔着这么远的距离，尽管是在月光下，我们的目光仍然相交了。

我看到他微微眯缝起那双冷冷的灰眼睛，锁定了他的目标。

我。

他再次跑动起来，绕过汽车残骸，立即消失在浓烟之中。片刻之后，他出现公路在另一边。我看到他停下来咳嗽，然后迈步向前，冲着我的方向往小山上跑来。

我嘟哝一声，再次狂奔。

对于正在发生的一切，我完全不明白。不知道自己为何速度如此快，动作如此敏捷。

这一切都不正常。无论失忆与否，我都知道这点。

我跑到一大片开阔的土地上。透过黑暗，我看到那边有座建筑。如果我能跑到那里，也许可以藏起来。至少可以躲藏足够的时间，整理一下思绪。

我让双腿尽快带我前进。黑暗的田野从两侧晃过。我跑到那座建筑前面，才发现那是一座废弃的谷仓，看上去部分已被烧毁。我全然不顾扑面而来的动物尸体的臭味，迅速钻了进去。

一半屋顶已不复存在，只剩下几根烧焦的椽木。在这个阴冷空旷的空间里，还散落着几个断裂生锈的金属装置。我慢慢往前走，发现地面凹凸不平。我瞪大眼睛，寻找可以藏身的地方。

突然，我听到“啪”的一声。

我呆立在那里，屏住呼吸。然后，我转头看向门口，但什么也没看见。

我的肾上腺素正在喷涌，但我感觉出奇地镇定。

一个影子般的人突然从毁坏的屋顶上落下。那人落到地上，稳稳站住。这个男人也是全身黑色，与另一个男人一样健壮魁伟，皮肤却更黑、更粗糙，和这个废弃谷仓的墙壁差不多。尽管他脸上没有可怕的疤痕，看上去仍然很吓人。

他向我扑过来时，我心里想：我应该料到他们不止一个。

我想反击，但身体里似乎有股奇特的力量控制着我，无论大脑试图向身体发出何种指令，身体唯一想做的就是逃跑。

可惜，我甚至没有逃跑的机会。

我刚刚转身要跑，一条粗壮的胳膊绕到我的脖子上，紧紧扼住我的喉咙。我奋力挣扎，但好像无济于事，我从眼角的余光中看到有人进了谷仓，正向我们走过来。

“干得好。”他对我身后的男人点点头，不动声色地说。

我吃力地转过头去，想看看新来的人是谁。当我看到他时，胃里顿时翻江倒海。

是那个红头发男人。就是小餐馆里那个人。那个慷慨地为我的三明治买单的人。

我张嘴尖叫，但没有声音。有什么东西抵在我后颈上，冷冷的，很光滑，像金属。我听到一种低沉的嗞嗞声，我的身体开始痉挛，然后，眼前一黑，失去了知觉。

人类 6

我被金属的叮当声惊醒。我发现自己正坐在一张椅子上。我觉得头脑昏沉，仿佛回到医院那天早上，姬亚娜前晚给我吃过帮我入睡的药物。我的眼睑紧闭，费了好大的劲才睁开。

有人正跪在我脚边。我感觉到冰冷的钢铁摩擦着我脚踝和手腕的皮肤。我想动，但左脚被固定到什么东西上了——也许是这张椅子？我的双手被绑在一起。

我疲惫不堪、迷惑不解，不想再挣扎。再者，我有一种感觉，反抗徒劳无益，我什么地方也去不了。

我身边的人站起来。我看到是那个红头发男人。

这下，我开始反抗。我猛烈晃动着束缚我的金属。但我惊讶地发现，我的右腿居然可以自由活动。我动作激烈，右腿摆动到很高的地方，差点儿一脚踢在他脸上。他低头闪开，打趣地咯咯笑起来，移动到我的左边，再次跪下。

“你在干什么？”

“把这些解开。”他随意地说。

我低头看去，一副粗重的金属脚镣正躺在我脚边的地上。

“可是……”我扫视房间，寻找我的袭击者，或者更准确地说，我的袭击者们的踪迹。我看到，那两个大块头男人瘫倒在谷仓另一边的地上。

“他们……”我用力吞了口唾沫，“……死了吗？”

“没有。”红头发男人说着松开第二副脚镣。我转动着左脚踝。“只是失去了意识。”

他举起一个黑色小装置，圆柱形状，一根银色尖齿从其末端突出。“其实，它们用在你身上的也是这个。”

“失去意识。”我重复道，并在心里默念这种特别的说法。

红头发男人站起来，“人类大脑是一个复杂的东西。过去的一百年里，我们已经对它非常了解了，主要是关于如何控制它。”他用拇指和食指捏紧那个装置，将它指向我，“这叫调节器。大脑用电工作，调节器将电流传送到神经系统中心，就能让大脑完全处于睡眠模式。”他冲着地上那两个失去知觉的躯体所在的方向点了点头。一个人侧身躺着，一条腿姿势别扭地缠在另一条腿上，左臂伸着，与躯干垂直。“不出半个小时，他们就会醒来，完好如初，甚至不知道刚才发生的事。”

“但这是为什么？”我问他，“我还以为……我的意思是，你和他们不是一起的吗？”

他轻轻地把头从一边摇向另一边，将那个控制大脑的奇怪装置放回口袋里。“也是也不是，这……很复杂。我猜你可以这样说，我们来这里的目的是一样的。”

“什么目的？”

他大笑起来，仿佛这是个可笑的问题：“当然是为了你。”

尽管这正是我预估的答案，但我仍然希望他不是这样说的，其他的原因都行。

我望向那两个躯体，把注意力集中到皮肤更黑的那个男人身上，是他从屋顶上跳下来抓住我的。

“我本来想打他。”我若有所思地说，几乎在自言自语，“我真的想，但我不能。好像……我不知道怎样打……或者说我不想让自己打。”

他叹息一声：“这恐怕是我的错。”

我眨眨眼睛：“你的错？”

“你的基因中铭刻的是跑的本能，而不是打。”

我斜眼看着他：“你说什么？”

“我本来想把两种都给你，这样你至少可以自卫，但我的要求被否定了。他们相信，如果你有任何打的冲动，加上你的力量，这可能导致更大的问题。如果你……嗯，”他咯咯笑道，“你反抗的话。”

我不可思议地盯着他，几乎无法理解他说的话。

“因此，”他好像对我的反应视而不见，继续说道，“我决定，为了让你能够自卫，我至少可以给你‘逃’的本能。这样你就能安全逃离任何险境。正因如此，当你察觉到任何威胁时，你可能会感觉到一种非常强烈的逃跑愿望。”

突然间，我觉得说话好难。我的嘴巴好像太小，舌头太大。但最后，我终于用一种低得刚刚能听到的声音问：“你究竟是谁？”

他低下头，看上去好像有点儿惭愧。然后，他深深地吸了一口气：“我就是让你成为现在这样的人。”

他说的是我现在这样。

不是我这个人。

那些简单字眼之间的残忍区别让我打了个寒战。

“那我究竟是什么？”我立即回想起离开之前偷听到的希瑟和斯科特之间的对话。

“她好像是……是个……机器人。”

“我是人吗？”我又问。这几个字好不容易才从我急速收缩的气管中跑出来。

他叹息一声，仿佛在全世界的所有问题中，这是他最害怕听到的。“简单地说，是的。”

“简单地说？”我怀疑地重复道。

他弯下腰，松开我的两只手，然后靠回到一根锈迹斑斑的金属装置上。那东西看上去好像很多年没人碰过。“嗯，”他迟疑地说，“这不是你想象中的那种直截了当的问题。”

我皱皱眉头，摇摇头：“我不明白。我觉得这个问题非常明确。”

他把双臂抱在胸前，若有所思地说：“我先问你，如果一个人——一个男人——在一场事故中失去一只胳膊或者一条腿，安装了假肢——人造的四肢，那他还是人吗？”

我用右手揉着左手腕。手铐在文身四周留下的红色印记正在迅速淡去。“当然是。”

他点点头：“万一他的四肢全部失去，都换成了假肢——两条胳膊、两条腿——那他还是人吗？”

我耸耸肩：“是。”

他嚅动嘴唇。这个动作让他的红色胡须波纹般起伏着。“好。后来，他变瞎了。他的眼睛被换成了小摄像头，可以向他的大脑输送信号，告诉他它们看到的是什么，他还是人吗？”

我迟疑地点点头，但没回答。

“而且，他需要心脏移植。医生便给了他一个人造心脏。那是在实验室里制造的，但它的工作原理与天然心脏相同。那他还是人吗？”

我不安地在座位上动了动，不希望对话这样发展下去。“我想应该是吧。”

“然后，他的大脑坏死。但医生把他的所有记忆和经历下载复制到电脑上，为他制作了一个人造大脑，与他以前的大脑功能完全相同……”

“你是在说我吗？”我的声音颤抖着，眼睛里已经盈满泪水，“你是在说，我的大脑和心脏是人造的，眼睛是摄像头，四肢都是假肢吗？”

他急忙离开那个装置，向我走过来，安慰我。他重新在我脚边跪下，抬头看着我。我再次情不自禁地觉察到他眼中的善意。“不，塞拉。我只是在举一个非常极端的例子，向你说明一个问题可能会有多复杂。”

我浑身上下顿时感到一阵欣慰。

“是什么让我们成为人类的？”他问，“是我们的心脏吗？大脑吗？感觉吗？四肢吗？问一百个人，你会得到一百个不同的答案。”

我低头看着我的腿，想起它们带我穿过树林时动作有多快，快得让追踪我的人无法追上。

“你在说什么？”我声音嘶哑地问，“这与我有什么关系？”

“塞拉，”他温柔地说，“你很特别，与任何人都不同，是我最伟大的创造。”

“创造？”我重复道。这两个字从我嘴里跑出来时，我感觉嘴唇是麻木的。“你对我做了什么？”

他拉住我的一只手，用粗糙的拇指摩挲着我的皮肤。“我让你完美。”

我感觉嘴里很干。我用力吞咽起来，但这个动作让我想吐。我想说话，但词汇无法形成。不过也许这样最好，反正我也不知道该说什么。

“你是世界历史上第一位完全用科技创造出来的人类，是现存最完美无缺的基因编码序列，人类一直在渴求的一切——美丽、力量、智慧、对疾病的抵抗力——都被设计到你身体里面了。”

他的话让我大惊失色。我的嘴唇和手指颤抖起来了。我拼命摇头，希望自己能对他尖叫，让他闭嘴，但我不能。因此，他继续说着。

“至今为止，科学家已经致力于合成生物学许多年了。他们从零开始创造生命。在实验室里合成大自然母亲千万年来在她后院里制造的东西，然后改进它，但一直没人取得很大进展，制造出来的不外乎是些单细胞机体。直到我们开始研究，直到……你出现。你是一个科学奇迹。”

怒火在我心中燃起。我不想成为科学奇迹。我不想要这一切。

是愤怒终于让我的声音复苏。我张开嘴，想大声表达我的强烈不满，但我根本没得到这个机会。

一个低沉的声音从谷仓入口处传来，我们俩都大吃一惊。

“离她远点儿！”

我转过头，看到泽恩正向我们走来，步伐异常坚定。他的双臂伸在胸前，手中握着一个我以前从没见过的设备。它看上去像是用某种黑色金属做的，形状像倒着的L，中间有个带有沟槽的圆筒。

红头发男人急忙站起身。“莱泽德尔。”他镇静地说，仿佛正期待着这次见面。

泽恩继续向我们这边走。他好奇地看了看地上那两个失去知觉的男人，同时一直用那个设备指着红头发男人的脸。“从她身边走开，里奥。”

我来回打量着他们，不知道他们之间是怎么回事。“你们两个互相认识吗？”

他们都没理会我。

“这没必要，”被泽恩称为里奥的男人说，“你可以把那把枪放下，我们在这里立场是一致的。”

“鬼才和你一致！”泽恩叫喊道。他向那个男人走近一步，将那个黑色物体对准他的脸。

枪，枪。我绞尽脑汁寻找定义，但什么也没找到。

“那是什么？”我站起来，向泽恩走去，两眼死死盯着他手里那个东西。

“塞拉，当心！”红头发男人警告我说，还想过来推我。但泽恩将他手中那个东西又挥了一下，迫使他退了回去。

我呆立在原地。“那是什么？”我又问道。

“是枪，”被称为里奥的男人解释说，“一种武器，可以用来杀死或者严重伤害任何人。”

“啊哈！”泽恩翻了个白眼，大声吼道，“你现在突然愿意教她了！”我从他话中听出了“讽刺”。

“她知道的一切都是我教的。”里奥反驳道。

泽恩晃了晃那把枪。“不！她知道的一切都是我教的。你毁了她的生活。”

里奥举起双手，做出投降姿势。“我能理解你为何这样认为，莱泽德尔，但我向你保证……”

“闭嘴！”泽恩尖叫着将枪握到一只手中，用另一只手示意我上前，“塞拉，我们马上离开这里。你先到外面去等着，我来收拾他。”说出最后这个字时，他满脸厌恶的神情。

我再次看看他们两个，渐渐意识到眼前的形势相当严峻。“不。”

“塞拉，”泽恩不耐烦地说，“现在不是你我争执的时候。求你了，快出去吧。”

“我觉得你不应该伤害他。”我说。我没有任何理由为我的恳求提供佐证，只是心中隐隐觉得该这么做。

泽恩闭目片刻。“塞拉，你已经失去所有记忆，你不知道我知道的事情。他是个自私自利的魔鬼，他关心的根本不是你，他只关心自己。”他叹息一声，“塞拉，他不爱你。”

爱？这个词立即进驻了我的大脑，而且好像不想离开。

“但他放了我。”我听到自己在辩护。

“因为他想把你带回那里去！”泽恩急切地反驳道，“他想继续破坏你的生活！”

“这你就错了，莱泽德尔。”里奥插话说，“我只是想……”

泽恩又向里奥逼近一步。现在，枪离里奥的头只有半米远。“我让你闭嘴，”他吼道，“别想再迷惑她，不会再起作用了。”

“别说了！”我用手捂着脸，不顾一切地喊道，“求求你，让我想想。”

泽恩立即不作声了。他们俩都看着我。我用指尖揉着太阳穴。这些信息太多，我不能一下子全部吸收，也无法同时处理所有的事。我不知道如何去理解它们，我需要一条条整理。

我提出的第一个问题是：“你们是怎样互相认识的？”

“我妈妈和他是同事。”泽恩说。他语气中的讥讽意味正在淡去。

“你在哪里工作？”我问里奥，但回答我的是泽恩。

“在一家丝毫不尊重人类生活的邪恶公司，当我意识到这一点时，为时已晚。”

迪奥科技。

里奥闭上嘴，将下巴向前伸。

“你为他们做什么？”我问里奥，但回答我的还是泽恩。

“做这个！”泽恩指着我，“这就是他的工作！他玩弄人的心灵，操控现实生活，他戏弄上帝！他将人类变成……”

“变成什么？”我怯弱地问，“变成像我这样的怪物？”

泽恩脸上的严厉表情立即柔和下来。他向我靠近，但一直小心翼翼地将枪口对准里奥。“不。”他用另一只手摸摸我的脸，“我不是这个意思，我从没那样想过你。”

“那你是什么意思？”

“我不是……”泽恩努力找到一种合适的表达方式，“我……我只想说你绝对不能跟他们回去，我不会让你回去的，谁知道他们会对你做什么。”

里奥出奇地安静。我猜他或许在掩饰什么，或许已经不想再和泽恩争辩，不想激他开枪。

或许，他是在默认泽恩说的一切。

我向他走去，近到能感觉到他急促的气息吹拂到我脸上。

“塞拉。”泽恩警告道。

我竖起一根手指，示意他别说话。

我凝视红头发男人疲惫不堪、充满血丝的眼睛，那双眼睛是淡淡的绿灰色，有微小的棕色斑点。他捕捉到我的目光，坚定地看着我。

无论我多么努力，也没能在这双眼睛里发现任何恶意。

事实上，我看到的恰恰相反。我看到的是希瑟看科迪时的眼神，姬亚娜看我时的眼神。

这是可以装出来的吗？

我要是知道就好了。

“这是真的吗？”我有些挑衅地问里奥，“他说的这些有关你的事情。”

“塞拉。”我听到泽恩在我身后低声说，“我不会骗你的，我不是他。”

我没理会泽恩，继续追问道：“是真的吗？”

里奥慢慢闭上浮肿的眼睛，耳语般地说：“是真的。”

我把目光转回到泽恩身上。里奥的坦白好像让他异常吃惊。

“我会跟你走，”我告诉泽恩，“但前提是你不伤害他。”

泽恩的怒气又爆发出来。“塞拉，你不明白，这不会停止的，他们会继续找你。现在可能是唯一的机会……”

我再次抗议地举起手，泽恩打住话头。然后，我向他伸出手，把手掌翻过来。他叹息一声，把枪交给我。枪比我想象的重。

“好啦，我们走。”我说。我小心地把枪紧紧攥在手中，向门口走去。我没回头去看独自站在空空的谷仓中间的红头发男人。我不知道自己有没有胆量去看。

逃跑 6

干枯的树叶被我踩进树下的泥土中，发出咯吱咯吱的声音。我不知道我们要去哪里，但我已经推断出泽恩没有汽车，所以我们才会选择奔跑。他的步伐显然比我的慢很多，但他沉重的呼吸告诉我这已经是他的最快速度。我还知道，我现在不应该试图和他说话，因为在我们放慢脚步之前，他很可能无法回答。

那把枪还在我手中，沉重、别扭。我想把它插进我长裤上许多口袋中的一个，但它太大了。

终于，在我们跑了十五分钟以后，泽恩慢慢停下脚步。

他弯下腰，将手撑在膝盖上，上气不接下气地说："应该差不多了。"

"什么应该差不多了？"我问。我的呼吸相当平稳。

他没有马上回答我，而是先吸了几大口气，擦了擦湿润的额头。我喜欢他被汗水湿透的卷发，也喜欢他眼中反射的月光。

"我必须把你带到足够远的地方，这样他们才无法扫描到你。"他解释说。

我低头看着手腕上那道细细的黑线，想起在小餐馆外看到疤脸男人时，曾感觉这个文身发烫。当时就是这种情况吗？是他在扫描我吗？就像扫描超市的食品袋？

"那是怎么回事？"我问。

"和条形码类似。这条线看上去是一条普通的实线，但其实是一种独特的设计。他们的扫描仪能识别和跟踪。"

"它被文进我的皮肤里了吗？"

泽恩摇摇头："其实不是，我们是付出了沉重代价才知道这点的。我们一度将它去掉，但它又自己长回来了，而且一模一样。显然，这种设计是被编程到你的基因中的，就像你鼻子的形状和眼睛的颜色一样，即使有人把它割掉，皮肤愈合后，同样的记号仍然会出现。"

我来回移动指尖，抚摸那条黑线。我想问更多问题，但不确定自己现在能否理解。于是，我决定只问简单的、容易的。“我们要到哪里去？”

泽恩直起身，看着我。我在超市和更衣室里看到过的亲切微笑已经不见踪影。现在，我能看到的只有他严肃的表情和茫然的眼神。“我们要去安全的地方，至少暂时是这样，直到我把一切都搞清楚。”

我看到他的目光从我的脸上移动到脖子上。他的脸上第一次露出笑容，一种疲惫的笑容。“你又戴上它了。”

我伸手去摸。我先前已经把它塞进衬衣里面了，它一定是在我奔跑的时候自己弹出来的。我咬着嘴唇，不知道该说什么，甚至不知道该如何感觉。

“我喜欢看到你戴着它。”他向我走来，伸出手，“可以吗？”

我不知道他在要求什么，但这已经不再重要。我发现自己在点头应允，无论那代表着什么。

当他的手向吊坠项链伸过来时，指尖从我的锁骨上轻轻划过，让我的皮肤微微刺痛。让他离我这么近，好像已经对我的肺部产生了奇怪的影响。不久之前，呼吸困难的人还是泽恩，而现在，无法呼吸的人好像是我。

他小心翼翼地打开那道小门，那颗小小的心摆动着打开。他的眉头皱起来，脸上的笑容消失了。

我低头看去。“怎么啦？”

“这是空的。”

“我知道，”我说，“他们找到我时，里面就是空的。”

我看到泽恩失望地抿起嘴唇。“那它一定是在某个时刻掉出去了。”

我拉拉项链，将吊坠从他手中拉回到我手中。“什么掉出去了？”我急切地问。

他叹息一声，转过身，向前走去。“一块鹅卵石。”

我迷惑不解地看着他的背影，疾步跟上去。“一块鹅卵石？”

“是为了提醒你什么是真实的。”

“为什么需要提醒我什么是真实的？”

他稍稍放慢脚步，看着地面说：“因为你生活中的一切并非都是真实的。”

我看到前面有片空地，我们已经快要走回公路边了。每过几秒钟，就有一组车灯晃过，瞬间照亮公路，片刻之后，公路重新陷入黑暗中。

但我仍然能把一切看得清清楚楚。

我注意到在我们左边几里远的树林上空，有烟升起来。我马上意识到，那里就是车祸现场，我引起的车祸。内疚感再次撕扯着我的心，我不得不咽下又一股冒到喉咙里的酸臭液体。

“他们为什么找我？”我问。我想到了一路追我到这里的那个疤脸男人。

泽恩开始向公路走去，并示意我跟上。“因为你逃走了。嗯……我们一起逃走了。”

“因为我们是心灵伴侣吗？”我问。这个陌生词组从我嘴里冒出来时，我感觉很尴尬。

尽管我曾那么不想相信他告诉我的一切，但在过去的一个小时里发生的这些事情，却让我更难怀疑他了。

泽恩大笑起来，他的笑声在我耳朵里回响。“嗯，没错，有那个原因。但更主要的是，我们知道了他们对你做的一切。”

“他们究竟对我做了什么？我仍然不能完全理解。”

泽恩的笑容立即淡去：“我也不明白。”

“但你刚刚还说……”

他把一只胳膊伸到我面前，让我停下来。我们站在公路边上，路上这会儿没有车。泽恩拉起我的手，我们一起快步跑过公路。和他肌肤接触的感觉让我的整个身体都在“嗡嗡”作响，我不想松开他，但我们刚刚跑到公路的另一边，他便放开了我的手。

当他的指尖从我手中滑出时，他好像没注意到我的失望，继续往前走去。

“我知道你有很多问题想问，”他说着向小镇北边走去，“但我觉得我最好不回答它们。”

我慢慢停下脚步，向他望去：“你说什么？为什么不？”

他也停下脚步，回头看着我：“因为我了解你，我非常清楚，你不会相信我的。”

他的回答让我不知所措。如果他不告诉我发生过什么，我怎么可能回忆起任何事情？

“一直以来，你总是只相信你能看到、摸到和识别的东西。”他继续说道，“事实和数字才是你真正信任的东西。”

他的描述非常准确，让我不禁有些吃惊。

“正因如此，”他继续说道，“我觉得我最好能让你亲眼看到。”

让我亲眼看到？

他又开始往前走。我紧紧跟在他身后，让他带我回到仍在沉睡中的韦尔溪小镇。我们穿过空无一人的主街，又爬上一座小山，当我们走上一条狭窄的小街时，我注意到路牌上写着：布拉德伯里车道。最后，我们停在了一座标示着1952号的建筑前面。

布拉德伯里车道1952号302室。

这里就是泽恩说的他的住处。那天他把我堵在试衣间里后，曾让我来这里见他。

但有一点让我迷惑不解，建筑正面的标牌上写着：马克·吐温小学。

泽恩为什么住在学校里？

大门上有一个小小的数字键盘，他在上面轻轻敲击几下，将门推开，然后示意我进去。但我迟疑着。

“塞拉，”他温柔地催促道，“我永远不会把你带进危险之中，我是在尽最大努力让你远离危险。”他微微笑着说，“我发誓。”

我从他身边走进楼房，大门在我们身后自动关上。然后，他带我爬上两节楼梯，顺着走廊走到302房间。

门是打开的。他为我扶着门，按下灯的开关，我们一起走进去。屋里很热，还有点儿闷，但我几乎没注意这些。我的注意力完全被墙壁吸引了，它实在太迷人了，明亮，鲜艳，装饰着数百张照片、图画和地图，还有塞满图书的书架，以及几张四周摆放着蓝色塑料椅的小圆桌。在靠近天花板的地方，字母表中的每一个字母都以各种颜色展示出来。

“这是什么地方？”我问。我慢慢转了一圈，想把一切尽收眼底。

“这是幼儿园的教室。”

“什么是‘幼儿园’？”

他笑起来：“幼儿园代表着开始上学的第一年，孩子们在这里开始接受教育，通常五岁左右。”

我笑了，立即感觉到自己与这个房间有种特殊的感情。毕竟，我好像也是在从头开始。

“对不起，这里太热了。”泽恩说着向屋子中间的一张桌子走去，“夏天学校放假，不开空调。”

我注意到，靠近他脚边的地上有张很薄的泡沫垫子和一个枕头，垫子上有一张皱巴巴的毯子。“你……在这里住？”我问。

“临时的。”

“为什么？”

“我必须找到一个没有人的地方，才不会被他们发现。幼儿园教室好像再好不过，夏天这里没有人，还有午休用的毯子和枕头。”

一想到泽恩睡在五岁孩子的枕头上，我就想笑。“我是想问，你为什么不住在家里？”

我看到他从裤兜里掏出一个很小的银色立方体，轻轻将它放在他面前的桌子上。他的动作异常小心，你可能会以为那是用易碎的玻璃做的。

我向他走去，眼睛一直好奇地看着那个钢铁物体。不知何故，它好像在呼唤我，仿佛具有大星球的引力一般，尽管它只比我的指甲盖大一点点。

“我不能回家。”他说着用拇指按住那个设备的一侧。作为回应，它发出绿光。

我渐渐被吸引到那个神秘物体的磁场深处，完全忘记了我们之间的对话。我还惊愕地看到，我走得越近，我的手颤抖得越厉害。

“那是什么？”我问。但我一刻也不愿把目光从那个物体上移开。

泽恩一直追随着我的目光，直到我们俩都盯向那个微小的发光立方体。

然后，他将它拿起来，将它稳稳地握在手中，说：“这是储存你记忆的地方。”

连接

枪从我手中滑出，“砰”的一声落到地上。泽恩惊叫着扑上前。“拿这东西时你必须非常小心！”他警告说，并将枪拿起来，放在发光立方体旁边的桌子上。

“我的记忆？”我颤声问道。

“是的，”他补充说，“但不是全部。很遗憾，我没能全部得到。但这些已足以让你对过去发生的事情有一个大体的概念。”

他指着那个设备：“我把它们储存在这个硬盘上，相信某一天能说服你到这里来。”

他的解释让我更加迷惑。“但你是怎样得到它们的？”我问。

他耸耸肩：“偷的。”

“从谁那里偷的？”

“从那些偷走你记忆的人那里偷的。”看到我满脸茫然的神情，他急忙补充说，“这很公平。是他们先偷的，我只是……我只是为你把它们偷回来了。”

我的腿颤抖起来。我一屁股坐到最近的椅子上——那种显然是为小孩子设计的蓝色塑料椅。椅子太矮，我坐下时差点儿失去平衡。

我用手抱着头。“这究竟是怎么回事？”这些话好不容易才从我嘴里跑出来。我的喉咙竭尽全力想把它们吞下去。

泽恩急忙向我走来，在我身边跪下。“对不起，我太迟钝了，我知道这很可怕，很难让你接受，但我保证，我可以在一分钟内把这一切解释清楚。”

他站起来，从另一个口袋里掏出一个小木头盒子，打开盖子。我伸长脖子，往盒子里看去，里面有三个样子很奇特的圆盘，每一个的直径大约都是5厘米，是用某种透明橡胶制成的。

他将第一个圆盘拿出来，俯下身，将它放在我左耳后面。它自动粘上，与我的肉体融合到一起。

“这些是认知接收器。”他解释说，并从盒子里拿出第二张橡胶圆盘，将它放到我右耳后面。“它们将把你的大脑与这个硬盘连接起来，允许你获取它上面的所有东西。”他轻轻用指尖敲敲那个钢铁盒子，“这是迪奥科技开发的一项技术，我记得他们叫它‘再认知’。”

“你怎么会知道这些？”

他耸耸肩，腼腆地冲我笑笑：“其实，我并不全懂，我并不知道这一切背后的科学道理，我只知道有这种技术，因为我妈妈是那个研发小组的成员。我回到迪奥科技，偷走他们的记忆档案，还删除了他们服务器上的全部备份，然后，我在自己身上做了一个小测试，确保这是可行的。”

“痛吗？”我担心地问。

“不痛。只是有一点儿……”他打住话头，抿紧嘴唇，“有点儿怪怪的。”

“怪怪的？”我紧张地重复道。

他拿起第三个接收器，合上已经空了的木盒盖子。接着，他走到我身后。我用力仰起头，想看到他，同时等着他做下一件事。但他只是站在那里，难为情地摆弄着那张圆盘。

“对不起。”他说，小心翼翼地把手伸向我的头，紧接着又飞快地把手缩回去，“我需要，呃，动一下你的头发。”

“呃。”我说。突然间，我感到和他一样难为情。“没关系，当然可以，动吧。”

他慢慢将手伸向我，我屏住呼吸。我并不是故意要这样，但气流好像自愿把自己封锁在了我的肺里。我感觉到他的指尖从我裸露的脖子上轻轻擦过，他的触摸让我的皮肤刺痛燥热起来。他轻轻地用一只手抓着我的头发，将它拂到我的左肩上，还耐心地把几缕散乱的头发捋顺。

整个动作极其流畅熟练，让我百分之百相信他以前曾这样做过。这不是他第一次用手触摸我的头发，我发现自己暗自希望这也不是最后一次。

“好了。”泽恩清清嗓子说。我跳起来，眼睛眨动着睁开。我甚至并没有意识到它们曾经闭上，他已经走回我面前。

“这么说，”我竭力掩饰着自己的尴尬说，“已经完成了？”

泽恩深深吸了一口气，在我旁边的椅子上坐下。“是的，你现在应该可以与硬盘直接连接上了。”

我等着，不知道是否应该有什么事情发生。我有点儿希望一道闪电击中我的大脑，但实际上，什么都没变，我心里很平静，屋子里也再次安静下来。

“我什么都没感觉到。”我告诉他。

他点点头：“你不会感觉有什么不一样。把这当成你大脑的扩展，一种外部的储存器就行了。但为了获取里面的信息，记忆必须用某种方式激活。”

“好吧，”我心存疑虑地说，“我们要怎么做？”

“有几种方式可以激活休眠的记忆——关键词、物体、影像，但对我来说，最容易的方式是问你问题。”

“好吧。”我再次说。但我越来越没有信心，感觉这根本不会有用。

他在长裤上擦擦手心。“让我们从你的房子开始吧，给我说说你的起居室。”

我皱皱眉头：“这怎么可能？我不记得我的房子，我不记得任何有关过去的生活……”

“你的沙发是什么颜色的？”他打断我的话。

“米黄色。”我不假思索地说。

我的整个身体都僵住了，只有心脏在怦怦跳动，我能从耳朵里听到跳动声。

刚刚发生了什么事？

“大门在哪里？”他继续问道。

我回答得与上一个问题一样快：“在房间对面的一侧，一盏棕色高脚灯和衣帽架旁边。”

我不知道自己是怎样做到的，不知道为什么这些回答对我来说这么容易，甚至不知道它们是否正确。

我瞪大眼睛盯着泽恩：“这是怎么回事？”

他鼓励地笑着说：“你在回忆。”

“是吗？”

他点点头："你的大脑在处理储存在硬盘上的记忆。"

一阵幸福感从我全身掠过，将我唤醒，激活我的感觉。"再来！"我命令道，"问更多的问题！"

泽恩大笑起来："好，好。房子里还有别的什么吗？"

我全神贯注，咬着嘴唇，闭上眼睛，但什么也没想出来。"我……我……"

泽恩插话说："对不起，你可能需要更具体的提示。大门右边的角落里有什么？"

微笑从我嘴角荡漾开去，我知道这个。"是一盆植物！"

我怀疑世界上除我之外没有任何人会为一盆植物如此激动，但我不在乎。对我来说，这盆植物意味着一切。那是我的一部分，我以为自己已经永远失去的一部分。

然后，突然之间，那个房间慢慢在我脑海中出现。那张曾经空白一片的白色画布正在变成一幅织锦，色彩、物体、家具一一呈现出来。那些物体在空中一件件物化出来，填满空洞的间隙：一张桌子、另一盏灯、一把椅子、一个书架、一个壁炉。

如此华丽！如此真实！我记得非常清楚，就像我能回忆起我在希瑟和斯科特家自己的房间一样。

"这真的是我的房间吗？"我问泽恩。

"是的。"

我几乎不敢相信自己看到的——或者说回忆起来的。我好像破天荒地开始有了一种感觉，一种不可否认的对某种东西的拥有感。

我的起居室。

我的米黄色沙发。

我的房子。

我看到的一切都很舒适、安全、恰当，这就是家的感觉。

熟悉的装饰品继续在起居室里呈现出来，仿佛一双看不见的、有魔力的手正在巧妙地装点我的记忆。黄铜烛台出现在壁炉架上方，并且立即被插满了细长的锥形绿色蜡烛。一张色彩斑斓的拼花小地毯在硬木地板上展开。

普通的白色墙面突然被涂上了奶褐色油漆，三个深色木质画框出现在沙发上方。在每一个画框里面，一张美丽的油画开始出现，仿佛有一位看不见的画家正在用隐形画笔急速描绘着。

红色遮光窗帘从窗口滑过，挡住日光。最后，屋角的那盏灯亮起，给每一件东西投上温馨的光，为整个画面画上了令人满意的点睛之笔。

尽管这间起居室似乎已经很完美，但我迫不及待地想回忆起更多。我想探索房子的其他地方，拓展我刚刚恢复的记忆边界。

我注意到，从一条狭窄的通道可以走出起居室。我立即被那里吸引。我紧紧闭上眼睛，把注意力全部集中到那条硬木地板的小径上，强迫自己的思维顺着它往前走，直到我看见……

什么也没有。

世界在这里戛然而止，无论我多么努力地尝试，多么专注地看，也无法看得更远。门廊仿佛融化到虚无之中，地板也不复存在，墙壁消失，我再次被令人发疯的白色虚空包围。自从他们把我从海上救起以来，我已经备受这样的折磨。

我局促不安地在椅子上扭动着，发出一声轻微的呜咽，沮丧透顶地解释："我看不到……看不到其他东西。"我睁开眼睛，绝望地看着泽恩。"我记不起起居室外有什么！为什么回忆不起来？"

泽恩把一只手放在我手臂上，想要安慰我，但这次，他的触摸没能让我平静下来。"因为你只获取了硬盘上的信息。很遗憾，我没能得到你关于房子里其他屋子的任何记忆，这意味着你只能看到起居室里的东西。"

我无奈地把双手举到空中，猛地站起来。由于用力过猛，我坐的蓝色小椅子向后飞去。"只有这些吗？"我哭喊道，"没有其他的吗？只是匆匆瞥了一眼愚蠢的起居室？这对我有什么用处呢？"

我以为泽恩会伸出双手，再次安慰我。但他没有。事实上，他只是笑了笑，好像我的恼怒让他很开心。

"有什么用处呢？"我咬牙切齿地逼问道。

他摇摇头："没有，对不起，只是……"他的声音越来越小。

"只是什么？"

"只是很高兴看到你回来。"

我皱起眉头："回来？"

“是的，你回来了，过去的塞拉菲娜，我所爱的活泼自信的女孩，我刚刚瞥见了她的一丝倩影……”他脸上的笑容迅速消失，取而代之的是更为严肃的表情，“有段时间，我担心她可能会完全消失。”

我的愤怒突然平息下去，我垂下目光，但没想到该做出什么更有趣的回应，只说了声“哦”。

“不过别担心。”泽恩拍着那个钢铁立方体，安慰我说，“那些不是这里面唯一的记忆，我保证，你还能看到更多。”他站起来，将飞到教室那边的椅子捡回来，“坐下来，放松些，我让你看看我最喜欢的记忆。”

我迟疑地坐回椅子上。“是什么？”我问。我尽可能让自己的声音听上去轻松一些，希望能尽量消除我先前的爆发带来的影响。

那种如一弯明月般的笑容又回来了，那种让我感觉是世界上唯一值得记住的笑容。他深深凝视着我的眼睛说：“我认识你的那一天。”

“闭上眼睛。”泽恩指点道，“回到起居室，告诉我你看到了什么。”

我照他说的做，让自己的思想被带回我唯一拥有的房间里。我努力集中注意力，直到看见一切重新在我眼前出现：米黄色沙发、茶几、灯。但这次，画面上有了新东西。

“一本书。”我急切地告诉他，“我看到一本书，一只手。是……”意识来得很快，“是我的！是我的手！我拿着一本书。我刚刚看完那本书。”

“好。”泽恩鼓励我说，“很好。你在起居室里看书。”

现在，我清楚地看到那本书就在眼前。《时光皱纹》，作者是马德琳•英格。书的封面皱巴巴的，快要脱落了，仿佛被阅读过上百次。我看到书下是我的双腿，蜷缩在沙发上，裹在一条深灰色棉布长裤里。长裤看上去与我在飞机残骸上被发现时穿在身上的惊人地相似，也就是现在还折叠好放在卡尔逊家抽屉里的那条长裤。

“现在，我们试着让记忆来指引你。刚开始时，它可能会比较生硬迟缓，但你坚持的时间越长，就会变得越流畅自然。如果你被卡住，我会在这里推动你。你对那天还有什么其他的记忆吗？”

我咬着嘴唇，集中注意力，努力将看到和感觉到的一切用语言表达出来。“我饿了。”我说，“我正要去吃午饭，但接着就听到了什么，是一种刮擦的声音，从外面传来的。”

我看着那个场面以简短、模糊的片段的形式慢慢播放出来。我用自己的眼睛看着，仿佛一切此刻正在发生。

站起来。走向大门。伸出手。但突然心生恐惧，飞快缩回手。

“我害怕，”我对泽恩说，“什么东西吓到我了。”

“是的，”泽恩回答说，“你还记得你怕什么吗？”

“外面，”我说，语气惊人地肯定，“我害怕出去。”

“为什么？”泽恩追问道。

“因为有人让我不要出去。”

是谁呢？我很想知道。我紧紧闭上眼睛，用手指按着太阳穴，努力寻找那人的脸，试图听到那声警告。但是，我没成功，那段记忆不存在。

“没人在家的时候，我不能外出。”我告诉泽恩。但我几乎没听出这是自己的声音，这声音听上去是那样单调乏味，毫无生气。我的话说出来就像独白。“如果出去，就会发生不好的事情。但我不知道是什么。”

“好，”泽恩急忙说，“继续。”

我深深地吸了一口气，重新回到记忆中。

我的手又伸出去，手指按着一个发光的蓝色扫描器。门“哔”地打开，我推开门。

“我没听，”我回忆道，“我还是出去了。”

泽恩笑起来：“你从来就不擅长遵守规则，这让制造你的人很头痛。”

我想到了卡尔逊夫妇，想到我如何说服科迪在他们醒来前溜出家门，如何半夜不辞而别。我发现，认识到自己身上的某些特点并未真的失去，让我感到很欣慰。

“你出去的时候，看到了什么？”泽恩问。他的问题让一个全新的画面出现在我眼前。

一个白色的环形门廊，一个修剪得很好的小草坪，花草刚刚剪过。空气燥热。

“我的前院。”我回答。

“那前面是什么？”

我奋力回忆前院的前边是什么，但我没看到多少东西。

一道三米高的水泥墙耸立着，挡住了我的视线。一条狭窄的小道从门廊台阶底部延伸到草坪那边，但被高墙上一道厚重的钢铁大门挡住了去路。

“不知道，”我慌乱不安地说，“有一堵巨大的墙，它把房子包围起来了，我看不到墙那边的东西。”

“没关系。”泽恩把手放在我手上，安慰我说。

“那墙是用来干什么的？”我问。

但令我吃惊的是，回答这个问题的是我自己，或者说是我的某个变异版。我再次听到自己的声音变成令人不舒服的、没有抑扬顿挫的嗡嗡声。我毫无表情地重复着我不记得自己知道的事情："是为了保护我。"

一种令人虚弱的寒意沿着我的手臂向上蔓延。泽恩轻轻抚摸着我的手指。"别担心这个。"他说，"注意看接下来发生的事。"

我扫视围墙，想知道我在房子里听到的声音是从哪里发出的。我注意到有什么东西在向旁边移动。

"我看到了。"我告诉泽恩。

"看到了什么？"

我的目光转向右边，落在一双紧紧抓着墙头的手上。我听到一声低吼，有人正奋力往墙上爬。片刻之后，一个脑袋出现了。我无法看清他的五官，但能看出他很年轻，和我一样大，也许稍大一点儿。

"一个男孩。"我回答说，我开始兴奋起来，"他正在爬墙。"

他小心翼翼地先将一条腿摆动到墙头上，紧接着把另一条腿带上来。然后，他蹲坐在墙头上，向下凝望，估计着到地上的距离。过了一会儿，他用手撑着墙头跳了下来。他向下降，然后以蹲伏的姿势落在墙的这边。

我所在的这边。

他站起来，拍掉身上的灰尘。我现在可以看到他的脸了。他那两道又粗又浓的眉毛紧挨在一起，在鼻梁上方形成一道皱纹。他的眼睛是深棕色，头发几乎是黑色的，从额头梳向脑后，有几缕垂落到睫毛尖上。他摇摇头，把那几缕头发拂开。一滴汗珠从他额头上滴落下来。

"是你。"我小声说着睁开眼睛，凝视着同样一张椭圆形的脸。

泽恩咧嘴笑了："是我。"

"你是爬上墙的？"

他耸耸肩："怎么说呢？我很好奇。如果你在一个男人面前竖起一道高高的水泥墙，他就会想去看看墙的另一边有什么。"

"我猜，我不是唯一不喜欢遵守规则的人。"我开玩笑地说，然后再次闭上眼睛。

看到翻墙而入的陌生人，我心情复杂，既有恐惧，也很高兴，还有那种无法抑制的跑的冲动。

我原地转身，面向房子，目光立即落在一个闪亮的红色按钮上。按钮安装在大门内侧的墙上。

“那是什么？”我问泽恩。

“什么是什么？”

“墙上那个红色按钮，那是做什么用的？”

但我的话还没说完，答案已经自己从脑海中跳出来了。

紧急呼救。

我打了个寒战。泽恩还没来得及做出反应，我又嘟哝道：“没事了。”

但我显然没把这个男孩的出现当成紧急情况，因为当我重新回到那个场景中时，我发现我还在门廊上。我没有跑进屋。我没有去按那个闪亮的红色按钮。我还躲在同样一根圆柱后面。我正看着他，想弄清楚他从哪里来，他是谁，他多大。

我睁开眼睛，看着泽恩。“顺便问一下，你多大了？”

“这件事发生时，我十七岁。现在我十八岁。”

我可怜的事实清单上又增加了内容，我很满意，再次闭上了眼睛。

我从藏身点看着，那个男孩好奇地盯着房子。他上下打量着房子的正面，脸上浮现出迷茫的、几乎有点儿讨人喜欢的神情。与此同时，他的出现也让我既着迷又害怕。

“你看到了什么？”我听到泽恩在我身旁问。我觉得他又向我靠近了一些。

“你。”我说，还露出了一丝微笑。

“我在做什么？”

男孩向前走了几步，但随即停下脚步，非常突然。他显然看到什么了。过了一会儿我才意识到那是什么。

我。

我试探性地把头从圆柱后面伸出去。我们的目光相遇了。

“你在看着我。”我回答说。

他轻声笑道：“没办法不看。”

他肯定离我更近了。我能感觉到他正看着我，能感受到他的呼吸，温暖甜蜜。

我的心怦怦跳起来。

在这个时刻，我真的不知道这是因为我记忆中的那个女孩，那个站在前门廊上，目瞪口呆地看着刚刚意外闯入她生活的陌生人的女孩，还是因为现在的我，坐在同样的人身边，对我不理解的感情不知所措。

突然之间，一切都混乱起来。

我无法区分记忆和现实，无法将两种感情分离开来。

我能透过她的眼睛看，听到她的思想，感觉她的恐惧，因为那曾经也是我的，现在仍然与我同在。还因为不久之前，我感觉过同样的犹豫，有过同样的怀疑。

突然间，怀疑好像变得荒唐起来。

突然间，它们好像……消失了。

我感觉嘴唇颤动起来。我将它们紧紧抿在一起，但毫无作用。它们想动，它们想到什么地方去，它们驱使我向前移动，向他移动，向他的嘴唇移动。

我不明白在发生什么，也不知道为什么我身体的每个部分好像都在自己行动，不需要我的指令，不需要我的允许。但本能告诉我，这是我不需要去理解的事情。我甚至无须试着去理解，因为我可能永远也无法理解。

我被进一步驱动向前，我们的嘴唇就要相碰，他的手摸到我的脸颊，然后……

“我觉得我们应该打住。”他耳语道。

凉爽的空气从我皮肤上拂过，他的手指从我脸上滑开。突然间，他又变得好遥远。

我不得不眨眨眼睛，将注意力重新集中到周围的环境中，一度失去的“感觉”慢慢回到身体的不同部位。

我点头同意，但没说什么，生怕我的声音会出卖我的心。真可悲。

我在椅子上坐直一点儿，努力将思绪调回到那天发生的事情中，想从中断的地方继续，但我能回忆起的已经不多了。

我看着男孩慢慢向门廊靠近。他每走一步，我的不确定就增加一分。我又看了一眼那个红色按钮，迟疑不决，不知该遵守规则，还是该向好奇心屈服。

好奇心胜利了。

“你是谁？”他问。

我吞下哽在喉咙里的什么东西，慢慢张开嘴唇：“我叫塞拉菲娜。”

然后，什么都没有了。

记忆结束。

隔离

我身心疲惫，很想睡觉，但我不想停下来，我已经对自己记忆的味道上瘾了，那滋味太迷人。一想到我终于可以为自己的问题找到答案，我喜不自禁，无法入睡。

“我记得你说过，你第一次见到我时，是在实验室里。”我指出。

“是的，”他回答道，“你的房子就是那个巨大科研基地的一部分，远离文明，远离一切。刚开始时，我以为迪奥科技之所以将基地建在偏远的地方，是因为他们只有在那里才能找到足够的空间修建所有的建筑，安顿全体职员。但后来我发现，他们那样做，是因为不想让任何人知道他们究竟在做什么。”

他冲着我的方向做了个含义不明的手势，我不太明白那是什么意思。

但他一定注意到了我疑惑的表情，因为他又急忙补充说：“对不起，你可能已经看出，我与迪奥科技的关系是爱恨交加。”

“为什么？”

他沉重地叹息一声：“因为他们对你做的事，我恨他们。但与此同时，如果不是他们，也就没有……嗯……没有你。为此，”他又冲我咧嘴一笑，“我猜我应该感谢他们。”

我感觉到脸颊因发烫而染上一抹绯红。科迪的脸就是这样变红的吗？我慌忙移开目光。

泽恩用力揉揉眉毛。“一切都太曲折、太复杂。我可以说是在迪奥科技的基地长大的，那就是我的家，我妈妈是那里的顶级科学家之一。我们搬到那里时，我才八岁。”

“他们的一切都在基地。”他继续道，“他们所有的研究、工程、机构、职员、家属都在那里，整个公司都在那里，这样他们才能随时监视一切，监视每一个人。”

他语气冰冷，满怀深仇大恨，这让他变成另外一个人，那天爬墙的那个天真无邪、无忧无虑的男孩不见了。我有一种感觉，那个男孩已经消失很久了。

“人们极少离开那里。”他解释说，“如果你需要的一切应有尽有，你为什么要离开呢？学校、商店、餐厅、娱乐设施，应有尽有。”他嘴角露出一个苦笑，“我猜，这和邪教没什么不同。”

“邪教？”

“没错，每个人都被洗脑，相信一些不真实的东西。为了不让他们逃走，还有人处心积虑地欺骗他们。”他嘲讽地笑笑，“但我猜他们没能把事实隐藏好，因为它被我们发现了，而且我们的确逃了。”他低下头，压低声音，“至少，我们尝试过。”

“所以他们才派人来追我。”我说，努力将这个新信息与我已经知道的事情结合起来，“就是谷仓里的那些人。因为我们是逃出来的？”

他默默点头：“他们为迪奥科技工作，都是阿利克斯特的精锐安保人员。”

“阿利克斯特？”我重复着这个听上去熟悉得可怕的名字。单单听到这个名字，一阵恐惧感就从我全身掠过。

泽恩仔细观察着我的反应。“是的，詹斯•阿利克斯特，迪奥科技的总裁，世界上最令人发指的人。他创立了这家公司，和里奥一起，他们是公司的创始人。阿利克斯特负责公司的运营，里奥博士负责科研。”

里奥。

那个红头发男人。

一提到他，我潜意识里的一些东西就被激发了出来。

我偷偷瞥了一眼桌子上那个银色立方体，它还开着，我还和它连接在一起。我想知道那里是否储存着更多有关他的信息，那个为我支付过饭钱、在谷仓里为我解下镣铐、几个小时之前泽恩曾试图杀掉的男人。

但我什么都没发现。

“你没事吧？”泽恩关切地看着我的脸问，“也许我们应该休息一下。”

“不，”我慌忙回答说，“还有很多我想知道的。”

泽恩咧嘴笑笑：“好吧，比如什么？”

“比如……”我顿了顿，先将脑子里乱七八糟的问题按重要程度排序，“我们认识那天发生了什么事？就是在你看到藏在圆柱后的我之后。我按了那个紧急按钮吗？”

“谢天谢地，没有。”他笑得更灿烂了，“我们坐在草坪上说话，时间还不短。刚开始时，你非常谨慎，坐在半米开外的地方。”想到这里，他开怀大笑起来，“你显然不信任我，但慢慢地，你的警惕性一点点放松。你慢慢向我靠近，可爱极了。”

“我们说了些什么？”

他耸耸肩：“很多。不过说实话，大部分时间是我在说。我很紧张。我无法相信你会那么漂亮，而且你还在和我说话，这是最不可思议的。”

我想到科迪在汽车上说过的事——女孩子拒绝和他说话。

“你对漂亮女生也很尖刻吗？”我问。

他哈哈大笑起来：“你在说什么？不。我……嗯，我们还是这样说吧，我在那以前从没见过像你这么漂亮的女生。你太……”他的声音突然变得很低，“特别。”

我观察到他的表情在慢慢改变，这种变化是可以理解的。而且我立即知道，阴暗的部分又回到了他的身上。

“怎么了？”

他摇摇头，仿佛想松开一个紧紧攫住他的大脑的思想。“你身上有种非同寻常的东西，我当时就看出来了。”

“多么不寻常？”

“主要是你说的话，有点儿生硬，好像没人教过你说话时怎样利用音调似的。你显然智商很高，但你也有很多不知道的，比如日常用语和流行文化元素。”

原来我一直这样。

想到这点，我既感到欣慰也有些不安。

“还有就是你手腕上那个奇怪的标记，你说是你小时候留下的伤疤，但我知道你说的不是真话，伤疤不是那样的。但我没追根究底，我估计你只是不想告诉我。后来我才意识到，你是在依样复述他们告诉你的谎言，其实你自己也不知道那是什么。”

我摸摸手腕上的那条黑线。想到它颤动起来，暴露我位置时摸上去的感觉，我便不寒而栗。

“但我认为你与众不同的最大原因是，”泽恩继续道，“我以前从没见过你。住在基地的孩子都去同一所学校上学，那里一共有一百来名学生，大家之间非常熟悉，就像小镇上的居民一样。所以，看到你被藏在那个秘密的地方，知道你不和我们其他人一起玩，让我觉得非常奇怪。”

“秘密的地方？”我重复道。

他点点头：“那地方在基地最靠里面的角落，未经严格审查的人是不允许去那里的。”

“那你是怎么进去的？”我用开玩笑的口吻问。

他哧哧笑起来，这让气氛稍微轻松了一些。他轻描淡写地回答了我的问题：“哈，我复制了一份我爸爸多年前的指纹。在科技基地长大的孩子可以接触到许多很酷的小玩意儿，那里的生活非常枯燥，需要给自己找到自娱自乐的方式。”

“比如爬水泥墙？”我得意地笑着问。

“你说得非常正确。”

我看着那个银色小盒子，那个装着我的生活——至少部分生活的小东西。我发现自己在心里暗自希望，那个小装置能揭秘我的一些问题：我和泽恩在一起时为何感觉如此特别？究竟什么是心灵伴侣？

“那以后又发生了什么？”我问，“我们说完话以后。”

我发现他的神情变了，他眼里的光彩黯淡下来。“你问我会不会再去看你，我说会。”他把目光移开，拿起那个硬盘，将它握在手里，“然后我就离开了，你就把我忘记了。”

我惊讶地眨眨眼：“那不可能。我永远不会……”

但我话音未落，就遭到一连串影像的突然袭击。上千个画面团团乱转，与奶白色的光同时闪动着。

我知道，这只有一个解释：这是另一场记忆的片段。

我让自己闭上眼睛，看着那个场景在我眼前展开。亲眼看到一切。

嗒。嗒。嗒。

惊恐攫住我的心，我的血凉了。

从来没人敲过那扇门。我父亲总是用指纹进门。

又敲了一下。然后……

一个声音响起："塞拉？"

我没听出是谁的声音。

但它在叫我的名字。

这人怎么知道我的名字呢？

我双手颤抖，呼吸急促。我把手指按到阅读器上。等它"哔"的一声后，我把门打开一条缝，向外看去。有个男孩站在我家门廊上。

一个我从没见过的男孩。

我鼓起勇气，挺起胸脯，大声问道："你是谁？"

"塞拉菲娜。"他如此亲昵地说出我的名字，让我微微颤抖了一下，"是我，莱泽德尔。我昨天来过这里。"

我把门开大一点儿，把头伸出去，上下打量他，努力回忆着。可惜没用，我仍然认不出他是谁。

"不，你没来过。"我退回房间，用力将门关上。我的呼吸还没平静下来。

走开，我心里想，请走开吧。

但他没走。

他再次敲门。"求求你，塞拉。"

他的恳求立即将我拉出，拉回到此刻，拉回到现在。

我听懂了这些话。我听出了话音中的绝望。我在超市停车场听到过这几个字。

"求求你，塞拉。试试吧。"

我曾经遗忘过这个男孩多少次？

他曾多少次恳求我记起他？

"我不明白。"我缓慢地说，竭力保持着平静，"我为什么认不出你？我为什么表现得好像我们从没见过？"

"因为，"他字斟句酌地说，"他们把我从你的记忆中删除了。"

虚构

他的回答如重锤般狠狠砸在我心上，突然间，我感觉自己又回到海上，冰冷无情的波浪拍打着我的脸。

“你说什……什……么？”我吃力地挤出这几个字。

“‘删除’这个词也许不恰当。”泽恩承认说，“说‘移动’可能更好，因为他们把记忆从你那里拿走之后，它还存在。”他拍拍面前桌上的银色立方体，“只不过不再存在于你的大脑中。”

“为什么？”我喊道，我的情绪眼看就要失控，“他们为什么要那样做？”

“为了控制你，塞拉。”他的语气非常严肃，说出的话掷地有声，我不得不把头转向一侧。“他们想操控一切，你记住的一切，以及你没有记住的一切。他们控制着你的认知、你的思想、你的经历，但那大部分都是十足的谎言，你的童年、你的朋友……”

“我的朋友？”我惊讶地问，“我有过朋友？”

泽恩紧紧闭上眼睛，揉揉脸。当他重新睁开眼睛时，我看到他眼神痛苦，眼睛里布满血丝。

“你以为你有过朋友。”他解释说，“你以为你有过一段在基地外的生活，有过家人、生日派对、在购物中心疯狂购物的经历，但这些都不是真的，都是虚构的。”

“虚构？”我怀疑地重复道，“怎么能虚构朋友呢？”

“通过在你的大脑中植入对他们的人造记忆。”

我摇摇头，拒绝相信这一切。“不，我能区分出来。”

“不。”他说，“你不能。没人能区分出来。他们的电脑程序可以设计出完美无缺的记忆，大脑根本无法将它们与真实记忆区分开来。他们在你头脑中装满愉快舒心、完全吻合的经历，在你看来，它们都是一样的。记忆一旦被上传给你，记忆中的事情是否真正发生过并不重要，重要的是你的大脑都会认为它们发生过。”

我感觉热泪刺痛双眼。“真不明白为什么会有人做这样的事。”我哽咽着说，“他们为什么要在我大脑中植入愉快的记忆？”

“替换不愉快的记忆。”泽恩阴郁地回答说，“这是一幅巨大幻象的一部分，为了掩盖你是个囚徒的真相。他们把你的牢房装饰得像一座真正的房间，他们往你的记忆中填满伪造的记忆，这样，他们就能继续做他们想对你做的一切可怕的事情，而你却永远不知道，因为你永远不能记忆。”

我的头开始涨痛。我站起来，在地板上来回走着。我数地砖、桌子、椅子，但毫无用处，没有什么能缓解我胃里的恶心感。

最后，我终于忍不住问道：“什么样的可怕的事情？”

“我也不知道。”他承认说，“不过我估计是很不好的事，因此迪奥科技才会煞费苦心地掩盖。我们永远不可能知道，因为他们每次把你从那座房子带走，你回来后都会有幸福美好的回忆。一次海滨之旅、在朋友家过夜等，总是诸如此类的小活动。”

我慢慢停下脚步，有什么事情正在发生。他的话一定触动了某种反应，因为我能感觉到另一个记忆正在形成。

我焦急地看向那个硬盘，不知道它储存了什么样的恐惧在等着我，不知道在我还没处理好已经看到的一切之前，是否能应对它即将展现给我的一切。

我把手伸到头上，想从皮肤上撕下那两张橡胶圆盘，但太迟了，图像已经潜入我的大脑，开始令人晕眩地翻转起来。

我无可奈何地把手垂了下去。

我闭上眼睛，任其发展。因为我别无选择。

“你必须这么快就离开吗？”

我听出这是我自己的声音。我在和什么人说话。

我抬头，看到是他，里奥。他正站在大门边。

我的大门。

还是那间起居室。

还是那座房子。

他严肃地点点头。“是的，对不起，但我必须回去工作。”他将手指伸向墙上那个白色按钮，电动门“哔”的一声打开了。

“你什么时候回家？”我问。

家。

这个字猛地把我拉回现实。

他和我住在一起吗？

在谷仓里时，他告诉我说，我是他最伟大的创造。那是不是意味着他是我的……

但我无法让自己去想这个问题。

相反，我提醒自己去想泽恩说过的一切。一切都是为了操控，一切都是谎言，没有一样是真的。

“再过几个小时我就回来了。”里奥回答说。但他没有马上离开。他在门口徘徊，迟疑片刻后，他慢慢转过身，问：“你今天开心吗？”他的声音轻快，但眼里的神情与声音并不相符。

后悔？

遗憾？

是内疚。

提问的是记忆里的女孩，但回答问题的是我。那时，当我站在那间起居室里时，我还不知道这种情绪，我没有恰当的参照物。但现在我知道了，因为我自己就一直被这种情绪困扰着，而且它会留下印记。

一个看上去就像那样的印记。

“开心！”我有点儿陶醉地说，“这是完美的一天。”

他笑了，那是一个忧伤、疲惫的笑，看上去几乎不像笑容。“那就好，我很高兴。”

房间渐渐淡化成白色。

我继续闭着眼睛，尽管我知道这段记忆已经结束。我还不能正视现实，我甚至不确定自己是否还知道“现实”的含义。

“完美的一天。”

这是我的回答。

与泽恩描述的一样。

但里奥不是真的在问我那天的感受，他在问我是否相信那个谎言，他在确认那段记忆的植入是否成功。

我突然睁开眼睛，直直地看着房门。我腿上的肌肉着火般爆发。我回应它们的要求，向门口狂奔，转眼就到了门口。

我不能再在这里停留一分钟。

泽恩从椅子上跳起来，但他没试图来追我，我估计他知道他永远不可能追上我，相反，他试图用语言抓住我。

“塞拉，求求你，不要。”

他成功了。他痛苦的声音让我在即将冲出房门的一刹那停下脚步。

“你不能每次一害怕就跑走。”他提醒我说，“在某些时候，你必须留下来，为你认定正确的事情战斗。”

我久久凝视着门把手，我的手指在扭动，整个身体都在呼喊，催促我跑。

“我从迪奥科技偷来这些记忆，是为了向你展示它们，让你能亲眼看到，因为我需要你相信我。我知道，没有任何其他方式能让你相信我。”他的声音沙哑起来，但他的语气一直很坚定。“塞拉，求求你。”他恳求道，“我需要你回到我身边。”

尽管所有本能都在催促我跑出门去，我还是转过头，往回看去。眼泪渐渐湿润我的双眼。

“我知道，你听到这一切后一定很难受，因为我以前看到过你了解真相后的反应。”泽恩继续说道，“我们是一起发现真相的，但那时我们的时间更多，可以慢慢消化它们，现在我们却不能那样奢侈。他们在追你，而且他们不会善罢甘休，他们会把你带回那里去。”

第一滴眼泪从眼里溢出，从我的脸颊上慢慢流下。“我生活中的一切都是假的吗？”我小声问道。

他叹息一声，说：“只有我是真的。”

他向我走近一步，又走近一步。他的动作缓慢，仿佛正在靠近树林里一只受到惊吓的动物。我猜我此刻看上去就是那样子，因为我的确感觉惊慌失措。

他在离我只有几厘米远的地方停下脚步，然后，他伸出手，轻轻握着我项链上的吊坠。

“所以我才将那个鹅卵石放在里面。”他说，“如果你什么时候产生怀疑，你可以摸摸它、感觉它，然后就会知道我们之间的一切都是真的，绝对不是电脑设计出来，植入你大脑中的，它永远是真实的。”

我颤抖起来。起初是微微打战，轻微颤动，然后开始加剧，越来越强烈，直到自己剧烈摇晃起来。我的牙齿咯咯作响，身体抽搐。

泽恩转身向教室中间那张临时小床走去，拿着毯子走了回来。他刚把毯子裹在我身上，我就瘫软下来，从头到脚的肌肉一块接一块失去作用，就像链条反应。

就在我要倒地的一刻，泽恩一把抓住我。他将我软绵绵的手搭到他后颈上，弯下腰，将手肘伸到我的膝盖处，毫不费力地将我抱起来。

我的头无力地搭在他胸前。他抱着我走到地板上那张泡沫垫子旁边，轻轻将我放在上面。我急切地将头放到枕头上，侧身躺着，放松双腿，这时我才意识到自己有多疲惫。

我抬眼看着墙上的钟，凌晨三点四十二分。

“我的妈妈呢？”我头昏眼花地问，声音有些哽咽，“我见过她吗？”

泽恩走回到桌子边，关掉硬盘，我看到柔和的绿光越来越暗，最终熄灭。

“你一直认为你有妈妈。”

“那我究竟有没有？”

“不是你想象中的那种妈妈，她和其他的事情一样，也是虚构的。但说到真正的妈妈，”他神情黯然地摇摇头，“我真的不知道。”

“还有里奥。他……他是我的爸爸吗？”

这次，我终于吃力地说出了这句话。

泽恩攥紧拳头，我看到他正看着桌上的枪。“那个人不是你父亲。”他低吼道。

“但他和我住在一起吗？”

“是的，”他勉强承认，“但他也是控制你大脑的人。无论在任何情况下，他都不可信。”

我想到了谷仓里看到的那个人，当我注视他那双温和宁静的绿灰色眼睛时，我在那里看到了一种东西，一种我无法准确理解的东西，但它让我想保护他，不让他受伤害。

那仅仅是一系列虚构记忆的残余物吗？

或者是某种真实的东西？

我不知道自己是否可以弄清楚。

尽管有温暖的毯子包裹着我，我的身体还是渐渐麻木起来。但我至少没再继续发抖。

“泽恩？”我轻声喊道。

他在我身边坐下：“嗯？”

“如果我的这么多记忆都不是真的，我怎么能知道是否该相信你向我展示的这些记忆呢？”

他把膝盖收到胸前，两手交叉抱着脚踝。“你无法知道。”他承认说，“你不能相信任何记忆，它们太容易被复制。你只能相信自己的感觉，相信你认定的真的记忆。”

“但是，”我绝望地抗议道，“如果我不能……”

“嘘，”他说，“你心中的某部分永远都知道，你只需弄清楚该倾听哪部分。”

他挪近了一点儿，开始用手指梳理我的头发。

他的存在对我有镇定效果。我很感激他在身边，感激他告诉我这一切。不过我知道，他这样做一定承受着极大的痛苦。他就像一张盾牌，我可以把他放在自己和真相之间，让他吸收一小部分冲击力，从某种程度上减缓打击力度，让这一切的可怕程度稍微减轻一点儿。

现在，我明白我为什么叫他“泽恩”（zen，禅，包含宁静之意）了。

我感觉眼皮沉重起来，睁着眼睛变得越来越难。

“别硬撑，塞拉。”他告诉我，“睡吧，我守着你。”

但我害怕寂静，害怕寂静带来的思考，尤其害怕自己曾经那么渴望知道的记忆。这可真够讽刺的。

“继续说话吧。”我吃力地嚅动嘴唇，口齿不清地说。

他笑起来：“你想让我说什么？”

“再给我讲讲那个吊坠。”我说。

“那是我特地请人为你设计的。”我能听出他声音里的向往，“你一直喜欢那个符号——永恒结，你说它看上去像两颗交织的心，永远相连，永远在一起。”

“我忘记过你多少次？”我的声音沙哑，几乎听不清。

他叹息一声：“多得数不清。”

“对不起。”我虚弱地说。

但他又笑起来：“不是你的错。”我能听到他的手指从我头发中穿过的轻微的沙沙声。“再者，这也是对他们的讽刺，因为我从来就没从你的记忆中真正消失过。”

我在枕头上虚弱地点点头。

我想告诉他，我明白了，我已经开始理解，我觉得他可能真的一直在，一直在我心中的某个地方徘徊，拼命抓紧我。以我无法理解的微妙方式，展现着他自己。

尽管我仍然不记得他告诉我的任何细节，我能模糊感觉到我们过去曾在一起，这种感觉一直在我血管中奔流，在他的笑声中回响，在他的目光里闪现。提醒我这里是安全的，和他在一起是安全的。

好像那是给我留下的线索一般，而且是用永不褪色的墨水留下的。

也许有些东西是不能简单删除的。

他弯下腰，在我耳边轻声说：“你睡着了吗？”

“没有。”我喃喃道。

“我想尝试一件事情。”

他轻轻将两根指尖顶在我额头上，就在鼻梁上方的位置。

我两眼之间的皮肤立即有种舒服的灼热感，与我在医院外面和超市停车场看到他时的感觉一模一样。但这次比前两次更热、更深入、更强烈。

突然间，我明白这是为什么了。

一个记忆奔涌进来。

我睁了一会儿眼，正好看到那张桌子上的银色小立方体。它已经不再闪亮，不能再输送信号，它是关闭的。

这意味着这个记忆不是从偷来的硬盘上传来的，而是我自己的，是从我身体内部的什么地方出来的。它一直藏在那里，等着出来。

正午的太阳挂在晴朗的天空里，照耀着我们，照亮我微小的世界。

因为泽恩的进入，这个世界无疑变大了许多。

泽恩和我一起躺在前院的那个小草坪上。我仰面躺着，他侧躺在我身旁，一只胳膊搭在我肚子上，温暖的阳光洒在我们脸上。

四周静悄悄的。没有任何人打扰我们。

这是我最喜欢的。和他独处。

但我知道，这样的好时光不会长久。从来不会长久。

“如果他们又把我和你在一起的记忆删除怎么办？”我问。由于害怕，我的声音有些颤抖。

我知道真相，知道他们一直在选择我该记住什么，忘记什么。

这让我很害怕。

我不知道下一步该怎么办。

泽恩在我身边动了动，用手肘支撑起身子。我能在他眼中看到自己的眼睛，就像两面镜子可以永久地互相反射光线一样。

“他们还没能完全将我从你的记忆中删除。”

“但他们一直在努力。”我指出，“万一他们再次尝试怎么办？万一下次他们成功了呢？”

“那我们必须留下一个记号。”他建议说，又撇撇嘴，露出我非常喜爱的灿烂笑容。

“什么样的记号？”

“他们不能拿走的东西。”

我感觉眼泪在刺痛着双眼，可怕的现实每分每秒都在扼杀着我的一小部分。“但他们能拿走任何东西。”我哭喊道，“任何他们想要的东西，想什么时候拿就什么时候拿。”

但泽恩只是笑笑，摇摇头，伸出手，用手背抚摸我的脸颊。“他们不能把一切都拿走。”一滴眼泪从我眼中流出，他用指尖接住，“他们不能拿走感情。他们不能拿走这个。”

然后，他将两个指尖按在我的额头上。我闭上眼睛，吸收着他皮肤上的热量，让它沁入我体内，经过我的心，经过我过度活跃、精于计算的大脑，经过我的潜意识，进入那个能让这样的时刻永存的地方。

永远保存在那里。

接着，他俯身向前，轻吻了我的额头。这个交换过程如此流畅自然，我从来没感觉到任何间隔，那种热度从未消减过。

他离远了一些，再次锁定我的目光。“从现在起，”他轻轻拍着我的头发说，“无论何时，只要我触摸你的额头，你就能回忆起这个时刻，至少，你也能回忆起曾经有一个时刻是完美的。”

一种宁静的气氛环绕着我，隔绝每种噪声、每种感觉，让我只能感觉到泽恩的触摸。我又往毯子里缩了缩，伸出手，紧紧抓住他的手。我将那只手拉下来，放到我的胳膊之间，靠近心脏的地方。

“你还记得吗？”他俯下身，将嘴唇贴在我的脸颊上。

“记得，”我耳语道，“永远记得。”

第三部
屈服

“我绝不承认两颗真心的结合会有任何障碍。”环境无法改变感情。如果你真正爱一个人，爱到超越内心、超越记忆、超越让你成为人的一切因素，你就会不惜一切……

噩梦

我在沙滩上。我看到三个模糊的人影在水中嬉闹，她们越游越远。她们向我喊道：“塞拉！来吧！”

但我没去，尽管她们是我最要好的朋友。

我只是看着，她们的身影越来越小。

一个巨浪打来，将她们三个全部卷入势不可当的下层逆流中。一个人奋力浮上水面，尖叫起来，但她的声音很快就被水声淹没了。她和水流搏斗着，无情的海浪将她打来打去，毫不退让，永不屈服。

她无法抗衡。我看着她再次沉下。

我跳起来，向水边跑去，正准备跳入冰冷的水中时，另一个大浪向我脚边卷来，我抢在下个浪头打来之前，一头栽进水中，只见蓝光晃动，地平线消失了。

现在，我自己也被淹没了。我奋力踩水，疯狂用手划动。

我睁开眼睛。

我能清楚地看见一切。水草和珊瑚在水下微微摇曳，还有一小群沙色鱼。

当我从它们中间游过，去找我的朋友时，它们完美和谐的队形被打乱，鱼儿四散开去。

我还能听到她们的尖叫声。

即使在这水底。

我的头发在脑袋四周打着旋儿，挡住我的视线。我将头发掠向脑后，继续奋力寻找，她们一定在这里的某个地方！

但我没看到她们的踪影。她们消失了，被海洋吞没了。

我看到上方有光，但不是一种自然颜色的光，不是太阳光的黄色，而是莹白色。

我向那里游去，感觉肺部正在慢慢缩小。

我需要呼吸。

我将手臂伸出水面，以为能感觉到温暖的海滩空气，却没有。

我的手击打到一个硬东西，一个光滑的、结实的表面，一个玻璃屋顶。我被困在了水下。

我放平手掌，用力往上推，但无济于事。我摸摸四周，想找到一个边缘，或者一个开口。

完全没有。

我抬头看去，看到的是自己惊恐的脸。

我更用力推，又用拳头砸，但是，我能听到的，只有我自己的动作在咸水中发出的空洞回响。

我需要呼吸！

然后，突然之间，透过厚厚的玻璃，我看到有人正在玻璃上面走。我再次用力击打，希望能引起他的注意。

他俯下身，低头看着我。我看到了他的眼睛，冷酷无情，让我本来已经刺痛的身体痛上加痛。

“阿利克斯特，我觉得差不多了。”我听到一个熟悉的声音在他身后的什么地方说。

他站起身。他的动作非常快，快得令人恐惧。“不，”他无情地回应道，“她还没准备好。”

我最后一次尝试击碎玻璃，但徒劳无益。它太厚了。

我张嘴叫喊，水涌进我的肺部。

我醒过来，大声喘着气，几乎窒息。

302房间熟悉的环境渐渐清晰起来，汗水流进我眼中。

这是我的第二个梦。

被发现

我醒来时，明媚的阳光从百叶窗外透进来，照亮了整个房间。现在可能已经快到中午了，我不知道自己睡了多久。

我伸了个懒腰，环顾四周。我看着小桌子、小椅子，色彩斑斓的墙壁，以及地板上这张临时床铺，渐渐回想起昨晚发生的事。

不大的银色硬盘。

记忆。

真相。

这时我才意识到，泽恩不见了。他的枪也不见了。

“别动！”我听到有人低声喊道。我立即听出是泽恩的声音，声音是从门外传来的。“你是谁？”

我跳起来，跑过去，飞起一脚，向门踢去。门从铰链上飞落，“哐当”一声倒在门外的地上。

听到声音，泽恩轻轻一跳，但旋即恢复镇定，他正举着那把枪，对准走廊上的某个人。

我顺着他瞄准的方向看去，吓得倒抽一口凉气。我看到了科迪，他正蜷缩在墙边，紧闭着双眼，浑身颤抖。

“泽恩！”我尖叫着向科迪跑去，“你在做什么？把枪放下！”

“塞拉。”泽恩开口争辩。

但我没让他把话说完，我用我能做出的最严厉的表情看着他，说：“把——枪——放——下。”

泽恩不情愿地放低手臂，枪垂到他大腿上。“塞拉，你不能相信任何人。”

我叹了一口气：“可是你也不能怀疑所有人啊。这是科迪，我在寄养家庭的弟弟，十三岁。我向你保证，他没有恶意。”

我伸出手，轻轻拍了拍科迪的背，他惊得跳起来。“没事了。”我告诉他。

但这好像根本没能对他起到安慰作用，相反，我看到他的眼睛一下子瞪得老大。

“你究竟是什么人？”他逼问道，“你为什么能把门踢落，与拿枪的人一起，还……”他的呼吸已经急促到无法继续说话。

我再次向他伸出手，但他立即跳开了。我只好说：“科迪，放松。”

“问问他是怎样找到你的。”泽恩在走廊那头喊道。他已经向我们走过来。

科迪不安地看看我，又看看泽恩，再看看我。“我查看了你的搜索历史，在我电脑上的。我看到你搜索过这个地址。”

“你把它留在电脑里了？”泽恩尖声问，“让任何人都能找到？”

不得不同时安抚这两个男孩的巨大压力让我的神经都快绷断了。我抬起一只手，示意泽恩安静下来。“求你别激动。”然后，我重新转向科迪。

“我父母醒来发现你消失了，马上抓狂了。”科迪解释道，“他们不得不给社保局打电话，告诉他们你不见了。他们一直在责怪我，以为又是我帮你逃走的。尽管我发誓什么也不知道，但他们就是不相信。我猜，现在我的行踪一定受到监视了。”

我低下头：“对不起，科迪，真的很抱歉。”

他耸耸肩：“没什么。所以我到你房间去找线索，心想也许我可以发现你去了哪儿，把你带回去，证明自己的清白。”

“她不会回那里去了。”泽恩的语气坚定。

我又恳求地看了他一眼，他低下头，没再吭声。

科迪再次看看泽恩手里紧紧攥着的那把枪，又看看我：“这究竟是怎么回事？那人是谁？”

“泽恩。”我介绍说，“他是我的……一个朋友。我过去的朋友。”

科迪“哼”了一声：“什么朋友？他拿着半自动武器干什么？”

我咬着嘴唇，竭力想找到一个回答，一个说得过去，又不会让科迪陷入任何危险的回答。最后，我终于决定这样说：“这事很复杂，泽恩只是格外小心而已。”

科迪的眉头皱了起来：“这与今天早上到我家来找你的那些人有关

吗？”

泽恩一个箭步跨到我身边，低头怒视着可怜的科迪。“什么人？”他逼问道。

我推着泽恩的胸脯，让他退后一步，别把科迪逼得喘不过气。他退开了，但仍然恶狠狠地盯着科迪。“什么人？”他又问。

我站到他们之间，试图再次把手放到科迪肩上，幸好，这次他没再退缩。“谁在找我？”我问。我特意让自己的声音听上去比泽恩的平静温和得多。

“不知道。”科迪坦白地说，“他们到的时候，我正从门口出去。我只听到他们说他们是科学家，想和你谈谈。”

泽恩和我交换了一个眼色。我们都知道这意味着什么。

泽恩说得对，我不能回那里去。

“他们跟踪你了吗？”泽恩问。

科迪摇摇头：“我觉得没有。”他又看着我，眼神中充满恳求，“紫罗兰，这是怎么回事？你遇到麻烦了吗？你做过违法的事情吗？”

我叹了口气：“我无法解释，对不起。现在连我自己也不知道这一切的前因后果。我只知道我正处于危险中，不能留在这里。如果我向你透露更多信息，只会让你也陷入危险，我不能那样做。我已经给你和你的家人惹了够多的麻烦，请转告你的父母，我非常抱歉。”我感觉眼泪正在涌入眼眶，急忙眨了眨眼睛，“还有，谢谢你。”

我转向泽恩，感觉自己暂时控制住了局面，说：“走吧，我们走。”

“等等！”科迪喊道，“也许我能帮上你。”

我转回头，冲他笑笑，他看上去很害怕，但也很热切。

“谢谢你，科迪，但你帮不上忙。你能帮我们最大的忙，就是赶快回家去，告诉你的父母，以及到你们家去的人，说你不知道我在哪里，你们也没有看到过我。”

“可是……”科迪还想说些什么。

“求求你，”我打断他的话，“快回家去吧。”

“如果你有麻烦，我想帮忙。”

我难过地摇摇头：“科迪，没有什么是你可以……”

“其实，”泽恩站到我身边，“也许有件事你可以帮上我们。”

科迪的眼睛亮起来，我猜部分原因是对泽恩的害怕，部分原因是对泽恩即将说出的事情充满期待。

我不满地狠狠瞪了泽恩一眼：“什么事？”

泽恩满心希望地看看我，又看看科迪：“我们的确很需要一辆车。”

驾车出逃

我在一旁看着，科迪小心翼翼地从地板上那几个没有意识的躯体上跨过，弯腰查看每个人的脸。眼前的情景很可怕，科迪带我们来到这座陌生房子，家庭活动室里满地都是塑料袋、食物碎屑、易拉罐、各种衣物，最可怕的是……人。

他们看上去像是死人。

这让我立即想到水。

在咸涩的海水中醒来，四周环绕着在水面上漂浮的遇难乘客。

我还意识到，至今为止，我仍不清楚自己为何会出现在他们当中。

有很多事情我仍然一无所知。

但自从在那块漂浮的残骸上醒来之后，我变得很乐观，因为我的问题终会有答案。

我急促地喘了口气。“他们死了吗？”我问，但很害怕可能听到的回答。

但我只听到了笑声，科迪的笑声。“死？”他重复道，“不，只是昏迷了。”

“失去意识？”我想起里奥给我看过的那个奇怪装置，追问道。

科迪又笑了，甚至连泽恩也跟着笑起来，但他的笑声听上去更具讽刺意味。

“是的，”科迪勉强同意我的说法，“失去意识。如果通宵酗酒，你也会失去意识。”

我再次环顾这个房间：“酗酒？”

“对，酒精。”科迪蹲下身，向一个红色方形枕头下方看去。那枕头正盖在一个一动不动的人的脸上。我也偷偷看了一眼，那个年轻人看上去和泽恩的年龄差不多，他长长的棕色头发好像可以被当成某种诱捕动物的陷阱，因为上面粘着几片亮橙色的食物。那个枕头被拿开后，突如其来的日光让他呻吟一声，他笨拙地伸手将头发拂到眼睛上。

他的手摸到一个橙色物体。他没睁眼，从头发上拿起那个东西，塞进嘴里，大声咀嚼起来。

科迪翻了个白眼。“一个朋友告诉我，他哥哥昨晚来这里参加派对。”他向一个正躺在沙发附近的人走去，弯腰看那个人的脸。他看到的一切让他轻轻皱了皱眉，说道：“从这情景看，是个大派对。”

科迪站起身，转向我。看到我疑惑的表情，他说：“我猜猜看，你也不记得酒精了，对吗？”

我求助地看向泽恩，但他只是不置可否地笑了笑，我什么也没看懂。“是的，”我承认说，“我不记得了。那是什么？”

“是一种可以让你完全变得像白痴的物质。”科迪解释说。

我正要问什么是“白痴”时，泽恩插话了：“是俗语，指低俗粗鲁的人。”

“或者高中生。”科迪耸耸肩说。他弯腰捡起一个被拦腰踩扁的空易拉罐。“看到了吗？”科迪冲我挥舞着易拉罐说，“这是啤酒，一种非常普通的酒精，有些人喝它之后可以放松，而其他人，”他指指那几个失去意识的青少年，“比如这些白痴，喝过它以后会变成更大的白痴。”

“我觉得你不喜欢这些人。”泽恩说。

科迪从另一个躯体上跨过，偏着头看了看她的脸。“你怎么猜到的？”

我低头看去，立即认出了正躺在科迪脚边的那个女孩。是蕾希，购物中心更衣室那个女孩，而且她正穿着那条裙子，就是那天我看到她和朋友们一起拿进试衣间的那条。

“你是在找什么人吗？”我问科迪。

“是的。”科迪嘟哝道，语气顿时变得充满敌意。餐桌上睡着一个人，头上戴着棒球帽。他抬起那个人的帽檐，高叫道：“啊哈！他在这里。”

“他是谁？”我问。我走过去，仔细看着那个人的五官，看上去并不熟悉。

“特雷弗•斯托兹。最大的白痴，也是最有钱的。”

科迪凑近特雷弗的脸，厌恶地皱起眉头，仿佛刚刚闻到了特别臭的气味。“现在牛不起来了吧，特雷弗？”他念出这个名字时，语气中透出掩饰不住的厌恶。

“对不起。”泽恩说着上前一步，“但究竟怎样才能帮我们弄到一辆车？”

当科迪全神贯注地把手探进特雷弗的牛仔裤口袋深处时，舌头不自觉地伸了出来。特雷弗甚至动都没动一下，显然酒精是一种非常厉害的灭活剂。

片刻之后，他掏出一串钥匙，高高举在空中晃荡着。“特雷弗•斯托兹有辆超级豪华、速度超快的保时捷，是他老爸送他的礼物。他最喜欢的消遣，就是开着这车在街上追赶中学生。”

我看看泽恩，又看看科迪：“你们确定要这么做吗？”

科迪耸耸肩：“这家伙已经折磨我很多年了，这是他欠我的。”

泽恩和我跟在科迪身后走出那座还在熟睡的房子。车道上停满了车，但拿着那串钥匙，我们轻而易举就找到了那辆车。我甚至不知道“保时捷”是什么，但斜停在草坪上的那辆鲜红色、跑车外形的车立即吸引了我的目光，我想只有这辆车可以被描述成“超级豪华、速度超快”。

泽恩按下钥匙串上的一个按钮，车前灯亮起。他急忙走向驾驶座的车门，一把拉开坐了进去。他将钥匙插进点火器，然后，他的整个身体松弛下来，满脸失望的表情。

“怎么啦？”

“这车是手动挡，我不会开。”泽恩闭上眼睛，用手捶着方向盘。

我拍拍他的手臂。“没关系，我们能想到办法的。也许我们可以在其他地方找到一辆车。”

他摇摇头。“不，没时间了。”他迅速把手伸过仪表盘，打开乘客座位一侧的一个储物箱，“你来开吧。”

“我？”我惊恐地看着他拿出一本封面闪亮的长方形小册子。

他将小册子递给我，钻出汽车，指着空出来的驾驶座说：“来吧，坐进去，快。”

他的命令让我很费解，但我还是迟疑地把小册子拿到手中，坐到驾驶座上。泽恩向另一边跑去。

他刚刚坐下，我就抗议道：“但我根本不懂怎样开车。”

他冲我手里那本书点点头：“只是暂时不懂。”

我困惑地盯着他：“你在说什么？”

科迪把头从我打开的车门中伸进来：“怎么啦？你们怎么还不走？”

泽恩举起一只手，示意他安静：“没事，她正在恶补驾驶速成课。”

我一把将小册子扔到泽恩的大腿上，仿佛那东西很烫，烫着了我的皮肤：“不，我从没开过车。”

“塞拉，”他警告说，把小册子递回来，“这是离开这里的最快方式，我要很长时间才能弄清楚怎样开手动挡的车，而你几秒钟就能学会。”

“塞拉？”科迪重复道，“这是你的真实姓名吗？”

我耸耸肩：“我猜是吧。”

他赞许地点点头：“我喜欢。”

泽恩嘟哝道：“的确很好听，但我们没时间说这个了。塞拉，快看吧！”

我飞快地把小册子从头翻到尾，一共有三百多页。我再次抗议道：“可是，光读完这个就需要几个小时，更不用说完全理解了。我不能只……”

突然，我僵在那里，声音戛然而止，小册子落到我的腿上。与此同时，无数个画面在我的头脑中展现出来，震撼着我的整个身体。

我不知道这怎么可能，但突然之间，我知道该怎么做了。我的四肢完全自动运行起来，我的右脚踩下刹车，左脚踩着离合器。

等一等，什么是“离合器”？

我的问题还没问完，头脑中的声音已经回答我。

是带动传动装置的踏板。

我的手臂紧接着动起来，甚至不需要大脑告诉它们该怎么做。我的左手抓住方向盘，右手转动打火器里的钥匙，接着迅速挂上一挡。

我被自己的动作惊呆了，绝望地将双手举向空中，将双脚从踏板上抬起。汽车剧烈跳动起来，让我的头碰到座椅靠背上。发动机“噼啪噼啪”响了几声，又熄火了。

科迪急忙跳到一边。“哇哦！”

“这是怎么回事？”我问道。我的声音和双手都在颤抖。

泽恩得意地笑着说：“你读完操作手册了。”

我低头看着腿上的精美小册子，摇摇头：“不，我没有。”

“她没有。”科迪附和我说，“我看到的，她只翻了一遍。”

泽恩笑着说：“相信我，你已经读完了。”

“他说得没错。”我指着科迪，“我只是翻了一遍。”

“一共有多少页？”泽恩扬起眉毛问，仿佛是在挑战我。

我觉得喉咙收紧：“322。”

科迪嗤之以鼻。“哼，那容易。”他从仍然开着的车门外伸手进来，一把抓起我腿上的小册子，“这上面有页数……”但他的声音越来越小，当他翻到最后一页时，惊得目瞪口呆。

我一把将小册子从他手中抢回来。“怎么啦？”当我看到最后一页时，立即理解科迪为什么会有那种反应了。

我惊讶地看到，那一页底部写的不是322，而是10-18。

小册子是按照章节和小节标示的，不是按页数。

“你怎么知道有322页？”科迪问。

“我数的。”我小声回答说。

“没人可以数那么快。”科迪争辩道。

泽恩一直没说话，等着我自己反应过来。不过，尽管我已经开始理解，仍然无法让自己相信这一切。

“那不可能。”我无力地说，“我不可能只是看一眼就能读懂什么东西。”

“就像你不可能会说各种外语，不可能会心算巨大的数字，不可能……”泽恩补充着。

“好吧！”我急忙说。我巴不得他立即闭嘴。“我明白了。”我重新踩下离合和刹车，再次转动点火器里的钥匙，希望听到发动机响起，淹没泽恩的声音……以及我自己的思想，“我们离开这里。”

科迪仍然瞪着眼、张着嘴，眼神茫然。他步伐踉跄地从车旁退开。我伸出手，紧紧抓住门把手。

“等等！我差点儿忘了。”他把手伸进口袋，掏出一部手机，“给你，你可能会需要这个。”他将手机扔进车里，手机轻轻落在我大腿上，就在那本小册子上面，“是我刚刚从好朋友特雷弗那里拿的。我把我的号码设置进去了，以防万一。”

我把手机塞进长裤上的一个口袋里。“谢谢你，科迪。”我诚挚地说，“谢谢你为我们做的一切。”

然后，我“砰”地关上车门，重新挂上一挡，冲出草坪。我从后视镜里看到，车后腾起一道尘烟。

受阻

“我们去哪里？”我问。

我们已经开了二十分钟，除了告诉我在哪里转弯，什么时候加速超车，怎样识别路边的标志之外，泽恩一句话也没说。尽管保时捷的车主手册教会了我怎样开这辆车，却没教我任何交通规则。

“雷达追踪装置找不到的地方。”他回答说。

“我们怎样才能不被找到呢？”

泽恩指着一个上面写着“55”的标志牌：“那是限速。”

我看看仪表板上的速度表——83——于是轻轻踩下刹车。

“首先，”他回答说，“我们不能拿到任何超速罚单，因为你没有驾照，而他们会监视警方报道和电台交通广播的。”

“迪奥科技吗？”我想确认一下。

他点点头。“但最重要的是，我们一定不能让你被媒体发现，不能被一切好管闲事的人发现，不能让人拍到你的照片。任何可以发布到网上，或者任何快讯上的东西，都可以被用来追踪你的下落，他们也会监视这些，因此，我们必须找到一个偏僻的地方，隐藏起来。我在想，如果我们往内陆走，就能在沙漠里露营。”

“直到什么时候？”我问。

“直到我想出我们怎样离开这里。”

我摇摇头，把车速减到三挡。“但如果他们可以在任何地方找到我，我们能到哪里去呢？我们怎样才能逃脱呢？”

泽恩把手放到我握着变速杆的手上。“我们能。”他安慰我说，“我只是需要一些时间。”

“需要时间做什么？”

“塞拉，”他说，声音变得非常严肃，“我们设法逃跑的时候，发生了一些事情。”

“你是指我失去了所有记忆这件事吗？”

他叹息一声：“是的，正是这个。不过我还不确定你是怎样失去它们的。”

我用眼角的余光看着他。“什么意思？不是迪奥科技把它们偷走了吗？”

他摇摇头：“这次不是，至少我觉得不是。那天早上，我们出逃之前，你的状况好极了，你的记忆完整无缺，或者说，在当时那种情况下，你的记忆算是完整无缺的。我知道迪奥科技已经好几个星期没有动过你的大脑，这意味着，从我们离开之后，到我在医院里找到你之间这段时间里，一定发生过什么事情。”

“我听不懂。”我抱怨道，“如果不是迪奥科技，还有什么事情能删除我的记忆呢？如果我根本不在那架飞机上，我又是怎样出现在漂浮在海里的飞机残骸上的呢？”

“问题就在这里。”泽恩焦急地揉着下巴说，“我不知道。我一直在绞尽脑汁地想这个问题，但想不出来。我只知道，一定出了什么问题，你不该出现在飞机坠毁现场，你应该和我在一起。但不知怎么回事，你我却天各一方。”

我皱皱眉头：“你的话有点儿说不通。”

“我知道，对不起。”他叹息道，“我只是需要想出一个办法，向你解释清楚这一切。”

他紧紧抿着嘴唇，当他再次开口说话时，嘴唇都是白的。“在我们知道迪奥科技在做什么，知道你被牵涉进去之后，我们决定逃走，逃得越远越好。这是让你过上正常生活以及我们能在一起的唯一办法。因为他们显然不会让这样的事情发生。”

我点点头：“因此，我们设法逃出基地。你已经告诉过我了。”

“是的，而且我们的逃跑计划周密得很。”

“说吧。”我鼓励他。

他揉着双手，显然在吃力地想该从何处说起。“也许我应该从那首诗开始。”

我飞快地瞥了他一眼：“诗？”

“是的，第一百一十六首十四行诗，还记得吗？”

“我绝不承认两颗真心……”我轻声背诵道。

泽恩笑笑，我感觉他放松了一点儿。

“科迪说这首诗是关于永恒爱情的。”我补充说。

“是的，”泽恩小声说，“是关于恒久不变、没人可以阻挡的爱情的。”他停下来，看向车窗外，“他们在你大脑中植入了太多的东西，各种语言、数学知识，以及他们认为可以让你变得超级聪明所需的一切，但他们也遗漏了许多重要的东西。”

“比如诗歌？”我猜测道。

他叹了口气：“是的，比如诗歌，以及理解诗歌的能力。我去看你的时候，经常读诗给你听，我们经常花几个小时解读一首诗歌。刚开始时，你很难理解，你总是按每个字的字面意思去理解，就像电脑一样，过了一段时间之后，你才学会将自己的感情与别人的话联系起来。这是我教你的事情之一。”

“包括第一百一十六首十四行诗？”

“那是你的最爱。”

我发觉我的手指把方向盘握得更紧了，车里的寂静浓稠得几乎可以触摸。

“但这件事最终变得远远不止如此了。”他介绍说，“它成了灵感，促使我们策划出一个相当复杂的计划。”

“嘀！”

汽车发出奇怪的声音，我被吓了一跳。泽恩探过身，看着仪表盘。“汽油不多了，你可能应该在下一个出口把车开下去。”

我把车开到正确的车道上，慢慢驶入出口匝道。在泽恩的指引下，我向一个加油站驶去。我在那个奇妙的装置前面把车停下，泽恩说那是加油泵。我将引擎熄火。

“我进去付钱，顺便买些快餐。”他说，“我想你一定饿了。”

他刚刚说出这话，我的肚子就“咕咕”叫起来。我笑着说：“我想也是。”

“在这里等着。”他命令道，“别下车。”

我看着他消失在那座建筑中，我靠在椅背上，想做几个深呼吸。过去两天里我知道的一切，正在我脑子里疯狂乱转，想找到踏实的落脚处。

有人敲车窗。我吃惊地转过头去，以为会看到泽恩站在那里，但我看到的却是一个陌生人，一个年轻女人。

她正开心地笑着，跳来跳去。

“啊哈，你就是那个女孩！”尽管隔着玻璃，我也能听到她在高声喊叫，“那次空难的幸存者！”

接着，一道亮光闪过。我惊恐地看到，她放低手机，开始在屏幕上轻轻敲击起来。“我必须发到推特（Twitter，社交网站）上去！”她说着蹦蹦跳跳地转身走开。

推特？

泽恩警告过我必须待在车里，他还警告过我不准让任何人给我拍照，但刚刚我却恰恰被拍到了。

那么，我应该下车去告诉他吗？

不，我应该等着他回来。

他就用几分钟时间去买吃的、付汽油款。在这么短的时间里，不会发生什么事情的。即使迪奥科技能监测到女孩发的照片，我们已经开出来三十分钟，即便他们不需要更多的时间，至少也需要三十分钟才能到达这里。不是吗？

答案几乎马上就出来了。

我手腕内侧有种颤动的痛感。我低头看着那个“文身”，这只可能意味着一件事。

我向后视镜里看去。两个黑衣男人正向汽车走来。我认出，他们正是昨晚谷仓地板上那两个失去知觉的男人。

他们的神情前所未有地坚定。

“塞拉！”我听到泽恩惊慌的声音从停车场那边传来。我转过头，看到他刚刚走出加油站，离我大约150米。他惊得目瞪口呆，几件东西从他臂弯里掉出，滚落到地上。他只向我发出了一个命令——

“跑！”

我听到了他的命令，但我没有跑走，而是径直向他跑去。转眼之间，我已经跳出汽车，冲过狭长的停车场。那两个人向我追来，但他们的速度有限，让我占尽了优势。

“你必须离开这里。”泽恩急切地对我说，“跑得越远越好。”

我摇摇头，看着那两个正在靠近的不祥身影，说：“我不能把你一个人留在这里。”

“塞拉，”泽恩的声音阴郁沉重，“他们不想要我，他们只想要你，而且我只会拖你的后腿。你比他们跑得快，能摆脱他们。我不能。”他看向汽车，“我会拿到车里的枪，设法吸引他们的注意力，至少把他们引到三千米以外，这样他们就追踪不到你了。”

“可是……”

“我会找到你的，我保证。”泽恩把手放在我的髋部，把我用力一推，“快走！”

我低下头，飞奔向前，将所有思想、怀疑、恐惧都交给双腿，交给我这双快速、完美、可疑的人类双腿。

它们没有让我失望。

两旁的景物一闪而过，我冲出加油站后，向远处广阔的平原奔去。林地山丘慢慢变成沙漠，正午刚过，灼热的太阳炙烤着我的脸和裸露的双肩，但我的步伐没有减慢。

我回头看了一眼，一个男人正在追我，但速度不够快。每一秒过去，我们之间的距离就被我多拉开十五米。另一个男人……我没看到他。

然后，我听到一声巨响，“砰！”我此生从没听过这么响的声音，不禁被惊得“啊”了一声。

我胃里翻腾起来，有种不祥的预感。我慢慢停下脚步，转身面向加油站，迎着明亮的阳光疾步跑回去。我隐约看到了第二个男人，他正摇摇晃晃地从加油站一侧走出来，他走得很吃力。我仔细看去，发现他正拖着什么东西。

他在一大堆黑色垃圾桶之间穿行，时隐时现。当他从最后一个垃圾桶后走出来时，我终于看清他拖在身后的是什么。

尽管烈日当空，我顿时全身冰凉。

不要。不可能。

我上前一步，希望这一小步能戏剧性地改变眼前的情景，让我看到的一切不再那样恐怖。但它没有。

我无法改变什么，正如储存在那个小小银色立方体里的记忆一样，我只能看到那里的东西，却没有任何能力处置它们。

我看着那个人拉起那个失去知觉的躯体，将手伸到他的腋下，然后继续将他拖过沥青停车场。

从这么远的距离——大约一千五百米之外——看去，那个躯体很小，只比昆虫大一点儿。但我知道那是谁，毋庸置疑。

“泽恩！”我高喊道，但又急忙捂住嘴巴。

他死了吗？或者只是失去了意识？他们在他身上使用了在我身上用过的同样的装置吗？我听到的那声巨响是泽恩的枪走火了吗？

请别让他死去。

如果知道他们把他杀了，因为我而杀了他，那我也活不下去，负疚感肯定会杀了我的。

我必须回去救他。我必须做点儿什么。我不能袖手旁观。

我调整身体重心，准备向加油站冲去，但我再次感觉到了手腕上发出的“咝咝”声，顿时僵在了那里。我的文身又跳动了起来。

我听到了沉重的脚步声，伴随着急促的喘息声，追我的人已经确定了我的位置，正在向我靠近。

我最后一次往那个方向看了一眼，泽恩毫无生气的躯体就在那里。然后，我转过身，拔腿狂奔，向着前方广袤的暗红色沙漠跑去，泪水刺痛着我的眼。

地面高低不平，布满石块、土堆和小坑洞。我疾步如飞。我的脚踝灵活地向各个方向扭动，让我的身体一直保持着平衡。我再次惊讶于自己能如此轻而易举地奔跑。我以最快的速度跑了大约二十分钟后，呼吸仍然平稳均匀，肌肉仍然强健柔韧。我感觉自己可以像这样跑上几天，永远不会疲惫。

我跑的不是直线，而是“Z”字形。为了不被跟踪，我经常随意突然变动方向。确信那个人没跟上我之后，我才慢慢停下脚步。

我不知道自己在哪里。四周一片寂静，数千米内没有一个人影。风呼呼刮着，抽打着我的头发。小鹅卵石被吹起，打在我赤裸的双臂和双腿上。这里空气干燥，夹着灰尘，刺得我喉咙发干。

我跪倒下去，用额头顶着滚烫的沙子。

泪水奔涌而出，直接从我眼里流进尘土中，在我身下形成许多小泥坑。尽管我竭力让自己镇定下来，以便清晰地思考，却无法止住泪水。

有个画面一直在我脑海中闪现：泽恩的躯体正被拖过停车场。

我本可以做点儿什么的，我可以留下来战斗。我已经知道，我比他们都更强壮，那我为什么要跑？为什么要听泽恩的？

当我可以救下我们两个人的时候，我为什么选择只救自己？

真的是因为基因吗？因为科学家为我设定了逃跑的程序？想到泽恩可能因为我太软弱，不敢违抗本能而死去，我就无法忍受。

如果你回忆起一个人，却只能再次失去他，这有什么意义？如果一种东西注定会被夺走，紧紧抓着它又有什么意义？

我眼睛发烫，头痛欲裂，眼前的一切都在旋转。

我侧身躺下，蜷缩成一团，将膝盖抱到胸前，默默祈求有什么人——或者什么东西——来把这个时刻从我身边带走，从我记忆里盗走，储存在我永远找不到的地方。

我不在乎。我只想遗忘。

我那样躺了很长时间——甚至可能有几个小时，我也说不清——但没有人来。

对泽恩毫无生气的躯体的记忆已经被牢牢锁定在我的大脑中，而且注定会无休止地循环播放，折磨我一辈子。

最后，一个声音从我内心深处的某个地方传来，告诉我要站起来，停止哭泣，开始制订计划。但我感到了绝望。

我对这些人一无所知，不知道他们会做些什么。我也没有任何可以参考的信息。如果泽恩还活着，他们会对他怎样？他们会带他去哪里？我甚至不知道从哪里开始找他。

你错了，那个声音说。

这几个字力量够大。我坐起来，擦掉脸上的眼泪和泥土。

“是吗？”我大声问道。

你非常清楚他们会带他去哪里，那个声音回答说。

我立即意识到，这个声音说得对。

我的确知道。他们会把他带回我们原来所在的地方，带回我们相遇的地方，我们一起读诗的地方，我们试图逃离的地方。

迪奥科技的基地。

我当即决定，我必须去那里，如果他还活着，那我必须帮助他。我不知道这种坚定感来自何处，它就在那里，不可触摸、不可定义，但我依然盲目地相信它。它是我不可否认的一部分，是我无法抗拒的力量，无论我有多强大。它还是一种我无法逃离的动力，无论我能跑多快。

看来我别无选择。

我吃力地站起身，从口袋里掏出手机。

我在互联网上搜索“迪奥科技”时，一无所获，但也许迪奥科技的基地没有出现在互联网上是有原因的。如果这个基地真像泽恩描述的那样秘密，也许他们会故意不公布自己的地理位置。

或许只是我不知道如何搜索，也许还有别的搜索方式，更好的方式。

如果有，在我能想到的人中，只有一个人知道这种方式。

我胡乱点开手机屏幕上的各种菜单，终于找到我想找的：通讯录上的“科迪”。

我按下“拨号”，把手机举到耳边。

“喂？”铃响第二遍后，那个熟悉的声音传来。听到这个声音，我顿时感到安慰了不少。

“科迪，”我抽着鼻子说，“是我。我需要你的帮助。”

电话那头一阵惊愕的沉默。然后，他问：“已经出事了？”

我虚弱困倦地轻笑一声。“是的。有人……”我搜索着恰当的词语，片刻之后，答案出来了，对于电话那头的人来说，这个词再贴切不过，“……

绑架了泽恩。”

“什么？”科迪惊叫道。

“你能来接我吗？”我不顾一切地恳求道。

科迪叹了一声。“好，告诉我你在哪里。”然后，他一步一步教我怎样使用手机上的GPS（全球定位系统），确定我的方位：我当时离一个叫贝克菲尔的城市大约五千米远。

“好啦。”他说，“有火车可以去那里，我争取坐下一班车来。两个小时后，在车站旁边的咖啡店等我。”

“好的。”我说，“科迪，还有一件事。”

“什么？”

“把你的电脑带来，我需要找到一个绝密基地。”

我听到他轻声笑起来，我能想象到他一定正翻着白眼，自言自语：“我还不如就在科学夏令营待着呢。”

麦克希尔 16

我没有任何东西可以伪装自己，避开探究好奇的目光。因此，我找了一张靠后的桌子，让头发垂下来遮住脸，并一直埋着头，避免与任何人目光接触。

我最不希望的就是被认出来，被拍照。我已经发现一个非常令人不安的模式，上两次我被拍照后，那两个可恶的黑衣男人几乎立即就出现了。

第一次当我离开小餐馆时，新闻采访车和记者已经等在那里拍我的照片，我刚想跑，就看到了疤脸男人。几个小时前，在加油站，同样的情景再次上演：那个女孩刚刚用手机拍下我的照片，他们就出现了，好像是突然冒出来的。

我从口袋里掏出科迪帮我偷来的手机，把它放在桌子上，以便接听科迪的来电，然后，我把手伸进衬衫前襟，拿出吊坠项链。

我将那个心形小装饰品握在手中，轻轻抚摸着扣环上的刻痕，以及正面那个凸出的标志——永恒结，然后，我将指尖从背后刻下的字迹上划过。

S+Z=1609。

我现在已经确定，S代表塞拉菲娜，Z代表泽恩，1609一定指的是那首诗，我们的诗。

莎士比亚第一百一十六首十四行诗，首次发表于1609年。

泽恩说那是我最喜欢的诗，现在我知道为什么了。

因为那是关于我们的。

但是，尽管各个线索正在慢慢明朗起来，仍然有一些问题我还无法回答，比如，泽恩为什么会把那首诗发表的时间刻在这枚吊坠后面？为什么不是116？或者诗歌里的一个词？那样更便于联想。

这首诗发表的年份与什么事情有关吗？

尽管我已经设法收集到这些信息，但直觉告诉我，我还没能看到整幅画面，还差很大一部分，甚至不止一部分。

现在，我担心永远找不到了。

我可能永远只知道这个故事的一半，永远只有一枚空的吊坠。

我拨弄着吊坠扣环，准备将它打开，看看空空的内核时，听到了脚步声，有人正向我这张桌子靠近。我抬起头，看到科迪站在我身旁，我急忙将吊坠塞到衬衫里，“呼”地站起身，搂着他的脖子。

“噢，谢谢你！”我哭喊道，“非常感谢你能来！”

我的动作显然让他不知所措，因为他的身体非常僵硬。他尴尬地拍着我的背，直到我松开他。

“你是怎样从你父母眼皮底下溜出来的？”我问。

他耸耸肩，仿佛办法很简单。“我告诉他们说，我要到马库斯家去过夜。”他竖起拇指，指向咖啡店入口，“特雷弗的车呢？我没看到在外面。”

我难过地缩了缩脖子，负疚感悄悄爬进我的内心。“对不起，科迪，我不得不把它留在那里。”

“哪里？”

“一个加油站。”

科迪若有所思地抿起嘴唇。

“你会有麻烦吗？”我担心地问。

他摇摇头：“我认为不会。特雷弗不知道是我拿了他的钥匙，再者，警察很快就会找到它的，甚至可能在他还没意识到车不见了之前，车已经回到韦尔溪了。”他冲着柜台的方向点了点头，“你想喝点儿什么吗？”

我坐回座位上，如释重负地说：“好。”

“想喝什么？”

我摇摇头：“你能帮我点吗？”

“当然。”他向点餐台走去，但片刻之后，他又回来了。“啊，我差点儿忘了。”他说着把手伸进双肩包，“我把这个给你带来了。”他取出斯科特那顶熟悉的有白色徽标的海蓝色棒球帽，递给我。

我长长地舒了一口气，接过帽子，扣到头上，压低帽檐，这样让我觉得更有安全感，仿佛这不仅仅是顶帽子，而是一件全身式防弹衣，可以保证我在这个无情世界的安全，保护我不受那些拿照相机的人的骚扰。

“谢谢你！”我再次说道。

“我觉得你可能会需要它。今天新闻上全是你的照片。”

刚才那种安全感顿时荡然无存，我发觉心怦怦跳起来：“你说什么？”

“你自己看吧。”科迪说着指向咖啡店远处角落里天花板下方的一台电视，“社保局已经发布了新闻稿，现在人人都在找你。”

我看着电视，不相信地摇摇头，正如科迪所说，我的脸就在那里，占据了半个屏幕。还是空难之后他们播放过的那张照片，我那时还在医院里，仿佛一切都不曾变过。

事实上，一切都已改变。

科迪去点饮料，我继续看电视。声音已经被关掉了，但屏幕下方有滚动字幕：

自由航空公司121次航班空难唯一幸存者简•多伊，也叫紫罗兰，今天早上从寄养家庭走失。有消息称，她可能出走了，但这尚需进一步证实。社保局在对媒体发表的官方声明中说，由于这位十六岁女孩的记忆尚未恢复，她独自活动会有危险。加州警方正在全州范围内寻找这位女孩，欢迎各位知情者拨打屏幕下方的电话。

我看着字幕滚动，心乱如麻。

社保局是把我安置到卡尔逊家的政府机构，他们和迪奥科技是一伙的吗？他们也参与了这件事吗？

不，这不可能。否则，他们把我从海上救起后，会直接把我交给迪奥科技，而不是给我找一个寄养家庭。

这两个机构一定是各自独立的。

加上加州警方，一共有三拨人在找我。

情况还能变得更加复杂吗？

我本能地把帽檐又往下拉了一些。

几分钟后，科迪端着两大杯冒着热气的液体回来了，他将一杯从桌子上推给我。我端起杯子，嗅了嗅，是一种甜甜的、辛辣的气味。“这是什么？”我问。

“印度拉茶。”科迪回答说，“我妈妈的最爱。学校里很多女生也喝这个，所以我猜这一定是小妞们喜欢的东西。”

“小妞？”我怀疑地重复道。

“对不起，我应该说女性。”他说出“女性”这两个字时，语气滑稽，把我逗笑了。

这种感觉真好。

有一瞬间，我几乎忘记了我们为何会在这里。但接着科迪从双肩包里取出电脑，放在我们中间的桌子上，我马上被拉回到现实之中。

我们在这儿，是为了泽恩。

他不见了，现在轮到我去找他。

我迟疑地喝了一小口那种饮料，很香，但我不能享受到它带给我的乐趣，相反，嘴里那种令人愉快的味道让我感觉心里空荡荡的。

没有泽恩，一切都空荡荡的。

科迪喝了一小口自己的饮料，立即在电脑上忙活起来：“好啦，给我说说你这个秘密基地吧。”

“是一个科研场所，属于一个叫迪奥科技的公司。”

“迪奥科技？”科迪好奇地问。

“你听说过吗？”

他摇摇头：“从来没有。”

我的肩膀耷拉下来：“哦。”

“但这不能说明任何问题。”他好像感觉到了我的失望，慌忙解释道。接着，他又安慰我说：“我的意思是说，这里是美国，至少有十亿个这样的企业，没有人会听说过每个公司。你对他们了解些什么？”

我张开嘴，正要说话，但又急忙把嘴闭上，先喝了一小口饮料。我还没确定该告诉科迪多少，如果我把我知道的有关迪奥科技的一切——泽恩告诉过我的一切——都告诉他，我可能有更大的机会找到它，找到泽恩。但如果我告诉他太多，可能会让他陷入危险。

我最不愿意做的，就是在无意间伤害科迪。如果迪奥科技这些人像泽恩说的那样邪恶，那我绝不能把他牵扯到这件事里来。我心力交瘁，既想找到泽恩，又本能地想保护科迪。他可能只是我的临时小弟弟，但我仍觉得他是亲人。

再者，我甚至不知道自己是否完全明白“迪奥科技”是什么，是做什么的，我只有这些支离破碎的陌生信息。

我只知道他们对我做过一些事情。

这些事情让我成了现在的我。

但这些事情一定非常可怕，才会让我想逃跑。

但我想，在我弄清楚那究竟是什么事情之前，最好先抓住简单一些的，着眼于我更确定的事情。

“那是一个高科技联合大企业。”我谨慎地说，重复泽恩第一次向我描述这个公司时说过的话，“显然坐落在一个偏僻的地方，远离文明社会。”

我回忆着看到过的记忆场面，干热的风刺得我喉咙发干：“也许是在沙漠里。我就知道这些。”

科迪点点头，开始输入。我看着他的手指在键盘上翻飞，心潮起伏。我喝下一大口印度拉茶，等着。

几分钟后，科迪靠到椅背上，愁眉苦脸地看着显示屏：“真奇怪呀。”

我坐直一点儿：“怎么样？”

“我找到了一些，但好像没有任何意义。”

我伸长脖子，看着显示屏：“你发现的是什么？”

科迪耸耸肩：“一个自称麦克希尔的人在一个阴谋理论网站上发了帖，但都是一堆莫名其妙的废话。”

我叹息一声，这正是我那晚搜索时找到的内容。我正要再喝一口饮料，但科迪正在看的那个网页上有一些东西吸引了我的目光。

他觉察到我表情的变化，问道：“怎么啦？有什么问题吗？”

我没回答。我把饮料放下，凑近一点儿，仔细观察着显示屏。第一眼看去，网页上的内容和我昨天看到的一模一样，但实际上有一个非常明显的区别。

帖子下面写着“关键词”的那行上，是一条新的内容：

迪奥科技，高科技联合大企业，偏僻，沙漠。

我目瞪口呆。

这些正是我一分钟前给科迪的搜索内容。和上次一样，字字不差。

但我上次搜索的时候，帖子下方显示的关键词完全不同。那是我自己的搜索词。

难道有两个说同样事情的不同帖子？或者作者在现在和那时之间的某个

时候修改了关键词？

昨天，我确信发布那个帖子的人是泽恩。但昨天以来发生了太多的事，现在，我没那么确定了。

我对任何事情都不再确定。

“这个公司究竟有什么重要的？”科迪打断我的思绪，“你怎么会认为泽恩在那里？”

我知道他想问什么，他想知道真相，他能感觉到我在隐瞒，但我不能告诉他。“科迪……”我难过地说。

他举起一只手，示意我别说了：“好吧，没关系。”

“对不起……”我再次开口道。

但他再次打断我：“我就知道你有事，当你走进我的卧室，几乎闭着眼睛就把那个猜想证明出来时，我就知道了。我那时就知道你不是普通女孩，但那没关系，反正我也不喜欢普通女孩，这也许是件好事，因为她们好像也不怎么喜欢我。如果你不想说，你不用告诉我任何事情，我可以继续相信自己臆想出来的东西。”

我温柔地向他笑笑：“那是什么样的臆想？”

他在椅子上坐直：“你是一个超级漂亮的外星人，来自一颗遍地都是超模的遥远星球，带着侦察使命来到地球，因为你们星球上的男人已经完全灭绝，你想找另一个种族和你繁育后代，以便确保你们这个超级漂亮的外星人种族不会灭绝。”

我咯咯笑起来：“你的想象力真丰富。”

他耸耸肩：“我看过很多科幻作品。”

他大声清清嗓子，把注意力转回到电脑上。“嗯，不管怎么说，这个麦克希尔好像知道得一清二楚。”他斜眼看着显示屏，大声读出我已经记住的内容，“迪奥科技的崛起预示着人类的崩溃。这个巨型企业将让一些人着迷，另一些人激愤。”他“哼”了一声，“听这家伙的语气，这家公司可能暂时不存在。”

“你觉得这意味着什么？”我问。

科迪摇摇头：“不知道。”他用食指轻轻点了几次键盘下方的触控板，将电脑转向我，“来吧，你不如自己问问他。”

我默默看着显示屏，一个白色小方框出现在网站上。“你在说什么？”我问，“我怎样问他？”

科迪慢慢喝了一大口饮料，吞下最后一滴，将空杯子扔到一旁的垃圾箱里，然后，他漫不经心地指着显示屏，说：“他在线，你可以和他聊天。”

“聊天！”我困惑地重复道，“那是什么意思？”

但科迪已经没必要回答，因为就在那时，一行蓝色的字奇迹般地出现在那个方框中，仿佛有一双无形的手正在打字。

麦克希尔：你好，塞拉。我一直在等你。

聊天

我的心怦怦直跳，双手剧烈颤抖。我惊恐地瞪大眼睛看着科迪："我该怎么办？"

科迪的嘴也张着，看上去和我一样震惊。"我想，你可以回复吧？"他说，他的声音很小，"你可以作为访客登录。"

我不置可否地点点头，将电脑拉近一点儿，将手指放到键盘上。然后，我深深地吸了一口气，开始敲出字母。科迪指指回车键，我按下它，看着我自己打出的字以红色字出现在麦克希尔的蓝色字下方。

访客：你是谁？

科迪和我都看着显示屏，一动不动，一言不发。片刻之后，电脑"嘀"的一声，回答出现了。

麦克希尔：一个朋友。

一个朋友？我不知道自己是否有过朋友。听泽恩说，我在基地的所有朋友都是我自己想象出来的，是被植入我大脑中的虚假记忆。电脑又"嘀"的一声，另一行字出现了。

麦克希尔：我是被派来帮你的。

我立即扑向键盘。

访客：帮我什么？

几秒钟后，回答出现：

麦克希尔：帮你找到你要找的。

我心里激动起来。自从看到他们将泽恩毫无生气的躯体拖走之后，我首次感觉到一线希望。我尽量让颤抖的手稳定下来，以便打出回复语。但我试了几次才成功。

访客：我在找迪奥科技。你知道他们在什么地方吗？

我屏住呼吸，等着回复。但这个看似简单的问题却让我等了较长的时间。我求助地看向科迪，他只是耸了耸肩。最后，随着一声很轻的"嘀"，回答出现了，不过并不是我希望得到的答案。

麦克希尔：比你想象的远，但每天都在变近。

我冲着显示屏皱皱眉头，科迪说出了我的疑惑："这究竟是什么意思呀？"

我摇摇头："不知道。"

我把手指放在键盘上，正准备要求得到更详细的回答，电脑又"嘀"的一声。

麦克希尔：我们不应该在这里谈论这个，不安全。我们必须见面。

接着是凝重得令人恐怖的暂停。

麦克希尔：当面谈。

我还在思考他的回复，电脑已经被从我手下夺走。"想都别想！"科迪尖叫着把电脑抱到胸前，"你已经知道什么叫聊天了，但这事得我说了算。谁都知道不能和网上遇到的人见面！这是互联网规则第一条，尤其是和这种在阴谋理论网站上发帖的人。我的意思是说，这种网站就像疯子的官方繁育地。你看看这个人的照片就明白了，显然是疯子。"

我看着显示屏上的照片，那长长的银发和令人毛骨悚然的玻璃眼睛，再次让我不寒而栗。

"说不定，他就是个连环杀手。"科迪继续说道，"他发布这些意义含糊、色彩神秘的帖子，可能就是为了吸引好奇的年轻人，然后再用语言和承诺引诱他们，但他最后不是兑现承诺，而是……把他们杀了。"

"但他知道我的名字。"我指出，"我的真实姓名。"

科迪讥讽地说："这没什么了不起，这些网络掠食者有自己的办法。"

"我不知道如何解释，科迪。"我说，"我只是感觉到他能帮上忙。"

"嘀。"

科迪和我同时看向显示屏。

麦克希尔：我能帮到你。

我大惊失色，急忙环顾咖啡店，以为会看到照片上的男人就坐在一旁的餐桌边，正在听我们说话。不然他怎么会知道我在说什么。

但咖啡店里甚至没有一个稍微熟悉的人，更没有任何人注意我们。

"嘀。"

麦克希尔：但首先……我觉得有其他人也想联系你。

科迪和我又交换了一下眼色。一阵怪异的静默笼罩着我们。

我开始数秒。我无法控制自己。

还没数到5，静默被打破了，那部偷来的手机尖厉地响起来。

阿利克斯特

“你要接吗？”科迪用胳膊轻轻推着我说。

我木然地摇摇头，低头看着桌子上响铃的手机。显示屏亮着，显示：来电号码不详。

“你不好奇吗？”他催促道。

我伸出颤抖的双手，拿起手机，按下绿色接听键，将手机放到耳边。

“喂？”我小声说。

“塞拉。”

这两个字让我浑身的皮肤顿时冰凉。是男人的声音，粗鲁，残忍。他无须再说别的，听到他说出我的名字，已经足以让我浮想联翩。这就是我在梦里经常听到的那个声音。

那个模糊的陌生人。

我惊慌失措地想呼吸到空气时，透过海里的玻璃屋顶看到过的男人。

阿利克斯特。

泽恩说他是迪奥科技的总裁。

世界上最令人发指的人。

现在，他出现了，就在电话的另一端。

“你是谁？”我问道。我想确认，与此同时，我也在心里祈祷是自己弄错了。

电话里传来“啧啧”声。“太令人失望了，你居然不记得我的声音。我是你亲爱的朋友阿利克斯特，你存在的原因（原文是法语——译注）。”

存在的原因。

我想，我还应该在我会说的语言清单上加上法语。

“再次听到你的声音真让人高兴。”

一个结在我肚子里形成，我的胸口急促地起伏着，那种酸臭的液体再次涌进我嘴里。我将它咽了下去。

“不过，”他继续说道，“我非常希望是在其他情况下。你可以想象，费了这么多周折才找到你，我很不高兴。”他叹息一声，“不过，也只能这样了。”

我只有一个问题要问他，所以，我没有浪费时间：“泽恩在你们手里吗？”

他咯咯笑起来，这冷酷无情的声音让我的耳膜刺痛：“哇，你还真是个死心眼儿，对吗？”

他没回答问题没关系，因为我已经知道答案是肯定的。“他在哪里？”我追问道，“他还活着吗？”

“他很安全。”他停顿了很久，电话那头死一般寂静，“暂时安全。”

“请别伤害他。”我真希望能大声吼叫，怒吼出各种威胁和逼问。但事实上，我却只能可怜地乞求。

“嗯，这取决于……”阿利克斯特说。

“取决于什么？”

“你。”

我胃里的结收紧了，然后，它变成两倍大。听到我没回答，他接着说：“我要的是你，塞拉。不是他。你是我亿万美元的投资，而他……嗯，他只是个爱上你的傻瓜。”

我回想起泽恩的抚摸，额头热起来，这是他留下的印记，与我皮肤上这个文身一样永不磨灭。

“我也不怪他。”阿利克斯特继续说道，“你……的确美得令人惊叹。”

我闭上眼睛，竭力想保持镇定，但我的整个身体颤抖起来。

当他再次开口时，声音更轻、更随意，但仍然让我寒彻骨髓。“因此，我才会愿意和你谈一笔交易。”

“交易？”我问，我感觉一旁的科迪僵在那里，“什么交易？”

“当然是用你换他。”他急忙回答说。

“我同意。”我立即回答。

他大笑起来：“你也许是这颗星球上最聪明的人，但你不是个好的谈判者，不是吗？”

我没理会他的无礼：“快告诉我他在哪里。”

“看到了吧，”他非常骄傲地说，“我已经告诉过我的安保人员，与其让他们像白痴一样满世界追你，还留下一处处需要收拾的残局，不如让你来找我们。相比之下，后者要容易得多。我果然没错，你是愿意来找我们的，你只需要合适的……激励因素。”

“告诉我他在哪里！”我冲着电话尖叫道。几个人转头看着我，我低下头。

“耐心一点儿吧。”他安慰我说，但他的声音听上去一点儿不令人安慰，“好事多磨。老话是不是这样说的？尽管我已经不确定自己还相信这话几分，毕竟我等了漫长的五年时间，才让你进入我的生活，而你却简单地抛弃了我。”

我没回答。我不想再被他羞辱。我感觉他好像太享受这个过程了。

“我们正在搬往一个更偏远的地方。我的安保人员在公开场合追踪你，已经吸引了太多注意，更不用说你自己吸引到的注意了。”

我环顾咖啡店。刚刚转头看我的人，已经重新回到自己的聊天中去了。

“你现在已经是个名人了，对吗？”阿利克斯特又讨厌地咯咯笑起来，“尽管正是这种知名度让我们找到了你，但我还是左右为难。”他顿了顿，好像在考虑接下来该说什么。

“不管怎么说，我们不能再吸引更多注意了。我们一到新地点，就和你联系。在此之前，恐怕你只能等着。”

我正要把电话扔下，又听到他说：“塞拉？”

“什么？”我咬牙切齿地说。

“我非常期待和你重逢，分别太久了。”

电话那头没有了声音。我听到一声很轻的“咔嗒”声。我将手机扔到桌上，手机弹跳起来，从桌子一边滑了下去，科迪抢在它落地之前把它接住了。

“他说了些什么？”科迪问。

我没回答。我只是拉过电脑，开始打字。我毫不迟疑。我没有停下来做任何思考，已经没有什么好考虑的了。

访客：你想在哪里见面？

我不耐烦地在桌子上敲着手指，等待回复。幸好，我没等多久。

麦克希尔：我十分钟后出来。

我站起来，冲向咖啡店大门，用肩膀将门撞开，来到街上。温暖的阳光令人安慰，我抬头凝望，有一瞬间，一切都变成了淡粉色。我的眼睛湿润了，世界从我眼前消失，我可以假装这一切都没有真的发生。

但那短暂的时刻消失得太快。

我眨眨眼睛，收回目光。科迪正匆匆走出咖啡店，一只胳膊下夹着电脑。“塞拉，或者其他什么名字，你不能这样做。”他坚持道，“我看过一部这样的恐怖电影，请相信我，结局很不好。趁着我们现在还能离开这里，赶快走吧。我们可以再想其他办法。我们继续在网上搜索，直到找到更多有关迪奥科技的信息为止。”

“他有我需要的全部信息。”我非常自信地说，“我知道。”

“但万一他是为他们工作的呢？”科迪争辩道，“万一他正是要抓你的人呢？说不定他就是抓走泽恩的人！那你就是自投罗网。”

“那至少我就可以毫不费力地找到他了。”

作为回应，科迪气冲冲地嘟哝了几句什么。

我不否认我很害怕，但我不能让恐惧战胜我找到泽恩的渴望。我已经犯了个巨大的错误，我逃跑了，没有留在加油站战斗和保护他，是我害他被抓的，是我让他们带走他的，这件事都是我的错。

我不可能再次逃避。

我不管里奥说的什么“我的本能”，也不在乎我的基因里有些什么，这次我不会逃，我要不惜一切找到他，包括这次和麦克希尔的见面。

正如在幼儿园教室里，当我向门口冲去时，泽恩对我说过的一样：你不能每次害怕就跑走，在某个时候，你必须留下来，为你认定正确的事情战斗。

我知道这是正确的。

一辆灰色小车开到路边停下，一扇车窗摇下，一个我不认识的女人探出头来。

“塞拉，”她用严肃的声音命令道，“上车。”

我向科迪看去，但他还在沉思，没表示要帮我。

这个女人浓密粗硬的灰色头发剪了个齐眉刘海，她的皮肤苍白松弛，仿佛曾被拉得太长后又放了回来，她细长的深色眼睛藏在一副黑色边框眼镜后面。

“但你不是……麦克希尔在哪里？”

她警惕地环视了一下街区四周。“我就是赖兰•麦克希尔，网站上的照片只是个幌子。我稍后会解释一切，但现在，你必须上车。”

我又看看科迪。“怎么样？你要来吗？”他翻了个白眼，“嗯，我好像不能让你一个人去。”

我们一起向汽车走去。科迪坐到后座上，我绕到前排，拉开车门坐进去，顺手拉上门。

门还没完全关上，那女人已经踩下油门，急速将车驶离路边，我重重向后倒去。我回过头，看到科迪正将安全带从身前拉过系好，我也伸手系好安全带。

“我们要去哪里？”我问那个自称麦克希尔的人。

“可能去谋杀房。”科迪压低声音说。

麦克希尔焦虑地向后视镜里看看，没有回答我的问题。相反，她竖起大拇指，从肩膀上方指着后面问：“这个讨厌的小孩儿是谁？”

“嘿！”科迪不高兴地插话说，“我会让你知道的，我十三岁了，不是小孩儿。”

“他是我在寄养家庭的弟弟。”我告诉她。

“好。”她回应道。前方黄灯亮了，她减慢车速，又向后视镜里看了看。“幸好他们没跟踪我们。”

“谁？”我问。

“迪奥科技。”她回答说。我好像听出，她在提到这个名字时声音都在发抖。

我摇摇头：“他们没跟踪，他们在等我去找他们。”

“嗯，再小心也不为过。”她谨慎地说。

“你可以告诉我我们要去哪里吗？”我又问道。

汽车在一个十字路口停下来。她把手伸进驾驶座门上的储物箱，说：“我刚才已经说过，再小心也不为过。在一个甚至连记忆也不安全的世界里，尤其如此。”

“你这是什么意思？”我怀疑地问，并伸长脖子想看看她手里拿的是什么。

“意思是，如果你不想被找到，最好不要留下任何踪迹。”

她的动作如此之快，让我根本没时间反应发生了什么事。她在座位上转过身，扑向科迪。那只隐藏的手猛地伸出，碰了一下科迪的头。

我惊恐地看到科迪的身体瘫软下去。安全带让他继续直坐在那里，但他的眼睛闭上了，脑袋垂在身前，仿佛他只是睡着了。或者说，有人让他睡着了。

等我回过神来，为时已晚。

麦克希尔已经将那个调节器转向我。我保持清醒的时间只比科迪多了一瞬，转眼之间，她手中那个熟悉的装置向我的脖子伸过来，直接触到我下巴下方。我听到微弱的嗞嗞声，甚至没来得及尖叫，四周的一切就已陷入黑暗之中。

冬季

外面的空气温暖干燥，太阳已经消失在墙的另一边，我躺在我房子前面那一小片草地上，头枕在泽恩的腿上，他轻轻抚摸着我的头发，从发根开始，轻轻移动指尖，一直抚到发尖，又从头开始。

“再读一遍。”我说。

他停下来，挠挠我耳后，佯装愠怒地说：“还要读呀？你现在一定已经记住了。”

“当然记住了。”我告诉他，“你第一次读的时候，我就记住了，但你读出来要好听得多。”

他哈哈笑着把手从我头上拿开。他拿起身旁草地上那本破破烂烂的精装本，翻到做了标记的那一页。

我举起手，深情地抚摸着书脊，超级喜欢那柔软的旧布与我的皮肤相亲的感觉。

“你从哪里得到这本书的？”我问。

他低头看着我。“从迪奥科技历史档案馆里。”他柔声说道，“这是你第一次见到真正的书吗？”

我摇摇头：“里奥收藏图书。”

我感觉到，我一提到这个名字，泽恩的状态明显变了，神情呆板，笑容消失。我急忙改变话题，不让他的这种反应持续下去。

“那你究竟读还是不读？”我揶揄道，“因为我可没有一整天的时间，你知道的。”

他咯咯笑着，用手指拍拍我的鼻子，将注意力重新集中到书上。然后，他清清嗓子，开始用一种故弄玄虚的可笑口音读起来：“‘我绝不承认两颗真心的结合会有任何障碍。’”

我伸手在他胳膊上打了一下：“不！不是这样读的。”

他低头笑着看我，我们的目光相遇，然后，那个讨人喜欢的腼腆男孩又回来了。“怎么？你不喜欢我的英国口音？我只是想让你更有身临其境的感觉。莎士比亚是英国人，这可能才是他自己也想听到的效果。”

我忍俊不禁，又打了他一下。“不要。”我坚持说，“按你的方式读。”

“好吧。”他勉强让步，把目光转回书上，表情严肃起来。

但他没有马上开始读。我热切期待着那些优美的词句从他双唇间出来，我感觉心怦怦乱跳，嘴唇渴望着什么，呼吸急促起来。

他终于开始念了，神情专注，嗓音温柔动听，音调抑扬顿挫。

我周围的世界仿佛燃烧起来，每样东西都在火海中。我在一种期盼的状态中听完整首诗，每分每秒，我都可能被火焰点燃。

我绝不承认两颗真心的结合
会有任何障碍；爱不是真爱，
如果对方转弯自己立刻转向，
如果对方变心自己立刻收场。
真爱确是灯塔，可永为世人导航，
虽直面暴风疾雨，绝不动摇晃荡。
真爱亦如星斗，指引着迷舟，
它的经纬可测，其价却难求。
尽管红颜皓齿难逃无常的镰刀，
爱却绝不是受时光愚弄的小丑。
沧海化为桑田，真爱可堪长存不改，
雄立千秋万世直到末日尽头。
若有人证明我话说得过火，
就当我从未写过，世人也从未爱过。

他读完之后，我闭上眼睛，让身心沉浸在他的声音和莎士比亚的诗句带来的温暖之中，希望它永远不会逝去，永远这么温暖。

但我知道，这是不可能的。

因为他很快就要离去，每天都是如此，我又会被寒冷包围。

我们都沉默了片刻，然后，我得出结论说：“如果在当代，莎士比亚不可能写出这样的诗。”

泽恩已经把书放下，又开始轻轻抚摸我的头发。“为什么？”

“因为现在已经不存在那样的爱情了。”这个可悲的现实仿佛将我的心掏走了一大块，让我感觉好空虚。

“不是这样的。”泽恩俯身亲吻我的额头，“我们不是吗？”他在我耳边低语道，“你就是我永恒的北斗，就像诗里说的一样。”

我将手腕举到眼前，用指尖抚摸着那道细细的黑线，感到泪水在眼眶里打转。“我们永远都会被分开。只要在这里，我们就永远不能在一起，他们绝不会允许的。”

我仰头凝视着泽恩的双眼，在里面看到了痛苦的阴影，仿佛阴霾一般。他知道，即使他不愿承认，我说的也是事实。

我跪坐在草地上，面对着他，继续说道：“莎士比亚真幸运，出生在一个没有电脑，没有扫描，没有基因重组的时代。爱可以幸存下来，因为没有高科技去破坏它。那时科技还没有强大到可以毁灭人的生活。”

泽恩没表示同意，但也没和我争辩，他若有所思地默默坐在那里，茫然看着远处的什么地方。

“那是唯一我们可以在一起的地方。”我说着伸出手，轻轻把手掌放在他的脸颊上。

他眨眨眼，仿佛从恍惚中醒来：“什么地方？”

我笑着说：“1609。”

我以为他会笑我。我等着。因为我知道这个想法很荒唐，纯属异想天开，就像书上才会读到的冒险。

但他没有笑。

他又抬起头，继续凝望远处那个地方。

“泽恩？”我让他的头转向我。

“嗯？”他心不在焉地回应道。

我慢慢向他靠近。他伸手捧着我的脸，温柔地凝视着我的双眼，我甚至可以感受到他的心跳。

这个情景一如既往地令人陶醉。

但这次稍有不同，我能感觉出来。他的心不在这里，他的思绪已经飘到了很远的地方，我不知道这是为什么。

之后，泽恩站起来，伸手将我也拉起来。

“你要做什么？”我问。

“我……我……我……”他结结巴巴地说，“我得走了。”

“还没到时间呢。”我挽留说，“再过半个小时里奥才会回来。”

泽恩心里显然在斗争，他既想留下来，又有其他事在吸引他的注意。“我知道，但我必须去处理一些事情。”

我咬着嘴唇，柔声地说：“那好吧。”

他仔细观察我的表情，笑着伸出手臂，将我揽入怀中。“别担心。”他安慰我说，“我明天会回来的。”

然后，他紧紧搂着我，在我耳边说：“闭上眼睛。”

我闭上眼睛，但我心里极不情愿，因为我知道，这意味着他要走了，意味着那份寒意即将卷土重来。

但我也知道，这总比眼睁睁地看着他离开要好。

他的嘴唇轻轻从我嘴唇上掠过。然后，我听到他那太过熟悉、令人心碎的脚步声渐渐远去。他向墙头爬去，他的鞋底刮擦着水泥墙面，随着一声很轻的“咚”声，我知道他已经跳落在墙的那一边。

我等着，微微颤抖地慢慢数数儿。我会一直数到50，总是如此。这恰好是他的脚步声完全消失需要的时间。我曾经算过一次，因此不用再算。

48，49，50。

等我睁开眼睛，我永恒的北斗星已经消失。

储藏单元房

我醒来时，感到身下的地面又冷又硬。房间又黑又小，没有窗户和门，只有一盏灯照亮这个狭小的空间。我过了一会儿才意识到，我正躺在水泥地上。我把头转向左侧，看到科迪正躺在我身旁，还没恢复意识。

发生什么事情了？

我努力回忆我是怎样到这里来的，这里是什么地方。

我记得和一位自称麦克希尔的女人上了那辆汽车，她说她觉得没人跟踪我们，但无论多么小心都不为过。我们在一个红灯处停车，我还没回过神来，她已经转过身，让我们两个失去了意识。

然后我……我在哪里呢？

我依稀记得和泽恩在一起。是的，我们在迪奥科技的基地，我们在我房前的草坪上读诗，莎士比亚第一百一十六首十四行诗，我最喜欢的诗，一切都是那么美妙。然后，他的行为变得奇怪起来，再然后，他就离开了。

不，我再想想，那些真的发生过吗？

不可能，我亲眼看到泽恩被抓走的。

除非……我再次环顾房子四周，除非我现在就在迪奥科技的基地里。

但这没道理，麦克希尔为什么带我们来这里？在车里时，她表现得好像很害怕迪奥科技。

地板颤动起来。我抬起头，看到两只脚正向我大步走来。从这个奇怪的角度，我只能依稀看出她的面部特征，不过我很确定，她就是汽车里的那个女人。

“你醒了。”她说。

我从地上坐起来，揉着眼睛，昏昏沉沉地问：“我们在哪里？”

“我的储藏单元房。”

我看着这个阴冷潮湿的小空间。除了那盏灯、一张好像充了气的垫子、一张破旧的金属桌子，以及桌后的一把金属椅子外，这里什么都没有。桌子上放着一堆看上去很陌生的器具，我唯一认识的就是那台笔记本电脑。

“你住在这里面？”

“是的，临时的。”她说，“我喜欢四处走，储藏单元房对我来说最方便。你可以按月租用，而且没有吵嚷的邻居。”

“你为什么要让我们失去意识？”我问。

“我必须保证你们不会记住这地方在哪里，不让迪奥科技回头从你们这里偷走什么，那样更安全。”

“他什么时候能醒过来？”我冲着一动不动的科迪点了一下头。

“几分钟后。”麦克希尔回答道，“他的大脑活动方式与你的稍有不同，需要更长一点儿的时间才能解除调节器的效果。”

我揉揉后脑勺，由于在冰冷的地上躺了太久的缘故，那里有点儿酸痛。就在这时，我摸到了后颈上那个小小的橡胶圆盘，我急忙将手伸到左耳，又伸向右耳，是认知接收器，我一直没把它们拿掉。

“你还对我做了些什么？”我狂怒地问。我现在已经站起来，四处打量着。

“只是把本该属于你的东西还给了你。”她说着把手伸进口袋，掏出一个很小的银色立方体。我立即认出，这就是泽恩用来储存我被盗记忆的那个硬盘，现在，它又在闪着绿光。

我大惊失色，向她走近一步：“你怎样拿到这个的？”

她看看硬盘，又看看我：“我从你身上找到的。”

“我身上？”我惊讶地问。

她点点头：“就在你口袋里。”

我摇摇头：“但那不可能。我最后一次看到它时，泽恩正将它揣进他自己的口袋里，接着我就睡着了。然后，那些人出现在加油站，把他带走，我就再也没见过他。”

麦克希尔嘲讽地向我皱皱眉头：“也许你应该再看看那个加油站。”

我急忙在脑子里回放那一幕，每一个时刻都没放过。

泽恩让我待在车里，他去付汽油款。然后，那个带手机的女孩拍下我的照片，片刻之后，那些男人出现，我向泽恩跑去，但他把手放在我的髋部将我推开，让我尽可能远离那里。

他把手放在我的髋部。

我更加密切观察那个动作。突然间，我感觉到了，他先将什么东西塞进我的口袋，然后将我推开。我当时根本没注意到，因为周围发生的一切已经让我完全慌了神。

但泽恩的头脑显然足够清醒，他先将硬盘妥帖地放到我身上后，才让我离开。

他想让我得到我剩余的记忆。他想让我知道故事的最后片段。

最重要的是，他想确保这个硬盘不落到迪奥科技手中。

“原来是你。”我突然醒悟过来，向麦克希尔眨眨眼睛，“是你触动了那段记忆？关于诗歌的那段？”

“实际上，”她回答说，“我并没去触动它，是你自己触动的，我只是把装置打开了。”

我眨眨眼：“我是怎样做到的？”

她耸耸肩：“你失去意识的时候一定一直在想泽恩，这就足以触动那段记忆了。”

听到这话，我哑然失笑。

“不过，这倒是让我更容易解释了。”麦克希尔说。

“解释什么？”

“你准备让我做出的解释呀。”

我惊愕地盯着她：“你怎么知道我要问你什么？”

她笑了，她那双细长的眼睛里溢满笑意，眼角堆起皱纹。“关于这次谈话，我知道的比你想象的多很多。”

这场谈话让我越来越糊涂。我的头又开始痛了，我紧紧闭上了眼睛。

“跟着你的直觉，”她建议道，“哪个问题最先跳出来，就问哪个，我保证，那刚好就是你想问的。”

“迪奥科技的基地在哪里？”我不假思索地问。

“你不该问在哪里，”她说，“而该问在什么时候。”

“嗯？”现在我更迷惑了，四面的墙壁仿佛正向我挤压过来。

“继续问吧。”她鼓励道，“你会问出结果的。”

我深深地吸了一口气，问了脑子里冒出的第二个问题：“你怎么会如此了解迪奥科技？”

她坐到椅子里，将双手叠放在大腿上。“我曾经为他们工作过。”

“曾经？”

“是的，我曾是他们的精英科学家之一。”

“你为什么不想让我知道怎样去那里？他们也在追捕你吗？”

她急忙点头，仿佛想让我知道我的思维方向是正确的。“是的。继续。”

这个小游戏让我很兴奋，但同时也很沮丧。“他们为什么追捕你？”

“因为你如果为迪奥科技工作，尤其像我这样参与了高端科技项目的工作，那你不能轻易辞职，他们是不会同意的。”她俯身向前，捕捉到我的目光。“这下你明白了吧，”她继续说道，“我也是逃走的。”

说罢，她也深深地吸了一口气，将两只手合在一起。“我开始为迪奥科技工作时，它还是一家小公司，很有开拓性。一帮思想前卫的人想将科学推上一个更高的水准，为人类造福。我喜欢这个想法。但后来情况变了，公司的研究动机开始改变，我与公司的发展趋势格格不入，便离开了。”

我试探性地问：“在那个网站上，你说话的口气为什么听上去仿佛这家公司暂时还不存在？”

她点点头，仿佛这正是她期待的下一个问题。“因为它的确不存在。”

我连眨几下眼：“你说什么？”

她重新靠到椅背上，叹息一声：“再过一百年，迪奥科技也不会被创立。”

我身上的肌肉麻木起来，双臂首先开始有这种感觉。

“但你刚刚说到‘逃走’，”我谨慎地说，“你的意思是……”

但我的声音越来越小，我不能再想下去。

她好像觉得我的反应很有趣，咴咴笑起来：“塞拉，我也是一步步走到现在的，和你完全一样。”

我想到我刚刚看到过的记忆画面，就是我躺在草坪上的那段记忆。我告诉泽恩我认为莎士比亚是幸运的，因为他生活在一个科技不发达的时代，那时生活简单，永恒的爱也有可能实现。我还告诉他说，那是唯一我们可能在一起的地方。

我的大脑自动回溯到今天我与泽恩在车里的对话，他向我解释我们是如何逃离基地的，几个关键的句子突然在脑子里显现出来。现在，这些句子描绘出的画面完全不同了。

“也许我应该从那首诗开始。”

“莎士比亚第一百一十六首十四行诗是你的最爱。”

“但这事发展到最后却成了灵感，促使我们策划出一个复杂的计划。”

“我们设法逃跑的时候发生了一些事情……出了一些问题。”

“你应该和我在一起。但不知怎么回事，你我却天各一方。”

接着，我的双腿开始失去知觉。我的身体瘫软下来，一直向下，向下，向下倒，直到再次倒在冰凉的水泥地板上。我拼命抓住套在脖子上的吊坠项链，紧紧将它攥在手里。突然，真相大白，犹如一道闪电划过。

从来就没有过一个地方。那是一个年代。

1609。

这个从一开始就困扰着我的数字。

他们将我从海上救起的时候，我说出的正是这一年。

因为显然，它是我以为自己会去的时代。

这就是我和泽恩被强行分开之前，他在车里曾想告诉我的周密计划。我们正在策划出逃……到1609年去。那是一个文艺复兴的时代，一个盛产爱情诗的时代，一个科技不发达、没有迪奥科技的时代。

泽恩之所以将这个年代刻在吊坠上，刻在我心上，也是因为这一点。

S+Z=1609。

塞拉菲娜和泽恩……在一个我们能够真正在一起的时代。

我非常想怀疑麦克希尔，不想全信她说的一切，但我做不到。尽管这个不可思议的推论让我很害怕，我逻辑性很强的大脑却很欢迎它，因为非常讽刺的是，这个推论完全说得通。

它奇迹般地解释了许多我一直无法解释的事情。

为什么互联网上没有任何地方提到迪奥科技？

为什么科迪从未听说过这家公司？

为什么他们掌握的科技如此未来化？

这还意味着，我所有被偷走的记忆，我在头脑中看到的一切——基地、我的房间、我遇见泽恩的那一天——这些事情都不是发生在过去，它们发生在未来！

麦克希尔冲过来，扶我站起来。她将我安顿到她的椅子里坐下，让我试着放松、深呼吸。在各种情绪和困惑的强烈冲击之下，我虚弱不堪。过了好一会儿，我才问出最重要的问题。

“这怎么可能？”

麦克希尔在桌子边上坐下。“你的意思是说，你是怎样来到一百年前的吗？”

我茫然地点点头：“……是的。”

“这种科技的确非常复杂。但我会尽可能把它说得简单一点儿。我是量子物理学家，而且是这个领域的顶尖科学家之一，迪奥科技最初雇用我也是这个原因。几年之后，他们让我主管一个极其秘密的新项目，代号‘白花工程’。我承担起一个令人畏惧、几乎不可能完成的任务：确定人类是否可以跨越时间和空间，以及怎样跨越，我们称之为‘穿越’，这是一个拉丁词根的词，意思是‘跨越’和……”

“生存。”我轻声说。

她笑了：“很好。‘穿越’这个词的字面意思就是跨越并生存，或者说，改变你生存的地点或时间，这个术语正式的全称最后演变成穿越时空，跨越时间和空间生存。”

她深吸一口气，站起来。“很快，我们便摈弃了数十年来科学家一直普遍怀疑、竭力寻找答案的问题——虫洞、以超过光速的速度旅行等，我们关注更多的是遗传学。”

“遗传学？”我重复道，“你的意思是，基因可以让你把自己穿越到另一个时代去？”

“没错，穿越你自己。”她打趣地笑着纠正我，“利用穿越基因，你可以在另一个时空实现物质和意识重组，进而取代原有时空的自己。我们仅在几年时间里就将它开发了出来，但我们一直不能在任何实验对象身上使用。我们曾将这种基因移植到老鼠身体中，试图将它们送往未来几秒钟，或者至少简单地送到屋子那边，但它们就是不离开，而且几周之后，它们都死了，那种基因简直就是在从内部吞噬它们。

“简单地说，我们没有取得多大进展，迪奥科技打算停下那个项目。现在想起来，我应该让他们停止的。”

“但显然你没有。”我肯定地说，“因为我们两个现在都在这里。”

她表情严肃地点点头：“的确如此。”她将手掌合在一起，开始在桌子前面来回踱步。“一天晚上，当我独自在实验室时，研究取得了极大的突破。我弄清楚了那种基因不起作用的原因，也弄清楚了我们错在哪里。我非常确信已经解决了那个问题，于是直接将基因植入了自己体内，甚至没在其他任何东西上试验，而且，我真把自己送入了未来两分钟。”

“穿越你自己。”我也打趣地笑着纠正她。

她哧哧笑起来：“当然。但是那时候，我已经开始对迪奥科技的正直和诚信产生了极大的怀疑，我也不信任做出所有决定的那些人了。”

“那些人？”我重复道，“我一直以为阿利克斯特是迪奥科技的领导者。”

“是的。”她确认道，“书面上的。但我怀疑实际情况复杂得多，还有其他至关重要的人，而且比阿利克斯特强大和危险得多。”

“你为什么这样想？”我问。

“迪奥科技成立时非常小，只有五个人，在里奥博士的地下室里开展工作。然后，突然之间，冒出来一笔巨大的资本，注入公司。这笔钱从哪里来，将被用于什么，阿利克斯特一直守口如瓶。但我接下来就得知，我们将搬迁到一个巨大的基地，基地位于一个无名之地的中心地带，雇用了数百名科学家和工作人员，安保措施严格到荒唐的地步，我们去任何地方都必须扫描指纹。未经严格审查，不得离开基地，也不得与基地外的任何人说话，除非那个人在预先核准人员名单上，即便这样，我们的对话都会被全部录音。总之，一切都很……怪异。”

麦克希尔眼里出现了一种缥缈的神情，然后她摇摇脑袋，继续说道：“不管怎么说，这些耗资巨大、极其机密的行动，都是在我们搬到基地以后才开始的，比如我自己的白花工程，以及创造你的工程等。我非常清楚，这些项目不可能是阿利克斯特投资的，这意味着某个人——或者某个集团——在资助这些项目。”

“你对创造我那个项目有什么了解吗？”我急切地问，“比如他们对我做了些什么？或者为什么要创造我？”

麦克希尔摇摇头：“很遗憾，我不知道。你这个项目一直是高度机密，只有里奥和阿利克斯特完全清楚。基地里甚至没有其他任何人知道，但世界上第一位合成人就生活在我们中间。实际上，我也是最近才知道你的存在，但实话实说，我对此并不乐观。只有一种东西能给阿利克斯特动力：钱。无论他在为谁卖力，天知道那些人的动力是什么。无论创造你的原因是什么，我都非常确定，这已经远远超出了‘你’的范畴。”

“这话什么意思？”我木然地问。

“我的意思是，创造出了完美的人，却又把你整天关起来，这是为什么？我知道，他们耗资亿万美元，绝不仅仅是为了欣赏一张漂亮脸蛋。如果他们如此煞费苦心地找你，要把你带回去，那就说明这个项目还没结束。我有种感觉，你只是一个大得多的计划的一小部分。”

我感觉胸口绷得发痛。我想跑，跑得远远的。我四处察看，想在这个灯光昏暗的地方找到一个出口，但我看到，那道唯一的门上有一把钢锁。我迫使自己保持不动，用力呼吸。吸气呼气的动作好像让我镇定了下来，没有完全平静，但已足够。

麦克希尔又开始踱步。“正如我所说，当我在实验室里实现突破时，我已经对迪奥科技的性质产生了怀疑，我开始纳闷儿我的研究将被真正用于什么用途。说来也好笑，自从开始白花工程，我就从没停止思考：穿越这样的技术能起到什么作用？会带来什么样的负面影响？尤其用于不良目的时。我猜，也许我内心从没真正认为它能成功。”

“但它却真的成功了。”她继续说道，“然后，我又犯难了，不知道我是否该把自己的研究成果交给阿利克斯特，我真的不知道最后它会落到谁的手中。如果发生可怕的事情，责任将会落到我身上。我经常做噩梦，梦到醒来后发现希特勒赢得了第二次世界大战，或者地球陷入了核战争，因为有人故意篡改了历史进程。我不能让那样的事情发生，因此，我销毁了我成功突破难关的所有证据。在我提交的最后报告中，只附上了一份原来那种有缺陷的基因模型，声称时空穿越永远不可能成功实现，建议停止那个项目。然后，我就离开了，从那时起，我一直躲着。”

“可是，”我担心地说，“显然有人已经知道了怎样正确制造那种基因，因为我已经在这里，还有泽恩，还有里奥。”

“的确如此。”她指着我说，“当然不仅仅是你们。”

我立即知道她说的是谁了。

那些带走泽恩的人。

一想到他们，我攥紧了拳头，牙关紧咬。

麦克希尔一定可以看懂我的反应，因为她理解地点点头，说：“他们是迪奥科技的安保代理，都是残忍无情的退役军人，对阿利克斯特唯命是从。

他们可能是公司里唯一比他更邪恶的人。如果他们在这里，说明迪奥科技已经获得穿越基因的正确代码。”她垂下头，耳语般地说：“愿上帝帮助我们大家。”

“这么说，这是我的错。”我轻声说。

她轻笑一声：“这不是你的错，塞拉，这事比你大得多。”

“但他们是因为我才在这里的！”我生气地说，“因为我想逃跑。如果不是因为我，他们甚至不会知道穿越这回事，他们是跟着我到这里的。”

但我突然想到一件事，打住话头，低头看着我的文身。“不，等等，”我若有所思地说，“泽恩说过，他们只能在三千米半径内追踪到我。”

麦克希尔点点头，承认说：“泽恩说得基本没错。现在——在这个时间——是的，他们被局限在三千米的半径内，但一百年后，迪奥科技已经有自己的卫星系统，他们可以跟踪你到地球的任何地方。但是，那些卫星大约一个世纪后才会被送入轨道，这意味着你在这里——在这个时间，或者有卫星之前的任何时间，他们的追踪技术都是十分有限的。”

我的眉头皱到一起：“但他们有办法追踪到我在哪一年吗？”

麦克希尔会意地笑了：“根本不能，这就是你的逃跑计划的妙处。你永远不可能在同一个时间段逃出基地。无论你在哪里，他们都能找到你，但时间是宽广无限的，几乎不可能定位里面的任何人。一旦你消失到过去，那么，你就不见了，无论使用什么科技，都不可能追踪到你。”

“那他们是怎样在这里找到我的？”我问。

“与泽恩找到你的方式一样。”她回答说。

我摇摇头，又开始沮丧起来：“我还是不明白。”

“你瞧，即使有人消失到过去，他们也总会留下踪迹，除非他们格外小心。”

“什么样的踪迹？”

她将她的笔记本电脑拉到身边，开始敲击键盘，片刻之后，她将电脑转过来向着我，我看到，显示屏上有一张非常熟悉的照片。

我的照片。

我记得躺在病床上时在新闻里看到过这张照片，今天在咖啡店也看到过，也就是电视里用来激励知情者拨打电话的那一张。

“我简直糊涂了。”我说，“我的照片为什么会留下踪迹？”

“任何公共记录、新闻报道、互联网上的帖子，甚至Facebook（一个社交网站）上传的内容，都被无限期地储存在某地的一个服务器上。你只需要输入正确的搜索关键词，就能找到任何人，无论这个人在什么地方、什么时间。”

“你的意思是说，这张照片100年后在一个互联网上出现过，他们就是这样知道我在这里的？”

“有这种可能，”她若有所思地拉拉耳垂，“这很容易想到。你第一次见到泽恩是在什么时候？”

那段记忆立即闪回。护士给我服了药，我的意识有些不清，他的脸看上去很模糊。我现在还能感觉到他的手触摸我时的温暖。

“他到医院来看我。”我向往地说。

“我来猜猜看。”麦克希尔说，“那时他们刚刚把你的照片在新闻里公布出来，刚刚透露你被收入哪家医院。”

“是的！”我急切地喊道，“就是那样的。”

“你瞧，”她说，“他找到你的最好机会，就是出现在新闻里公布的你的准确所在地，而且在准确的时间。晚一分钟，你可能就去别的地方了。”

“但泽恩去了1609年，他告诉过我，他怎么可能从那么久远的时间看到新闻？那时这还没发生呢。”

“他只在那里待了一会儿。”麦克希尔解释说，“当他意识到你没能成功去到那里时，他立即回迪奥科技找你，但他看到你也不在那里。接下来的两个月里，他一直在找你。他不知道你在哪里，你可能去了任何地方，而且由于新闻里从未提到过你的名字，原因是没人知道你的真实姓名，找你就成了他每天的工作。他每天用好几个小时浏览数字新闻档案，搜索与你的特征吻合的人。当他读到那篇空难报道，得知十六岁的幸存者有着一双紫罗兰色眼睛时，他立即就去找你了。”

我不可思议地在脑子里回放发生在医院的那一幕，寻找证据证明麦克希尔所说的都是真的。

姬亚娜让我关掉电视，休息一会儿，但我拒绝。因此，她给我吃了安眠药。然后，她离开。

房间里的一切都变得模糊起来。

我看到门口有人，是个剪影。它正向我移动，动作很快，仿佛很急切。

“你能听到我说话吗？请睁开眼睛。”

他触摸我的手。我竭力保持清醒。

“请醒来。”他从遥远的地方恳求道。他的声音在我耳朵里回响。

我只能依稀看到他的脸，正俯在我上方，离我的脸只有几厘米，时隐时现。

“这本来不应该发生的。”他说道，“你不应该在这里。”

他迅速行动起来。我血管里的点滴针、脸上和胸口的管子都被取掉了。

我听到走道那头有脚步声，是从护士站传出来的。

“别担心，”他说，“我会把你从这里带出去的。”

他的手触摸我的感觉渐渐消失。在黑暗到来之前，我吃力地最后一次睁开眼睛。

他已经走了。

“等等。”我说着站起来。现在，踱步的人是我了。“泽恩在医院找到我，但迪奥科技雇用的安保人员却一直没有出现，直到我从那家小餐馆出来，走进那一大群记者中，他们才出现。然后，他们再次出现在加油站，就在那个女孩用手机拍下我的照片之后。他们为什么不也到医院来呢？我的照片第一次出现是在那个时候，他们怎么会错过那个机会呢？”

麦克希尔笑了。显然，她正在玩味即将说出的话：“因为泽恩在那里看着你。”

我感觉一股暖流流过全身，额头正中那个仿佛有魔力的地方又热起来。但这次热度持续时间很短，当我内疚地想到他为我做了那么多，我却那么快就抛弃了他，当我想到我为了自救竟然跑得那样快时，那地方很快就凉了。

“他努力掩饰你的踪迹。”麦克希尔继续说道，“他知道，阿利克斯特迟早会明白你已经穿越时空，也会去找你。因此，他一发现你在这里，就雇用了一个专业人士侵入数字新闻档案，在很短时间内，删除了有关你行踪的全部证据。”

“那他为什么不把我在小餐馆外被拍到的照片，还有那女孩用手机给我拍的照片也删掉呢？”我问。

麦克希尔摇摇头："因为那些事情发生的时候，他已经在这里了。实际上，那些事情发生，正是他在这里的后果。你之所以从卡尔逊家里跑出来，最后到了那家小餐馆，都是因为泽恩告诉你有人在追你。然后，你到了那个加油站，也是因为你是和泽恩一起逃跑的。他到这里来找你之后，那些事情才存在，那些照片才被拍下，这意味着他不可能删掉它们，因为这里没有这样的技术。"

我的头又开始痛起来。我用食指揉着太阳穴。

"别担心。"她说，"你终究会想明白的。"

我笑着说："我有点儿怀疑。"

"相信我。"她说，"我……"她的声音越来越小，好像她看到了什么东西，然后，一团奇怪的阴影落到她脸上。

"怎么啦？"我说着向四周看看，"出什么事了？"

但我已无须等着她回答。我的目光落在地板上科迪失去知觉的身体曾经躺着的地方，现在空空如也。

麦克希尔从屋子这头看到那头，什么也没发现。她转向我，满眼惊惧地问："那孩子哪儿去了？"

“我最后一次告诉你，”我听到一个声音怒吼道，“我不是孩子！”

我们都原地转身，看到科迪正从桌子下爬出来，他手里拿着那个调节器，将它对准了麦克希尔。

“科迪，”我柔声喊着向他走去，“请把那个放下。”

但他疯狂地挥舞着调节器，迫使我往后退。“不要靠近我！”他看上去惊魂未定，眼睛瞪得很大，呼吸很急促。

“对那东西你可得当心。”麦克希尔冲着科迪的手点了下头，警告道，“调节器很难操作，如果你不懂使用方法，它们可能极其危险。”

但科迪根本没理会麦克希尔，他威胁地把手挥了几下，将她逼退到墙边。

“这是什么地方？”科迪声音嘶哑地问，“看上去像储藏单元房的内部。”

“是的。”麦克希尔耐心地回答说。

科迪吓得面部扭曲起来。他埋怨地瞪了我一眼：“我早就告诉过你！让你别上那辆车！我就知道这个女人不是好东西。但你听我的了吗？没有！没有！没有！谁会听一个十三岁小孩儿的话？没人会听！这下好了，我们都会被杀死，在这个储藏单元房里烂掉！”

我摇摇头，试图再次向他靠近。“科迪，你完全理解错了，麦克希尔博士是站在我们这边的。”

但科迪立即反唇相讥。“我们这边！”他尖叫道，“我们这边？我和你不是一边的！我甚至根本不知道你究竟是什么人还是什么东西！”他满眼受伤地盯着我，让我的胸口隐隐作痛。

“你听到了我们多少谈话内容？”我问，想尽量让他平静下来。

“够多了。”他厉声回答。然后，他伸出另一只手，转动调节器一侧的一个小标度盘。

“不要！”麦克希尔冲上前去，高声喊道，“那样设置太强了！”

“闭嘴！”科迪吼道。

“科迪，求求你。”我恳求道，“你必须相信我。”

“我再也不会相信你了。”他决绝地说，“相信你的唯一后果就是让我陷入麻烦。”

我看向麦克希尔。她不易察觉地向我点点头。我知道我必须怎么做了，尽管我非常不愿意。

“科迪，”我说，“对不起。”

“省省吧你。”他呵斥道，“已经无可挽回了！”

“我只是想说，”我柔声说道，“我对此感到很抱歉。”

他皱起眉头，迷惑不解地看着我：“你在说什……”

我一个箭步向他冲去。他根本没时间做出反应，连话都没能说完。我一把抓住他的胳膊，将它向上举起，心中祈愿我不会听到骨头断裂的声音。

科迪痛得叫出声来，调节器飞入空中。麦克希尔跳上去，将它接住。

我一个扫堂腿将科迪扫翻，又伸手扶着他的身体，以免他倒地时磕到地板上。

麦克希尔拨弄着调节器一侧的标度盘。科迪拼命挣扎，扭来扭去。我用胳膊紧紧压着他的肩膀，用膝盖压住他的腿。控制他并不容易，但他那点儿小力气敌不过我的。

我不敢正视他的眼睛。

他抬眼怒视着我，满眼仇恨愤懑。他认为我背叛了他。我只好把目光转开。

“快！”我告诉麦克希尔。她拿着调节器跑过来。

科迪挣扎得更厉害了。“你……你……骗子！”他高声嚷道。

“行动！”我向麦克希尔喊道。

麦克希尔蹲下身。科迪用力前后摆动脑袋，不让麦克希尔直接接触到他。我向前俯下身，将前臂压在他脸上，吃力地让他的头部保持不动。麦克希尔将调节器的金属端放到科迪左耳下方。

我听到轻微的嗡嗡声，科迪的身体再次瘫软下去。

我叹息一声，重新站起来。当我低下头，看到他一动不动的样子时，眼泪立即顺着脸颊流下来。

麦克希尔将一只手放在我肩膀上，但这无法安慰我。

“现在，他唯一记住的关于我的事情，就是这件了。”我抽泣着说，“我在他心目中将永远是现在这样，像个怪物，先袭击他，然后控制住他，让其他人使他的大脑停止活动。”

想到这里，我哭得更伤心了。

麦克希尔捏捏我的肩膀。“不会那样的。”她说。

“会的。”我小声说，“你没看到他刚才看我的眼神，他认为我背叛了他，而且他会永远这样想。”

“我向你保证，他不会的。”麦克希尔说得如此肯定，我的眼泪几乎立即就停止了。我抽抽鼻子，抬眼看着她。“你是什么意思？”

麦克希尔从我身边走开，回到她的桌子前，然后，她从一个小木盒里拿出三个小小的橡胶圆盘。那个木盒与泽恩揣在口袋里的那个木盒极其相似。我知道，小圆盘是接收器。她重新蹲到科迪身边。

“他听到了太多。”麦克希尔解释说。她拨弄着科迪的头，在他的每只耳朵后面分别安放一个圆盘，将第三个安放在他的后颈上，靠近发际线的地方。“他知道的信息只会让他陷入危险。”

“你将删除他的记忆，对吗？”我若有所悟地说。

麦克希尔叹了口气，重新站起身。“我们别无选择。如果他将今天看到的或者听到的告诉任何人，他就有生命危险，他的父母也会有，更别提社会影响了。如果一位十三岁的少年四处宣称自己见过来自未来的人，不知会受到什么样的奚落。”

我擦擦眼睛，点点头：“你会删掉多少？”

她回到她的电脑前。“今天发生的一切。”

“但他的父母那边怎么办？”我说，“他们以为他在朋友马库斯家。他是那样对他们说的。”

麦克希尔点点头：“好吧。我们用一段那样的记忆替代今天的记忆。我可以获得一段类似的过去经历，用它们创建一个模块。”

“还有电脑游戏。”我低声说道，“他喜欢玩电脑游戏，把那个也设置进去吧。”

“好的。”麦克希尔说完立即投入工作。

我欣慰地舒了一口气，但心里仍然七上八下。尽管我庆幸科迪不会记得这一切，明天早上醒来，他仍然以为我只是他所说的那个“失忆超模”，但我自己知道真相。我仍然记得他最后一次看我的眼神，记得他眼中的恐惧。

而且，我永远不会忘记。

但我想我这是罪有应得。

我根本不应该让他卷入这件事情，我应该把他留在那个咖啡店，自己跟麦克希尔走，或者更好的是，我从来就没向他求助。这是我的错。现在，我将不得不终生带着这样的记忆生活。

即使他不会。

突然，尖厉的“嘀嘀”声打断了我的思绪，麦克希尔警觉地从电脑上抬起头。我急忙环顾四周，在阴暗的屋子里寻找那声音的源头，我循着声音看向麦克希尔的桌子，发现了科迪给我的手机。

我伸手拿起电话，好奇地看着它。

“是什么？”麦克希尔问。

“新短信。”我轻轻敲着显示屏说。

“说的什么？”

我尝试了几次之后，终于悟出该如何打开短信。我阅读了短信内容，但我不明白短信的意思。

“只有两个很长的数字。”我皱着眉头说。

“数字？”麦克希尔重复道。她走到我身旁。

“是的。”我迷惑不解地说，“35.35101和-117.999523。”

麦克希尔目瞪口呆。“短信是谁发的？”

我又看看显示屏：“上面说是‘未知号码’。”

“阿利克斯特上次是用什么号码给你打过来的？”她问。

我感觉脸上的血色消失了。“未知号码。”我再次低头看着手机，“这些数字有什么意思吗？”

“是GPS坐标。”麦克希尔告诉我，“阿利克斯特是在告诉你去哪里见他。”

道别 6

麦克希尔的车停在一个光线阴暗的车库里，就在储藏单元房旁边。我帮着她将科迪失去知觉的身体搬到车上，将他固定在后座上，然后急忙绕到副驾驶一边，麦克希尔坐到方向盘后。

她转动点火装置，引擎发动起来。她从口袋里掏出我借来的手机让我看，显示屏上的图像看上去并不复杂，层叠的红色和浅棕色阴影正中有个闪烁的蓝点，标示出一个地点。

“根据显示，那个位置靠近一个叫红岩大峡谷的地方。”她解释说，“但这些坐标准确表示的，却是一个荒芜之地的中心地带，离任何大路或者州际公路都有大约十六千米。我猜，为了避开公众视线，阿利克斯特想把你带到非常偏僻的地方。”她把电话递给我，“我可以送你到那附近，但剩下的路程你不得不自己走过去。”

“好。”我表示同意。

“为了安全起见……”她说着抱歉地看了我一眼。

我点点头：“我明白。”

她拿出调节器，反时针旋转那个标度盘。“我降低设置，你只会昏迷十五分钟，我们一离开这里，你就会醒来。”

我闭上眼睛，把头向后靠，示意她请便。

我感觉到冷冷的金属刺痛皮肤，微弱的振动，电流流入我的神经系统，然后……

我醒过来时，我们正行驶在一条昏暗寂静的高速公路上，我甚至不知道天已晚到什么时候，白天显然已经过去。麦克希尔默默开着车，两眼注视路面。

“我们已经开出多远了？”我问。

听到我的声音，她微微一惊，但很快恢复镇定。“大约开了四十五分钟。”

我们继续往前开，我想到了泽恩。

想到自己愿意为他做些什么。

今晚之后，我将回到那里，回到我逃离的迪奥科技基地，回到这一切开始的地方。

只是这次，泽恩将不在那里。

他们绝不会允许他回去，绝不会允许我再见到他。

但这值得。只要我知道他还活着，我就不会为这个决定后悔。

此时此刻，那首诗的含义前所未有地清晰。

“我绝不承认两颗真心的结合会有任何障碍。”

环境无法改变感情。如果你真正爱一个人，爱到超越内心、超越记忆、超越让你成为人的一切因素，你就会不惜一切。

你会去救他。

我只希望我能和他再见一面。

“你害怕吗？”麦克希尔问我。

我思考着这个问题。我想，在此之前，我还没真正想过这一点。我一心只想着找到泽恩、救出泽恩、保护泽恩，我甚至没工夫想自己的未来，没想过我回到迪奥科技基地后会怎样。

事实上，我不知道今晚之后，我的生活将会怎样，我不知道他们会对我做些什么，因为我根本不记得他们曾对我做过什么。

我只知道，我将不能和泽恩在一起。

这才是最可怕的。

“是的。”我终于回答，“我很害怕，但我必须去做这件事。”我长长地吸了一口气，“我爱他。”

麦克希尔点点头：“我知道。”

我转过头，仔细打量她的脸。仪表盘上的亮光从她镜片上反射出来。我不知道，如果没有她，我此刻会在哪里。但她对我来说，仍然十分神秘，是个谜。关于她，我还有许多不知道的，这时，我才突然想到，她好像十分清楚我的情况，准确地说，她知道我的一切。她知道在咖啡店里和她聊天的是我，她知道去哪里接我，知道阿利克斯特给我打过电话，知道我和泽恩的故事，知道我是怎样到这里的，知道从那时起发生过的每一件事，她还非常清楚我想知道什么。

在这整个事情的发展过程中，她好像一直在我前头一步。

而我到现在才对此产生疑问。我的注意力完全集中到她所知道的事情上，甚至没工夫想想她是怎样知道的。

“怎么啦？”她问。她终于感觉到我正盯着她了。

“你怎么会对我如此了解？”我问，“你比我更早离开迪奥科技，但从你所说的每件事看，你仿佛一直就在那里。你知道所有问题的答案，有时，你甚至还知道我要问什么。还有，我们在网上聊天时，你知道那是我，你知道我在哪里，你甚至知道我的电话什么时候会响，你不可能知道所有这些，除非……”

“除非什么？”

“除非……”我又说，但我好像找不到符合逻辑的答案。

“除非我已经看到过这一天发生的一切。”她说罢狡黠地瞥了我一眼。

我转过头，目瞪口呆地凝视着她。“你是怎么看到的？”

她把手伸进长裤口袋，掏出一个长方形的黑色小设备。“我一直在记录你的记忆。”她解释说。

“你说什么？”

“我让你失去意识之后却没取下接收器，这是有原因的。”她继续说道。我伸手摸摸仍然与我的皮肤融为一体的一个橡胶圆盘。“从你上车的那一刻起，它们一直在向这个硬盘传输信息，我一直在下载你对我们的交往留下的每个记忆——网上的搜索、咖啡店的聊天、阿利克斯特的电话，甚至我们在储藏单元房里的对话，我把你送到以后……”

“你将及时穿越回去，开车回家。”我总结道。各个片段终于结合起来。

她粲然一笑：“你的确聪明。”

“这么说，你已经知道今天还会发生什么了？因为你已经看到过我未来对此的记忆？”

“千真万确。”她确认说。

“但是……”我回想过去的几个小时，“那你怎么不知道科迪会醒来，还偷走了调节器？”

她耸耸肩："我其实知道，但我反正也得让它发生，重要的是，我要确保今天的事情就像我在你记忆中看到的那样发展，任何微调都可能导致严重问题。而且，因为已经知道最后的结果都很好，"她向后座上科迪毫无生气的身体点了下头，"也没必要去改变。"

"那你知道接下来会发生什么事了？也就是我见到阿利克斯特后。"我急切地问，"你知道泽恩是否平安无事吗？"

麦克希尔表情阴沉地摇摇头："对不起，我不知道。你下了这辆车，记录就终止了，我不知道那以后发生的事情。"

二十分钟后，麦克希尔将车开到路边，关闭发动机。我透过风挡玻璃往前看，但没有多少好看的。黑暗中，我什么也看不清，只有绵延数千米、犬牙交错的红岩群山。

麦克希尔从我大腿上拿起电话，让我看显示屏。"你已经看到了，我们现在的坐标是35.34128、-117.971756，这意味着你必须向西北方向走大约五千米，才能到达阿利克斯特发送给你的坐标位置。"

我点点头，感觉心里七上八下。"好的。"

"你可以带上电话，它能带你到正确的地方。"

我拿过电话，揣进口袋。"谢谢！"然后，我深深地叹了一声，钻出汽车。我打开后车门，把头伸进去，科迪还没醒来，他手脚张开躺在座椅上，脸的一侧埋进黑色皮质椅套中。

"你确定他不会有事吗？"

"他没事。"麦克希尔安慰我说，"我会把他送回家，将他放上床。他早上醒来时，不会记得这一切，也不会记得我。"

我知道，我可能再也见不到科迪，再也见不到希瑟和斯科特了。想到这里，我很难过，但我知道，事情只能这样。

我弯下腰，凑在他耳边说："再见了，科迪。"尽管我知道他听不到，也不会记得这一切，我还是补充说："等我回到'我的星球'之后，一定把我能找到的最热辣的十三岁超模给你送来。"

然后，我亲亲他的脸颊，这是我失忆以来第一次亲吻别人，尽管我知道，这个吻与我和泽恩之间在基地时的吻不一样，但它仍然让我感觉浑身暖洋洋的。

我揉揉他的金发，关上后门，然后，我从车头绕到驾驶座那边，麦克希尔摇下了车窗。

我淡淡地笑着说："我想，我们只能就此告别了。"

她把手伸出窗外抓住我的手。"当心点儿。"

我点点头："我会的。"

我刚要转身离开，又停下脚步，因为我听到麦克希尔说："还有一件事。"

"什么事？"

她闭目片刻，好像想找到恰当的词汇。当她重新睁开眼睛，她的表情宁静平和。

"相信你的心。"她说着将目光往下瞟去，看了看我的胸口，然后，她又看着我，"这是唯一永远不会骗你的东西。"

坠落

我拔腿就跑，速度越来越快，突然，我感觉有冰凉潮湿的东西刺痛脸颊，我甚至都没意识到我的眼泪又流了出来。

温暖的风迎面吹来，很快便将我的泪滴吹走，炎热的沙漠气候让我的皮肤立即变干，没有留下任何泪痕，也没有留下任何感伤的痕迹。

我全力向前奔跑，尽管口袋里的手机上仍然可以看到地图，我却不需要再看，我已经把它记在心里。我心里好像很清楚该去哪里，仿佛有个内置GPS系统也在工作，我的身体在自动操控自己。

我跑到一道高耸的岩层下方，慢慢停下脚步。眼前的景象颇为壮观，岩层上刷出了一道道火红色、灰色和白色的粗线条，仿佛雕刻出了高大的塔楼，数百座微型城堡层层叠叠，看上去既宏伟壮丽又令人毛骨悚然。

我抬头仰望岩层顶端，高达几百米的岩层赫然耸立着，反射出微弱的月光，给人一种不祥的预感，在黑夜中更加令人畏惧。

那里就是那两个数字相遇的地方：35.35101和-117.999523。

它们在那里交会，碰撞。

一切都在那里相撞。

我的过去和我的未来。

我爱的人和我鄙视的人。

他的自由，我的监禁。

我迈步上前。推动我前进的，是对泽恩的记忆。他的面孔，他用双臂环抱着我的甜蜜感觉。他用甜美的声音承诺说，他们永远不能将他从我身边带走。

我在岩石中找到一道浅槽，当我将一只脚踩上去，向上迈出第一步时，我知道，他说得没错。无论接下来会发生什么，无论他们会把我怎样，他永远都在，即使我不能再记住他。

岩层很难攀爬，有时，我只好手脚并用，利用悬崖上的小凹坑往这座孤峰上爬。事实证明，我的力气发挥了极大优势，有好几次，我突然踩空，差点儿垂直跌落到数百米下的地面上，但不出二十分钟，我已经爬到顶上。

我用双手撑起身子，再将两条腿甩上崖顶。

我不确定自己期待看到什么，但当我站起身，擦掉衣服上的红色尘土后，眼前的情景仍然让我大吃一惊。

那里空无一物。

除了璀璨的星空和一道雄伟的红岩山脉外，什么都没有。

我转了一小圈，仔细查看了山峰上的每一寸土地，但没有发现任何生命迹象。

这是个骗局吗？

他们不来了吗？

那为何让我大老远跑来，还爬上这座孤峰？如果他们想要的真的是我，他们为什么不在这里抓我？

我走到山顶的另一边，从边上往下看去，目力所及之处，除了尖利突兀的铁锈色岩石之外，我什么也看不见。我想，悬崖下方一定就是红岩大峡谷，仿佛深不见底，下去的路看上去没有尽头，好像你只要一直往前走，就会向地球的另一边掉落下去。

但吸引我注意的，不是峡谷的深度，而是我正下方的崖壁上那道很大的口子，仿佛是被切削出来的，看上去很像一个洞口。

我从口袋里掏出电话，查看我的方位。正和我预测的一样，我就站在那个闪动的蓝点上。这时，我突然醒悟过来，GPS坐标只有两个数字，也就是两维，经度和纬度，X和Y，没有Z。

由于这里什么都没有，这只意味着一种可能。

准确的方位一定在我下方。

在那个山洞里。

我又从山崖边往下看去，山洞入口大约在三米之下，洞口有一道边缘，从崖壁上凸出来，只有几厘米宽。从理论上讲，如果我从山边悬掉下去，自由下落，会正好落在那道边缘上。但这有个前提，我的脚尖需要正好踩到边缘上，而且我还得保持足够长时间的平衡，以便猫腰冲进洞口。

我将手机揣进口袋里，从脖子上取下吊坠项链，在手腕上缠了几圈，直到那个光滑的银黑色心形小盒子悬吊在我手腕下方。

我小心翼翼地站到山崖边，准备向大峡谷中坠落。

迪奥科技如果在我身上发现这枚吊坠，一定会将其抢去。我不能忍受它落到他们手中，它太宝贵了。

如果我不能和泽恩在一起，这枚吊坠就没有实际用途了。

我宁愿它掉进万丈深渊，也不愿让它落到那些将我们分开的人手中。

我深深地吸了一口气，跪下来，慢慢向后退，我的左脚先退到山崖边，滑下去，危险地在那里晃荡着。我用脚尖四处搜寻，想找到一块岩石或者一个不那么光滑的表面踩上去，但什么也没找到。

几块鹅卵石从山崖上滚落下去，我等着听它们落到地面的声音，但一直没听到。

这峡谷太深，深得耳朵都听不到回响。

接下来，我将右脚滑下山崖边，双手紧紧抓住凹凸的地面。我用腹部蹭着地面，继续向后滑动，直到全身悬挂在峡谷边上。

我不想往下看，却不得不看，以便让自己和洞口在一条直线上，不偏不倚地落在那个突出的边缘上。

看到身下的无底深渊，一阵恐惧从我全身掠过，让我肌肉紧张，头皮发麻。

我不停地吸气、呼气，奋力保持镇定。

我只有一次机会，我必须保持平静。

最后，我用力吞咽一下，深深地吸了一大口气，踮起脚趾，想象着泽恩俊美的棕色眼睛，然后松开双手。

我感觉自己在一直往下掉，心里十分惊恐，仿佛我已经错过那个洞口的边缘，将一直往下掉，直到落到峡谷底部，直到时间的尽头。

我奋力说服自己，没有我，他们留着泽恩也没用。我的死将让他获得自由，或许这不是世界上最糟糕的选择。

但接着，我的脚趾“咚”地踩在什么硬东西上，我定睛一看，刚好看到眼前阴暗的地道。我立即意识到，我已经落在了我想到的地方。

但我同时意识到，下落产生的加速度已让我失去平衡。我感觉自己正往后仰，脚跟下什么都没有。我急忙向前扑，奋力把重心保持在脚趾上……在那个边缘上。

但我一定是用力过猛，因为上半身向前扑的同时，下半身却在向后摆。我的双腿悬空了，整个人正被它们往下拽去。

我的胸脯重重地撞到地面上，撞得我气都喘不过来。我胡乱抓挠着，想抓住什么东西，结果只是将指甲插入毫无用处的猩红色泥土中。

我修长的指甲一根接一根被折断，现在，我只能用指尖来增加摩擦力了，可惜它们又太光滑，什么也抓不牢。

即使是我，也无法对抗重力。它太强大，太无情。身下粗糙的岩石擦掉我腹部、胸部和小臂上的皮肤，我越滑越远。时间每过去一秒，我的意志力和希望就失去一点儿。

最后，我将无处可去，直接掉下去。

失策

我闭上眼睛，任由深渊将我往下拉。停止挣扎后，我下落得快多了，这简直就是一种解脱的感觉。我的双手不再奋力去抓什么，而是从琥珀色的尘土中平稳轻松地滑过。

把命运完全交给重力控制竟然如此简单，简单得不真实。

谁知道呢？也许本来就不真实。

也许这整件事就是另一段植入我大脑里的记忆，等我睁开眼睛时，我已经回到基地，和泽恩在一起，正给他讲述我们过去逃跑的故事。

但我知道，我这是在自欺欺人。

此时此刻，我的生活前所未有地真实。

死亡不是可以制造出来的记忆。

突然，我的手出乎意料地钩住了一个坚固结实的方框，那东西摸上去光滑坚韧，我立即回到现实中来，我的手指本能地握住了它们刚刚碰到的东西，就在我要完全从洞口边缘滑落下去的那一刻，下落停止。

我的身体猛地停下来。我一只手紧紧抓住那个神秘的救命物体，身体的其他部分在深不见底的峡谷上方危险地晃荡着。我扭动身子，向上用力，终于让另一只手也握住了那个神秘物体。

我伸长脖子向上看去，终于看清救我的是什么东西，我的双手正紧紧抓着一个光滑坚韧的东西，它正维系着我的生命。

那是一只很大的黑色皮靴的靴跟。

穿靴子的男人个头很大。

我立即认出了那呆板无情的五官，那张疤脸和剪得很短的头发。

他伸出一只有裂痕的大手，紧紧抓住我的手臂，将我拉了上去。

他的动作很快。我刚刚站稳脚跟，他就猛地将我的双臂反缚到背后，用铁链铐到一起。他用的还是那个在破旧寒冷的谷仓里钳制过我的铁链，也就是里奥帮我解开的铁链。

他一定没注意到缠在我手臂上的项链，也没看到吊在我手腕内侧的吊坠，因为他没有把项链取下。我趁机将心形护身符握在掌心里，不让它被别人看到。

我没告诉他，其实用铁链套住我毫无意义。尽管我身上的每一个细胞都在让我反抗，但我不会反抗，更不会跑。

也许人类的某些情感真的比基因的威力更大。

再者，我自愿被擒，我已经投降。我来这里就是为了向他们屈服，反抗只会将这个过程拖得更漫长。

他把我的胳膊固定在我背后，之后推着我往前走。我们一起走进山洞。山洞比我想象的更深，我们至少走了五分钟，最后，我们俩都不得不弯着腰走，才走到一个我估计是什么中心的地方。

我看到一个很大的圆形房间，四支火把将房间照亮。长长的、冰柱形状的岩石从顶上悬垂下来，垂在我头顶上，看上去很危险，仿佛最轻微的动作也会让它们掉落下来，当即将我刺穿。

另一个警卫正站在房间正中，比押着我的这位更瘦，皮肤更黑，我认出他就是在谷仓里袭击过我的人。

我看到，泽恩正坐在他脚边的地上，他的手也被绑在身后，他俊美的脸上伤痕累累，青一块紫一块，左边脸颊上布满血痂。

我情绪激动，向他跑去，但被强行拉住。这时，一位身材矮小的中年男人从阴影中走出，他的头发是浅金色，眼睛是冰蓝色，光滑的皮肤是古铜色，他将一个调节器对准泽恩的太阳穴，距离只有几厘米远。

“你好啊，塞拉。”他说。他的声音低沉，听上去令人胆怯。我听出这正是电话中的声音，也是我在噩梦中听到过的声音。

“阿利克斯特。”我低声说道。

“看来，你真的记住我了。”他喜悦地说，“你知道这是什么吗？”他轻轻摇晃了一下调节器。

我点点头。

“好，”他冷冰冰地说，“那你不要再靠近了。因为我已经把它编程为随时启动状态，攻击一次，这个男孩对你就不会再有多少用处了。”

我明白了，向后退去。“你对他做了什么？”我问。看到泽恩身上的各种伤，我的声音颤抖起来。

泽恩抬起头，我们的目光第一次相遇。我看到他满脸痛苦，但他仍然吃力地向我露出我最爱的微笑。

阿利克斯特耸耸肩，向我走近几步。“都是皮肉伤，时间加上一点点消毒剂，就能让它们愈合。”他指指我身后的地面，“你为什么不坐下？”

我跪坐下来，背靠岩壁。衬衫已被汗水湿透，我感觉岩壁很凉。

阿利克斯特向押我进来的警卫点了下头，命令道：“搜她。”

疤脸男人大步向我走过来。我紧紧攥着吊坠，真心希望已经将它扔到悬崖下。

现在，泽恩给我的礼物——还有我——都将落入迪奥科技手中。

他抓着我的手肘，一把将我从地上提起来。我痛苦地在心里向吊坠项链以及它代表的一切——永恒的爱、自由、逃跑——说再见，慢慢任它从我指尖滑落。它落在石头地面上，发出轻微的叮当声，我在心里祈祷它不会被任何人注意到。

警卫搜了我的所有口袋，拿走了我借来的手机。泽恩从房间那边担心地看着，眼神紧张，他以为那个硬盘还在我身上。

幸好我够聪明，将它留给了麦克希尔。

当警卫举起空空的手时，我看到泽恩才放松了一些。

“她身上没有其他东西。”他向阿利克斯特宣布说，“只有这部手机。”然后，他又狠狠将我按坐到地上。

“轻点儿。”阿利克斯特温和地责备说，“别把这件商品弄坏了。”然后，他狡黠地咧嘴笑着看我，“如果我是你，我就不会试图逃跑。我很清楚你有多强壮，那些铁链是根据你的特点定制的，你无法挣脱它们。”

我对他怒目而视。我看到他就吓得发抖，但我竭力不表露出我的恐惧。“我根本没打算逃跑。”我告诉他说，“我来这里是为了履行协议中我自己的义务。”

“对呀。”阿利克斯特夸张地回答说，“我们的协议。但你必须明白，我很难相信你，鉴于你的……”他用一只手慢慢比画出一个圆圈，“嗯……反叛历史。”

他看看我，又看看泽恩，再看看我，说：“告诉我，你们两个打算去哪里？因为我知道不是这里。”

“别告诉他。”泽恩急忙告诫我，他的声音紧张沙哑。

我保持沉默，但不是因为泽恩的命令，而是因为我不可能告诉这个人任何事情。

阿利克斯特又看看我们两个，嘲弄道：“到最后还这么团结啊。”他从心底发出一声长长的感叹。“没关系，等我们回到实验室之后，就能找到我们需要的所有信息。”他拍拍额头。

我能感觉到还贴在我头上的那三个接收器。毫无疑问，我一回去，他们就会用它们——或者类似的东西——从我这里挖出他们需要的全部记忆。其实，就算他们完全重置我的大脑，一切回到开始，我也不会吃惊。

尽管我已经走到现在。

想到这一点，我不寒而栗。

“然后，”阿利克斯特继续说，“也许我们可以想出办法，关于如何处理你的这个小弱点。”他指指泽恩。泽恩已经消瘦虚弱到几乎无法坐起来。“这是我们绝对不曾预料到的。”

阿利克斯特用拇指和食指捏着下巴。“你瞧，我们当初创造你的时候，压根儿没有料到你会有许多人类的特点。你可是一个完美的基因标本，不仅有速度、有力气、有脑力、有对疾病的抵抗力，还很漂亮。事实上，我们还故意将你设计得很温驯。我们对大脑和基因做了大量变异，我们的研究显示，你的行为将很像机器人，和心甘情愿的仆人差不多，不能反抗，也感受不到太多感情，当然更不可能坠入爱河。”

他说出“爱河”这个词语时，仿佛被它恶心到了。

“但是，我们的计算显然出了错，所以才会走到今天这步。”他摊开双臂，邪恶地窃笑着，“事实已经再明显不过，你不是我们期待的产品，所以才会从基地逃走，然后，你又摆脱我雇用的安保人员，而不是心甘情愿地回来。那时我就知道了，逮捕你要比我当初设想的复杂一些。”

他踱起步来，但一直密切注意着我。“不过，我应该早点儿意识到真相的。从一开始，你就有种狂热的情绪，一种反叛的倾向，我想，正因如此，里奥一直不用我们给你的名字称呼你，而是叫你塞拉菲娜，意思是‘火一般的人’。”

尽管阿利克斯特的话令人作呕，听到它们，我仍然有种奇怪的满足感。至少，我曾经有过反叛倾向，至少战斗过。

“当然，那不是一个真正的名字。”他嘲讽道，“而是那个基因序列的最终首字母缩写。嗯，我们失败几次之后，你才被成功创造出来，序列E，重组基因A，终于成功。S：E/R：A。但正如我所说，在赋予了你预先期望的性质之后，没有人真正认为你需要一个名字。但当我们发现你其实非常有人性之后，我们觉得‘塞拉’作为名字也不错。”

他停下来，用手指梳理了一下顺滑的浅金色头发。

“现在回想起来，”他继续边走边说，“我们真该利用已有的资源创造一个成人，那样也许我就不会陷入这样的窘境了。青少年的确可能这样不负责任、不计后果、误入歧途，一切只因为他们认为自己恋爱了。”

他的声音突然变得高亢起来，像唱歌一般，我再次听到了他对“爱”这个字的厌恶。

他走到我身旁，弯下腰，凑到我面前，近得让我能闻到他的口气。我差点儿呕吐出来。

“我们选择十六岁，是因为这是一个完美的年龄。”他说。他的声音平滑如玻璃。他伸出手，将我的一缕头发缠在手指上。“这个年龄的人，尤其是女人，外表迷人，身体健康。”他靠过来，嗅着我头发的气味，深深地吸了一口气，才让头发垂落到我的肩膀上。

“但这显然是个错误。”他站起身，他的声音重新变得充满厌恶，“一个我们必须尽快修正的错误。这次，我们必须确保你没有自己思考的能力。”

我听到一个轻微的声音从地道口传来，便向那个方向瞟去，难道这里还有其他人吗？

“塞拉，快跑！”泽恩趁机高声喊道，他显然正在最大限度地利用他仅存的每一丝力气，“把我忘了。”

“对不起，我不能。”我说着看向他，试图用这个眼神将我对他的全部感情传递过去。

阿利克斯特好像发现这个眼神很有趣。他得意地笑着介绍说：“哈哈，我要说的就是这个。尽管我们对你的基因做了各种变异，确保你对陌生人高度警惕，但你仍然一次又一次地爱上他，盲目相信他，尽管你的每一种本能都在警告你不能那样做。”他咂了咂舌头，“塞拉，自由意愿显然不是你的强项，数学、科学、语言这些才是你的优势。爱是依据推理和逻辑做出的明智选择吗？当然不是，而且有天壤之别。”

他看着泽恩，假装皱起眉头：“不过很不幸，他说得对，你真的应该救你自己。但你别误会。我非常喜欢莱泽德尔，他妈妈是我的团队中必不可少的人物。可是你……”他用手指着我，一丝骄傲的表情从他脸上闪过，“你价值亿万美元，没有任何人可以和你相比。”

我听到地道口又传来一个声音，这次，好像阿利克斯特也听到了。因为他抬头看了看，一丝狡猾的笑容从他嘴角绽开。

“里奥，”他仿佛很开心地说，“真高兴你来了，欢迎参加我们的小派对。”

我急忙抬起头，看到里奥正走进山洞。他手里握着一把铮亮的黑色手枪，枪口对准了阿利克斯特的头。

站在泽恩旁边的黑皮肤警卫立即做出反应，随时准备出击。

“我不是来参加派对的。”里奥一摆手，警告说。

阿利克斯特点头示意警卫退下。

“塞拉，”阿利克斯特一本正经地说，“你还记得我的商业伙伴哈文•里奥博士吗？”

“把她交给我。”里奥命令道。他的声音坚定，毫不示弱，与他和我说话时的语气截然不同。

阿利克斯特咯咯笑起来：“唉，里奥，你总是这样异想天开。你说，我为什么要把她交给你？”

里奥挥舞着枪上前一步：“因为如果你不交，我就杀了你。”

阿利克斯特把头从左摆到右，仿佛在衡量这种威胁的可能性。“你好像的确占据着优势。”他示意他和里奥之间很宽的距离，极不情愿地承认说。“毕竟，我们俩都知道，这个调节器，”他举起手里的黑色装置，“需要直接接触才有效，而那个东西，”他冲着里奥手里的枪点了下头，“可以远距离使用。”

里奥没说话，但这显然就是他的战略。

“也就是说，我可以试着让你失去行动能力，但我还没到你身边，就先死了。”阿利克斯特又咂了咂嘴，“真是进退两难啊。”

“没什么两难的。”里奥毫无表情地说，“把调节器放下，将她交给我，谁也不会受伤。”

阿利克斯特皱起眉头，耸耸肩，最后只好让步，将手里的装置放到脚边的地上。

“好，现在，让你的打手过去把铁链解开。”里奥催促道。

阿利克斯特若有所思地吸了一口气。“没错，我可以那样做。”他承认道，“不过，我也得指出，我有一个优势是你没有的。”

里奥眯起眼睛：“什么？”

“你想保护她的愚蠢愿望。”阿利克斯特不露声色地说。然后，他以迅雷不及掩耳之势掏出自己的枪，伸长胳膊，对准了我。泽恩痛苦地呻吟起来，里奥冷峻的神情顷刻瓦解。

“阿利克斯特，不要。”里奥恳求道。先前他声音里的威胁意味荡然无存。

我拼命往岩壁上缩，把脸埋在胸口。

“生命真可笑。”阿利克斯特无情地说，“这把枪是我们逮捕莱泽德尔时没收的。”他咯咯冷笑两声，“最后，他却成了帮我的人，我发现这太讽刺了。”

一丝刻骨的仇恨从泽恩的脸上闪过。

阿利克斯特看着自己手里的武器，非常好奇地仔细查看着。“嗯，”他若有所思地说，“我一直以为这些东西已经过时，太陈腐，而且重得要命。”他把嘴撇到一边，“难怪五十年前就没人再造了。”

“阿利克斯特，”里奥警告说，“你不会这样做的，想想你必须遵从的那些人吧，她对你们的价值太大。”

阿利克斯特笑着说：“这话不假，但她对你的价值显然更大。”他把枪放低，瞄准我的左腿。“我可以修补由我造成的任何表皮伤，她将完好如新。但你真的忍心看到她遭受那样的痛苦吗？一整条腿被打飞可不是闹着玩的。”

里奥把目光转开一会儿，脸上露出颓败的表情，最后，他只好将他的枪放到地上。

“这才是明智的选择。”阿利克斯特示意黑皮肤警卫。那家伙疾步跑过洞穴，弯腰捡起那把枪，一把抓住里奥的胳膊，并用膝盖狠狠顶向他的腹部。里奥呻吟着弯下腰。

“请不要伤害他。”我眼泪汪汪地呜咽道。

但好像没人在听我说话。警卫将里奥带到阿利克斯特面前，猛踢他的膝弯，直到他双腿弯曲，跪倒在地。

阿利克斯特叹息一声，将泽恩的枪插进长裤腰带里。“很抱歉，里奥。我不认为我们依然还能成为商业伙伴，我对你的忠诚表示怀疑。”

里奥没说什么，他紧紧咬着嘴唇，好像在竭力抑制着，不让自己痛得再次喊出声来。

“我们一起创立了迪奥科技。”阿利克斯特惆怅地向我解释说，“我们曾经有过很高的希望，很多的憧憬。在我们的整个合作中，我有商业背景，他是技术天才。他是当时最杰出的科学家，这点毫无疑问。但是，亲爱的里奥，”他低下头，遗憾地看着他，“在我们至今为止最大最重要的试验中，你有点儿令人失望。”阿利克斯特又模棱两可地冲着我的方向点点头，“你违背了科学试验的首要原则：绝对不能对你的试验对象投入感情。”

我观察着里奥，他的肩膀探着，头垂得很低，要不是他那火红的胡须，我觉得他看上去就像个吓坏了的小男孩。

“他把感情看得比科学更重。”阿利克斯特再次看着我，继续说道，“当我们发现你与我们的期待不完全一致，比我们任何人预料的都更像人类时，我建议立即对你进行修理。让你拥有自己的心智，能形成自己的思想和意见，还能策划逃跑，这实在太危险。如果我们在这里调调，那里修修，就能轻而易举地防止这一切发生，但里奥却说服我相信没有这个必要，他说可以用日常的记忆调整控制你。渐渐地，他变得如此喜欢你，竭力保护你，甚至试图说服我给你自由。你能相信吗？”他愤愤不平地说，“他好像真的把自己当成你的父亲了。”

我飞快地瞥了泽恩一眼，他迎上我的目光，抱歉地向我摇了摇头。

阿利克斯特令人厌恶地嘟哝了一声，接着说：“可是，我们总不能让价值十几亿美元的科研成果——更别说数十亿美元的潜在利润了——落到一个笨蛋手中吧？”

里奥再次抬起头，那双曾经充满善良和同情的眼睛，现在看上去是那样疲惫和挫败。“塞拉菲娜，”他虚弱地说，“希望你能从心里原谅我。”

然后，在短短的一瞬间，一种明确无误的强烈感情从他憔悴的脸上绽放出来。他用如此坚定的目光看着我，让我不由得微微向前倾身，被拉入他突然恢复的意志力中。

他的目光游离到我领口上，在那里停留片刻。他再次捕捉到我的目光，又说了一次那句话，这次，他的声音听上去几乎有种令人不安的暗示：“希望你能从心里原谅我。”

我被他传递的信息震撼了，几乎没注意到阿利克斯特正将他的调节器递给押着里奥的警卫。等我注意到，已经太迟了。

“不！”我想奔上前去，但另一个警卫的动作更快，一伸腿，将我挡住。一切好像都正以某种慢动作进行着。黑皮肤警卫的手伸出来，调节器顶端接触到里奥的脸颊，他的整个身体开始抽搐，接着剧烈扭动起来。电流被输进他的大脑，传遍全身。

他重重倒在地上。倒地之时，骨头发出可怕的断裂声。

然后，他的身体不再动弹，一切归于寂静。

我目瞪口呆地看着里奥毫无生气的身躯，他的眼睛已经闭上，脸上惊恐的表情已经凝固。

我知道他没死。他不会死。我已经看见调节器被使用过几次，它不会把人杀死，只会让你的大脑暂停几分钟，也许最多几个小时。

但话又说回来，尽管我亲眼见过这个设备用在别人身上，却从没看到过它引发这样大的反应。他的身体颤抖得如此厉害，让我不由得以为他要爆炸了。

“他……”我想说话，但这时我已经泣不成声，“他死了吗？”

阿利克斯特好像对这一切完全泰然自若，只说了句：“相信我，他现在更舒服了。”

他继续说道：“现在，接着说我们的安排。我说话算数，一旦我们安全回到迪奥科技基地，我就通知我的安保人员释放赖泽德尔。”他撇了撇嘴，“当然，你得明白，我们不会允许他继续穿越。他如果再回到迪奥科技，肯定会再次尝试绑架你。因此，在释放他之前，恐怕我们将不得不灭活他的基因，因此在这段时间里，他必须留在这里，但我向你保证，他不会受到伤害。”

他走到我面前，向我探过身：“你觉得这些条件可以接受吗？”

我发觉我根本不知道该说什么，但只要泽恩活着，我就实现了到这里来的目的。我抽抽鼻子，把最后的泪水憋回去，说：“可以。”

阿利克斯特拍拍手：“好极了！那我们就这样确定了。这样简单得多，你觉得呢？”

“你永远不可能把她带回去。”我听到一个沙哑的声音低声说。阿利克斯特和我都把头转向泽恩，他正靠在身后的墙上，几乎无法把头抬起来。他的力气已经耗尽。

“你说什么？”阿利克斯特问。显然他在装作对泽恩要说的话很感兴趣。

泽恩吃力地挣扎着，想把声音抬高一些：“我说你永远不可能把她带回去。”

阿利克斯特继续装作兴味盎然：“为什么呢？”

“因为她的穿越基因已经被破坏了。”泽恩痛苦地抬起头，把头靠在墙上，“已经不起作用。我觉得，她到这里来时，基因就被破坏了。”

阿利克斯特脸上好像第一次露出了真实情绪：恐惧。

“你怎么会知道这一点？”他问。他的语气中已经明显有了怒意。

泽恩满脸痛苦地闭上眼睛。“因为我一找到她，就试过带她回去，后来又尝试过几次，但都没成功。”

我的记忆跳回医院。泽恩进入我的房间。

“我会把你从这里带出去的。”

他当时就是这样说的，片刻之后，他就仿佛消失在了空气中。

然后，我又想起我们开车驶离韦尔溪时，他在车里说过的话。

“我们必须找到一个偏僻的地方，隐蔽起来……直到我想出我们怎样离开这里。”

他需要时间去做的就是这件事吗？弄清楚我的基因出了什么问题，设法修复它？

想到这里，我心里既充满希望又很恐惧。我希望泽恩说的都是真的，希望会有另外的方法摆脱这个困境；我害怕的是，如果我不能穿越回迪奥科技基地，阿利克斯特可能单方面毁约。

“我不清楚是否应该相信你。”阿利克斯特怒视着泽恩说，“我觉得你可能只是在拖延时间。”

“你自己试试吧。”泽恩声音嘶哑地挑战他说，“尝试和她一起穿越。”

阿利克斯特脸上重新堆起笑容，但我还是在他的眼睛里看到了受挫的痕迹，他不喜欢别人告诉他该做什么。“当然，这是很尖端的技术。”他承认道，“但根据我的理解，如果你身上有穿越基因，你只需把注意力全部集中到你想去的目的地，就能被传送到那里。”

他向我身旁的疤脸警卫微微点头，那家伙立即用他粗短的手指紧紧抓住我的肱二头肌，拉我站起来。

“我还知道，”阿利克斯特交叉十指，继续说道，“任何自身也带有那种基因，并与穿越者直接接触的人，便能和他一同被传送过去。”

阿利克斯特说罢又点了下头。我紧紧闭上眼睛，屏住呼吸。我感觉到警卫的手在我皮肤上微微颤动，然后，我慢慢感到，他紧紧捏着我的手渐渐松开。我睁开眼睛，看到他的手模糊起来，时隐时现，变得越来越透亮，直到完全消失。等我抬头往上看去时，发现他身体的其他部位也消失了。

我跌回到地上，又惊又喜地舒了一口气。

阿利克斯特目瞪口呆地看着这一幕。我以为他会发怒，但他的反应却完全相反，他镇定地揉揉下巴，说：“很有意思。”他把目光转向泽恩，“莱泽德尔说得可能没错。”

然后，他又看看地上一动不动的里奥。“可惜，最了解你基因的人，”他令人厌恶地哈哈大笑起来，颇为自己蹩脚的幽默感得意，“唉，我们好像把他彻底解决了，这可太糟糕了。”

他止住笑容，若有所思地歪着头：“尽管他好像不会把他的任何秘密透露给我，但他似乎一直保守着许多秘密，远远超过他最近透露出来的。”

他把两只手掌并到一起，将指尖顶在下巴下方：“这的确耐人寻味。”

自从里奥倒下之后，我第一次大着胆子向他看去，一看到他毫无生气地躺在那里，我差点儿又开始浑身颤抖着哽咽起来，但我竭力控制住情绪，强迫自己仔细去看他的脸。

他一直保守着什么秘密呢？他那样认真地看我一眼是什么意思？

“希望你能从心里原谅我。”

但事实上，我早已原谅他，我不会为他做过的任何事情而责怪他，而且，尽管我不完全记得过去发生的事，但我相信我从来没有责怪过他。谁才是这件事的罪魁祸首，已经非常明显。

从心里。这三个字一遍又一遍在我心中回响，我无法摆脱这种感觉，他是想向我传递更多信息，他是想把他的一个秘密透露给我。

我向后靠在石壁上。我被绑着的手碰到了什么凉凉的东西。我好奇地用指尖抚摸它，想弄清楚它可能是什么。它小小的，圆圆的，表面凸出，与一条长链子相连。

我轻轻吸了口气。当然是它！几分钟前我才把它扔在这里的。刚才那阵骚乱中，我完全把它忘掉了。这是我的吊坠项链，我的……心。

从心里。

我张开嘴。他真的是在说我的项链吗？

可吊坠是空的。

沙茨尔医生说，他们找到它时，它就是空的。甚至泽恩也确认，以前里面只有一块鹅卵石。

我抬起头，看到阿利克斯特又在踱步，仿佛在思考怎样弥补他的计划中这个无法预见的失误。

泽恩正专注地看着我。他能看出我已经发现了什么，在等我向他发出信号，告诉他那是什么。

问题是，我不知道那是什么，我甚至不知道它是不是任何东西。

但我想，这是此刻我唯一拥有的线索。

我用颤抖的手吃力地将背后那颗小小的心从地上捡起，将它打开。

这个动作刚刚结束，我立即有了那种熟悉的感觉，信息在爆炸，各种图像突然涌入我的大脑，后颈根部和双耳后面在微微颤动。

这是怎么回事？

图像不停旋转，最终构成一幅完整的场景，一幅完整的画面。

一个记忆。一个被储存在我吊坠项链里的记忆，现在正被输入我的大脑中，因为我身上的接收器还开着。

我又看了一眼泽恩，然后闭上眼睛，让脑子里的电影开始上演。

我在我的房间里。我坐在起居室里的长沙发上。独自一人。

雨水从窗玻璃上滴流下去，落在外面的人行道上，噼啪作响。

我焦躁不安。我的膝盖跳动着。我无法让它们停止下来。

我以前从未做过这样的事。我从未向泽恩隐瞒过任何事情。

但我这样做是为了他，为了我们，因为我爱他。

如果这事成功，如果我对里奥的判断正确，我们最后就能在一起。永远在一起。像诗里写的一样。

但如果我判断失误……我甚至不愿去想这一点。

我盯着大门。房子里有一点点声音，我都会惊得一跳。

当“嘀”声终于响起，我从沙发上跳起来，一把将门拉开。

里奥站在门廊上，浑身湿透。我无法解读他脸上的表情，仿佛那已经被雨水冲刷掉。

他看上去开心吗？或者遗憾？

我退后一步，让他进屋。我屏住呼吸，看着他脱掉雨衣，将它挂在架子上。我实在无法再忍受这种悬念，急不可耐地问：“怎么样？”

他叹息一声，垂下目光，把手伸进口袋，拿出一个装满透明液体的小玻璃瓶。

“那是……”我开口问道，但我甚至无法让自己把那几个字说出来。

他点点头：“是的。”

我兴奋得又蹦又跳。“谢谢你！谢谢你！谢谢你！”我笑得合不拢嘴，伸手紧紧搂着他的脖子，呼吸着他身上熟悉的香甜气息。这立即让我安定下来，恢复到更安静镇定的状态。

“你救了我的命。”我在他耳边低语道。

我感觉到他的身体松弛下去。他用手臂紧紧搂住我，抱紧我。“这是我能尽的微薄之力。”

然后，他抬起手，轻轻把我的手从他脖子上拿开，将我推到一臂之外，并让我看着他。“塞拉菲娜，”他说，他的表情变得严肃起来，“我必须警告你，穿越基因非常不稳定，我对它也还有很多不了解，而且至今为止，没有人做过实验确定它是否长期有效。”

为了与他的举止保持一致，我严肃地点点头。

“如果出现什么问题，你又没办法让它失效，这种基因会毁灭你，慢慢地从内部将你活活吞噬，你甚至毫无察觉，直到为时已晚。所以，为了安全起见，我仍然坚持你得让我构建一种灭活机制，可以让你自如地启用和停用这种基因。”

“但泽恩怎么办？”我问。

里奥摇摇头：“除非你能让他来见我，否则我无法……”

“他不会来的。”我急忙回答说，“他不会来。他甚至不想让我向你求助。如果他知道这事，会大发雷霆的。他不信任你。”

里奥叹息一声：“我也不怪他。”他将那个小玻璃瓶异常小心地放在我手里。“但如果他不来见我，你们就只能碰运气了。”

“我明白。”我说。

接下来是长时间的沉默。我看到里奥眼睛里慢慢闪出泪光。“塞拉，”他瓮声瓮气地说，“我为对你做过的一切表示歉意。”

“爸爸……”我喊道。

“别那样叫我。”他打断我的话，“我不配获得这个称号。而且你我都知道，这不是恰当的称呼。”他用指尖揉着眼角，“你是我最珍贵的礼物，但我愤恨自己让你的生活变成这样。”

我感觉到自己的泪水也蓄积到眼眶里。

“我只希望能有办法补偿你。”他说。

“你已经做了。”我举着那个小玻璃瓶说，“这就是我最想要的。”

他抿抿嘴唇：“我知道。我想说，要是我能收回我做过的事就好了。”

我沉默地用拇指抚摸着小玻璃瓶光滑的表面。我的救星就在里面。

“其实，”我说，但声音突然变得生硬迟疑起来，“你能。”

他低下头，用询问的目光看着我。

“你可以把一切都收回去。”我的话听上去很有说服力，“收回我对这个地方的全部记忆，收回所有信息。这是我真正从头开始的唯一办法，真正让我忘记一切的唯一办法。”

“可是塞拉……”他张口反驳。

“我不想记住这里的任何事情。”

他将温暖的手掌按在我肩上。“我觉得你还不明白。如果我把一切都收回，那就意味着也会把泽恩从你记忆中带走。”

我会意地笑着说：“泽恩是永远不会被忘掉的，他活在我的血液里，我的灵魂中，我们将在一起，这是唯一重要的。最终，在他的努力下，他会回到我身边的。我坚信这点，我将永远记得他。”我用手指轻轻捏着小玻璃瓶，“因为我一直都记得他。”

我睁开眼睛后，第一眼看到的就是泽恩。

尽管他身上有各种小伤和重伤，也许他还断了骨头，但他依然是我见过的最美的风景。可是，还有很多事情他不知道，而我却已经知道。

是里奥帮我们拿到了穿越基因。

也是他将这段记忆放在我的吊坠里的。

然后，由于我的要求，他删掉了一切。

里奥没有偷走我的记忆，它们也不是意外失踪的，是我自愿把它们交了出去。因为我觉得那不重要，以为我会安全到达1609年，和泽恩在一起。正因为如此，我才为自己写下那张字条——相信他，以此作为大脑的启动器。

可事与愿违，不知什么地方出了错，我到了这里，而且是独自一人，脑子里没有一个记忆片段。

幸好，我现在知道了怎样纠正这件事，我知道了怎样解决这个问题。

我直视着泽恩的眼睛，不顾一切地想在这个昏暗的洞穴中向他传递一个信息。

别担心，我用眼神告诉他，一切都会好的。

然后，我从地上跳起来，把阿利克斯特和黑皮肤警卫吓了一跳。他们都急忙转向我。那个警卫紧握调节器，摆好随时准备进攻的姿势。

“我知道怎样修补这种基因。”我对阿利克斯特说。

泽恩惊愕地看看我，又看看他们，又看看我。

“你现在知道了？”阿利克斯特饶有兴趣地问。

“是。”我说，“我离开之前，里奥跟我说过。他说可能发生这样的事，并告诉我如果发生了，该如何解决。”

我匆匆瞥了一眼泽恩，又看着阿利克斯特。“非常容易，很快很简单。我告诉你，你就能在几分钟内将我从这里送出去。”

阿利克斯特点点头：“继续说。”

“但我有一个条件。”

他不怀好意地笑着说：“你当然会有条件。”

“我想和泽恩说话。”

我看到阿利克斯特嘟起嘴唇，于是我急忙补充说：“和他道别。”

他好像在考虑我的要求。

“然后，我将告诉你怎样修补这种基因，跟你走。”我承诺道。

阿利克斯特飞快地看看我又看看泽恩。我尽可能保持着镇定。他用指尖敲着前臂，权衡该如何决定。

最后，他终于同意。“好吧，给你们一分钟时间。”他向警卫伸出一根手指，示意他跟着我。

我将打开的吊坠紧紧攥在手里，不让别人看到它。我不紧不慢地走过山洞，在泽恩身旁跪下。

警卫就在我身后，正虎视眈眈地看着我，慢条斯理地将调节器放在摊开的手掌上，警告我不要轻举妄动。

“塞拉，你不能。”泽恩恳求我说，“不要跟他们走。你自己离开这里吧，走得越远越好。”

“嘘。”我靠近他，轻松安慰道，我们的脸只相隔几厘米，我呼吸着他呼出的空气，“闭上眼睛。”

他知道那意味着什么，摇了摇头。他之所以知道，是因为他每次离开我之前，总是说这句话。这意味着告别。

“相信我。”我耳语道。

他默默地恳求我，看上去既焦急又担心。我鼓励地向他点点头，他迟疑地慢慢闭上眼睛。

我立即将嘴唇压在他的唇上，深深地亲吻他。这个吻将我们的身体联结起来。一时间，我们周围的一切都消失不见，世界上仿佛别无其他，只有这个吻。这个令人惊叹的救命之吻。

我一直渴望这种感觉，渴望这个美妙时刻，甚至在我没有记忆以前，我已开始渴望。事实上，我对这个吻还怀有另一个动机，我们俩的手都被紧紧绑在背后，这是我们唯一的接触方式。

阿利克斯特自己也说过……你们必须直接接触。

我紧紧闭上眼睛，在脑子里一遍一遍重复同样的话，将所有的思想、所有的能量集中在这种简单的救命手段上。

把我们带出这里。把我们带出这里。把我们带出这里。

我感觉我们脚下的地面开始崩裂，我们的身体在低沉的嗡嗡声中融合到空气里，我听到，阿利克斯特的声音越来越遥远。

“该死的！”他怒吼道。

但为时已晚。我们已经离开。

归去

我睁开眼睛时，我们正站在那个山洞口，从悬崖边上看着万丈深渊。我试图把手上的铁链挣断，但它们很结实。阿利克斯特说得没错，它们的牢固程度将超过我的力度。

但片刻之后，我就利用肾上腺赋予我的力量，将金属扭曲，把手从铁链中挣脱了出来。显然，我比他想象中的更强壮。

而且，我在许多方面都很强大，远远超出了他的已知。

我转向泽恩。他的手用一条细绳子绑在一起，我毫不费力地将绳子扯断。他揉着手腕，看着我，脸上绽放出灿烂的笑容。“你是怎样做到的？”

“是里奥。”我上气不接下气地说，“他告诉我说，他将构建一种方法，灭活我的基因，以此作为安全措施。我想，他只有一个地方可以存放那东西。我到达这里时，身上只有一个物件。”我张开紧握的拳头，亮出那条项链。

“但它是怎样生效的？”泽恩问。

“刚开始，我并不确定。”我说道，“但我接着就想起你对我说过，你在吊坠里放了一颗鹅卵石。但我到达这里时，吊坠是空的，这意味着它一定掉了出去，而它掉出去的唯一原因是……”

“吊坠被打开过。”泽恩替我把话说完。

我一个劲儿地点头：“他将那个灭活器放在我的吊坠里了。要让那种基因生效，吊坠必须被打开，然后动用我的意念。”

他环顾四周，打量着周围的景物。“但你是怎样把我们弄到这里来的？”

我耸耸肩：“不知道。我只是把全部能量集中到出洞这个意念上。因此，我想，”我哧哧笑着，“我们就这样出来了。”

他也大笑起来，神情比我以前见过的任何时候都更喜悦。

他从我手掌上取过吊坠项链，抬起手，将项链扣到我脖子上。然后，他探过身紧紧拥抱着我。我立即抱紧了他，仿佛他是氧气一般。脚下的地面已不复存在，不过，我也不再需要它的存在。

然后，我听到一个声响，是脚重重踩在岩石上的声音。我们急忙分开。我向身后望去，向那条通往洞穴的昏暗地道看去。脚步声正在加快。

“不出十五秒，他就走到这里了。”我计算着。

与此同时，我们俩都探身向前，再次从悬崖边上看下去，看进深不见底的黑色虚空，看进永恒。

“我们只有一个地方可去。”他充满希望地凝视着我的眼睛说。

我点点头，轻轻抚摸着胸口上打开的吊坠项链。“只有在一个地方，我们才可能永远在一起。”

脚步声更大了，阿利克斯特雇用的警卫越来越近。我们身后响起一声低吼：“不准动！”

泽恩放低手臂，轻轻握住我的手：“你相信我吗？”

我笑着说：“全心全意相信。”

“别松手。”他叮嘱我说。

我们的手指交叉到一起，紧紧握着对方。“永远不松。”我发誓说。

我们向悬崖边迈出一步。然后，我们一起跳下。